Angel – Jäger der Finsternis

SEELENHANDEL

Thomas E. Sniegoski

ANGEL

Seelenhandel

Aus dem Amerikanischen
von Antje Görnig

vgs

Die Deutsche Bibliothek – CIP-Einheitsaufnahme

Angel : Jäger der Finsternis. – Köln : vgs
(ProSieben-Edition)
Seelenhandel / Thomas E. Sniegoski.
Aus dem Amerikan. von Antje Görnig. – 1. Aufl. – 2002
ISBN 3-8025-2878-6

Das Buch »Angel – Jäger der Finsternis. Seelenhandel«
entstand nach der gleichnamigen Fernsehserie (Orig.: *Angel*)
von Joss Whedon und David Greenwalt, ausgestrahlt bei ProSieben.

Erstveröffentlichung bei Pocket Books, eine Unternehmensgruppe
von Simon & Schuster, New York 2001.
Titel der amerikanischen Originalausgabe: *Angel. Soul Trade.*

Lektorat: Eva Neisser
Produktion: Wolfgang Arntz
Umschlaggestaltung: Sens, Köln
Titelfoto: © Twentieth Century Fox Film Corporation 2001
Satz: Kalle Giese, Overath
Druck: Clausen & Bosse, Leck
Printed in Germany
ISBN 3-8025-2878-6

Besuchen Sie unsere Homepage im WWW:
www.vgs.de

Prolog

Die Ekel erregend dicke Frau in dem geblümten Hauskleid hüpfte in ihrem wie wahnsinnig anmutenden Siegestaumel auf und ab, die Klingeln schrillten, und die Lichter blinkten. Auf ihrem Namensschild stand Donna. Sie wogte aus der Reihe der Quizshow-Kandidaten auf die Bühne. Eine Siegerin.

»Blöde Kuh!«, grunzte David Bentone. Er saß in einer Nische, hinten in Hurleys Kneipe und schnippte die Asche seiner Zigarette in den Aschenbecher. Um freie Sicht auf das Fernsehgerät zu haben, das über der Theke hing, lehnte er sich ein Stück in den Gang.

Er dachte über die vier Loser nach, die es Donna ermöglicht hatten, nun auf die Bühne zu klettern. Wenn er je die Gelegenheit hätte, bei so einer Ratesendung mitzumachen, dann würde niemand anders als er selbst nach oben zu dem weißhaarigen Moderator gebeten – und schon gar keine hundertfünfzig Kilo schwere Hausfrau aus Michigan.

Er nahm einen Schluck Bier und achtete darauf, nicht zu große Schlucke zu nehmen. Das Glas musste reichen, bis er einen Plan ausgeheckt hatte, wie er sich aus seiner momentanen Zwangslage befreien konnte.

Im Fernsehen erklärte der Moderator der gewichtigen Hausfrau das nächste Spiel. Donna sah aus, als stünde sie unter Schock, und nickte langsam mit aufgesperrtem Mund, während sie versuchte, die Regeln zu begreifen.

Total debil!, dachte Bentone.

Der Moderator machte einen mittelmäßigen Witz, und die Zuschauer brachen in brüllendes Gelächter aus. Er beendete seine Erklärung der Spielregeln und zeigte der Frau als Nächstes, was sie gewinnen konnte.

Die Menge drehte förmlich durch, als der Vorhang hochging und ein brandneuer Mustang Kabrio zum Vorschein kam. Donna schien den Verstand zu verlieren, aber der Moderator hatte die Geistesgegenwart, rechtzeitig ein paar Schritte vor dem hundertfünfzig Kilo schweren, schreienden, hüpfenden Fleischkloß zurückzuweichen.

Bentone stellte sich vor, er selbst stünde mit dem Zeremonienmeister Bill Burton auf der Bühne. Er wäre ganz cool, kalt wie der Winter in Alaska, und würde mit dem Moderator mit der perfekten Frisur und den ebenso perfekten Zähnen so locker plaudern, als er täte er das jeden Tag. Die Fernsehzuschauer zu Hause würden gleich erkennen, dass sie einen Siegertypen vor sich hatten.

Bentone drückte seine Zigarette in dem überquellenden Aschenbecher aus und holte sofort eine neue aus der Schachtel, die aufgeklappt neben seinem Bier lag. Die Zigaretten, das Bier und die Spielshow halfen ihm, seine Nerven zu beruhigen, aber ewig konnten sie ihn sicher nicht von seinem Problem ablenken.

Er überlegte, was er mit einem neuen Mustang anfangen würde, und zog an seiner Zigarette. Aber er musste nicht lange überlegen. Eigentlich wusste er sofort, was er würde tun müssen: den verdammten Wagen verkaufen, um Schraubzwingen-Benny einen Teil seiner Schulden zurückzuzahlen.

Eine Kellnerin kam mit ihrem Tablett an den Tisch. Sie hatte zu viel blauen Lidschatten aufgelegt, und es sah fast so aus, als habe ihr jemand zwei Veilchen verpasst. An einem Ort wie diesem entsprach das vielleicht sogar der Wahrheit. »Willst du noch eins, Süßer?«

Bentone schüttelte den Kopf: »Ich bin fertig.« Er hob das Glas an die Lippen, nahm noch einen kleinen Schluck und schaute ihr versonnen nach, wie sie zum nächsten Tisch ging.

Im realen Leben hatte David Bentone weder einen neuen Mustang Kabrio gewonnen noch konnte er hoffen, in absehbarer Zukunft eine solche Chance zu erhalten. Stattdessen schuldete er einem ebenso ungeduldigen wie impulsiven Mann eine große Summe Geld und musste sich etwas ausdenken, wie er sie zurückzahlen konnte.

Auf dem kleinen Bildschirm bestätigte ihm Donna gerade den ersten Eindruck, den er von ihr gehabt hatte. Da sie nicht fähig war, die richtigen Einzelhandelspreise für *Happy Time*-Popcorn, *Big Snapper*-Autowachs und *Küchenmeister Pierre's*-Rinderbraten in Rotweinsauce aus der Dose zu erraten, verlor sie das Auto und verließ als Verliererin die Bühne. Dass sie eine war, hatte für Betone von Anfang an festgestanden, aber damit hatte sie vor aller Augen den definitiven Beweis erbracht.

Die übrigen vier Kandidaten wurden mit der Ankündigung heiß gemacht, auf sie warte die Chance, einen Gewinn von über hunderttausend Dollar einzustreichen – nach der Werbeunterbrechung. Ein Spot für Erwachsenen-Windeln bei Blasenschwäche flimmerte über die Mattscheibe, und Bentone zog sich wieder in die abgeschirmte Nische zurück, um sich seinen Kümmernissen zu widmen.

In der Luft hing der Geruch von verschüttetem Bier und unzähligen Zigaretten. An Orten wie diesem hatte er immer seine besten Ideen. Er strich mit dem Daumen über sein Glas, spürte die Kühle des Kondenswassers und zwang sich, dem drohenden Desaster in die Augen zu sehen. Er hatte schon oft Leuten Geld geschuldet und noch immer einen Weg gefunden, es zurückzuzahlen.

Wo ist nun der Typ, der so cool ist wie der Winter in Alaska? Wo ist der große Sieger?

Betone nahm einen letzten, tiefen Zug von seiner Zigarette und drückte dann die Kippe aus. Er strich sich mit beiden Händen durch das dichte schwarze Haar und seufzte. Wie hatte er sich nur so etwas einbrocken können?

Diese Frage hatte er sich in den vergangenen zwanzig Jahren schon so oft gestellt. Aber anscheinend lernte er nie dazu und war unfähig, sich zu ändern. Dieses Mal sollte es aber auch eine wirklich todsichere Sache sein.

Little John Fabonio arbeitete an einem Wettschalter auf der Pferderennbahn im Hollywood Park. Fabonio hatte den Insidertipp auf ein Pferd namens Mother's Milk erhalten, das anscheinend der Konkurrenz mühelos davonlaufen konnte. Als Bentone auch noch herausfand, dass das Pferd am selben Tag geboren worden war wie seine fünfjährige Tochter Aubrey, hielt er es für ein Omen. Dummerweise hatte er es für ein gutes gehalten.

Es sollte *die* Chance seines Lebens werden. Alle anderen Deals, von denen er sich irrtümlich große Gewinne versprochen hatte, waren nur das Aufwärmtraining gewesen, Vorboten des großen Zahltags. Für diese eine, simple Wette hatte er lediglich den Wetteinsatz zusammenkratzen müssen, denn er selbst hatte das Geld nicht vorrätig gehabt.

Wegen einer Rückenverletzung hatte er die vergangenen sechs Monate nicht arbeiten können. Da war ihm nun dieses Geschenk des Himmels in den Schoß gefallen, und er hatte nicht das Geld, die Gelegenheit beim Schopf packen zu können. Aber er wusste, wo er Geld bekommen konnte. Da er vollkommen überzeugt gewesen war, dass Mother's Milk das Rennen gewinnen würde, hatte er seinem bevorzugten Kredithai, Benny Giordano, genannt Schraubzwingen-Benny, einen Besuch abgestattet. Zu einem Zinssatz von dreißig Prozent hatte er sich das Doppelte der Summe geliehen, die er ihm bereits schuldete. Wenn er gewann, so hatte Bentone gedacht, konnte er mit dem Geld auf einen Schlag seine Schulden begleichen, und es würde ihm immer noch genug für viele neue Wetten übrig bleiben.

Der stämmige Kredithai wirkte, mit seiner Lederhaut und den behaarten, klobigen Händen, eher wie ein Tier als wie ein Mensch. An jenem Tag hatte er sich über den

Tisch gebeugt und das Geld in zwei Stapeln ausgezählt. Dann hatte er Bentone in die Augen gesehen.

»Ich hoffe, du bist dir deiner Sache sicher, mein Freund. So viel Geld … Wenn du es nicht zurückzahlst, verkaufen wir deine Organe, eines nach dem anderen, an ein paar reiche Freaks in Südamerika. Ich hab sie nicht einmal gefragt, was sie damit machen.«

Die drohenden Worte konnten Bentone jedoch nicht einschüchtern. Er hatte das Geld sorgfältig in eine Plastiktüte gepackt, denn nach seinem Dafürhalten hatte Mother's Milk das Rennen bereits so gut wie gewonnen. Am nächsten Tag um dieselbe Zeit würde er dem Halsabschneider die Schulden schon in voller Höhe zurückgezahlt haben.

Tja, das war wohl nix, dachte er und schnaubte verächtlich angesichts seiner eigenen Dummheit. Er nahm einen kleinen Schluck Bier, spülte damit seinen Mund und schluckte ihn schließlich hinunter.

Die Kellnerin kam an seinem Tisch vorbei, schaute aber nicht einmal in seine Richtung. Mit zitternden Fingern nahm Bentone eine neue Zigarette aus der Schachtel und steckte sie sich an. Im Fernsehen liefen mittlerweile die Mittagsnachrichten, die Kneipe wurde allmählich immer voller. Viele Leute kamen zum Lunch.

Bentone nahm erneut einen Zug von seiner Zigarette, inhalierte tief und behielt den Rauch einen Moment in den Lungen. Über Krebs machte er sich dabei keine Gedanken. Wenn er nur rasch genug daran starb, dann war ihm das im Grunde sogar ganz recht.

Eine todsichere Sache – von wegen! Mother's Milk war gerade mal an sechster Stelle ins Ziel gekommen.

Nun schuldete er dem Kredithai das Doppelte von dem, was Giordano ohnehin schon bekam, plus die dreißig Prozent Zinsen. Und es würde nicht lange dauern, bis sich auch diese dreißig Prozent verdoppelten. Verdreifachten. Bentone wollte schon die aktuelle Summe gar nicht genau ausrechnen, denn bereits die Hälfte war weit mehr, als er zurückzahlen konnte.

Er trank sein Bier aus und stellte sich vor, wie er auf einem OP-Tisch in einem Hinterzimmer des Schlachthofs von Benny Giordano lag. Vor seinem geistigen Auge sah er zwei Klugscheißer in Arztkitteln ihre Metzgermesser schleifen, um der Eilbestellung einer Niere nachzukommen.

Bentone brach der kalte Schweiß aus. Es ging einfach nicht! Es gab keine Möglichkeit für ihn, irgendwie das Geld zu beschaffen, das der Halsabschneider von ihm forderte. Er musste verschwinden. Er musste Los Angeles sofort verlassen, sich eine neue Identität zulegen und noch mal ganz von vorn anfangen. An einem Ort, wo ihn der Kredithai und seine Handlanger nie suchen würden. Ihm blieb gar nichts anderes übrig.

Er dachte an Südamerika. Er hatte nichts dagegen, nach Südamerika auszuwandern, solange er es unbeschadet und lebendig tun konnte.

Bentone zog sein Portemonnaie aus der Hosentasche. Darin fand er zwei Fünf-Dollar-Scheine und ein altes Rubbellos. Das genügte nicht mal für den Bus, der ihn raus aus der Stadt der Engel bringen sollte. Er fluchte vor sich hin und suchte in den diversen Fächern des Portemonnaies nach stillen Geldreserven, die er für schlechte Zeiten angelegt hatte. Aber er wusste, dass er nichts finden würde. Er hatte schon alles verbraucht.

Hinter seinem Führerschein versteckten sich ein Taschenkalender von 1997 und ein Foto, auf dem seine Frau, seine Tochter und er selbst abgebildet waren. Sie lächelten alle drei in die Kamera: zu diesem Zeitpunkt die glücklichsten Menschen der Welt.

Bentone betrachtete das Foto und versuchte, sich zu erinnern, ob es je eine Zeit in seinem Leben gegeben hatte, in der er wirklich so glücklich gewesen war, wie er es auf dem Bild zu sein schien.

Plötzlich keimte Wut in ihm auf. *Sie* waren die Ursache für all seine Probleme! Obwohl er und June sich vor über zwei Jahren getrennt hatten, lag Bentone das Wohl seiner

Familie immer noch sehr am Herzen. Er tat alles für die beiden. Sie sollten von allem nur das Beste haben. Aber wurde es ihm gedankt? – Kein bisschen! Bei der letzten Begegnung mit seiner kleinen Tochter hatte seine Ex nur wegen der finanziellen Unterstützung herumgezickt. Sie hatte sogar damit gedroht, ihm den Umgang mit Aubrey zu verbieten, wenn er nicht endlich anfangen würde, ihr regelmäßig einen gewissen Betrag zukommen zu lassen.

Sie waren der Grund, warum er Schraubzwingen-Benny so viel Geld schuldete und nun sogar L.A. verlassen musste. Er schob den Daumen über die Gesichter von June und Aubrey. Vielleicht war es gar nicht so schlecht, die Stadt zu verlassen. Er steckte das Portemonnaie wieder in die Tasche. Vielleicht sollte er die zehn Dollar nehmen, irgendwo auf was wetten und ...

Bentone schreckte plötzlich auf, und das Herz klopfte ihm wie wild in der Brust, als er sein Gegenüber bemerkte. Er war nicht mehr allein in der Nische.

Der Mann auf der anderen Seite des Tisches nickte ihm zu. Er war in den Vierzigern, gut angezogen, gut aussehend und trug das lange rabenschwarze Haar mit Gel zurückgekämmt. Seine Augen strahlten in dem kältesten Blau, das Bentone je gesehen hatte. Eisblau.

Bentone sah sich nach einem eventuellen Beobachter um und fragte sich kurz, ob ihm jemand einen Streich spielen wollte. Aber dem war anscheinend nicht so. Als er sich wieder zu dem Mann umdrehte, der ihn immer noch mit seinem merkwürdig kalten Blick fixierte, beschlich ihn ein sehr ungutes Gefühl.

Die Kellnerin kam vorbei, und der Typ hob die Hand. »Noch ein Bier für meinen Freund!«

»Hey, Kumpel, ich kenne Sie nicht!«, sagte Bentone nervös und drückte seine Zigarette aus. »Aber Sie können den Tisch haben. Ich bin schon weg ...«

Er erhob sich eilig, denn er befürchtete, dass dieser Kerl für Schraubzwingen-Benny arbeitete. Irgendwie hatte der Kredithai wohl gerochen, dass er plante, die Stadt zu verlassen und hatte jemanden hinter ihm hergeschickt, um genau das zu verhindern. Er musste auf dem schnellsten Weg verschwinden.

Der Mann fasste ihn sacht am Arm. »David Bentone. Sie sind doch David Bentone, nicht wahr?«

Er sprach mit leichtem Akzent. Wahrscheinlich kam er von irgendwoher aus Europa. Bentone entriss ihm seinen Arm und erhob sich abrupt.

»Nee, tut mir Leid. Da haben Sie den Falschen. Entschuldigen Sie mich bitte, aber ich bin schon spät dran und muss jetzt wirklich gehen. Viel Spaß noch!«

Er war schon fast auf dem Weg zur Tür, als der Mann erneut das Wort ergriff: »Ich glaube, ich kann Ihnen aus Ihrem momentanen finanziellen Engpass helfen.«

Bentone blieb wie angewurzelt stehen. Er drehte sich um. »Wie bitte?«

Der gut aussehende Mann wies auf den freien Stuhl am Tisch. »Bitte setzen Sie sich wieder! Wenn wir uns unterhalten haben, werden Sie verstehen, dass ich nicht hier bin, um Ihnen Probleme zu bereiten. Ganz im Gegenteil. Bitte! Setzen Sie sich doch!«

Bentone kam wieder an den Tisch und beäugte den Fremden misstrauisch.

»Sehr schön, David.« Er streckte ihm die Hand entgegen. »Wir fangen am besten noch mal von vorn an, diesmal wie Gentlemen. Mein Name ist Anton Meskal.«

Meskal hatte einen warmen, festen Händedruck. Als er seine Hand wieder zurückzog, bemerkte Bentone einige hübsche Ringe an den Fingern des Fremden und eine teure Uhr um dessen Handgelenk. Der Mann hatte Geld.

»Mister Giordano hat mich über den Umfang Ihrer augenblicklichen Schuld unterrichtet.«

Bentone steckte sich eine Zigarette an, schüttelte das Streichholz aus und warf es in den Aschenbecher. Er lehnte den Kopf in den Nacken und blies den Rauch in die Luft. »Lassen Sie mich raten. Sie und der Halsabschneider haben einen Deal abgeschlossen. Sie haben meinen Schuldschein gekauft, und nun gehöre ich Ihnen. Ist es so?«

Die Kellnerin mit den veilchenblau ummalten Augen kam mit einem Glas Bier und stellte es vor David auf den Tisch. Meskal hatte für sich nichts bestellt. Er warf ihr einen Zwanziger auf das Tablett und scheuchte sie mit einer herablassenden Handbewegung davon.

»Habe ich richtig gehört? Fragten Sie, ob Sie mir gehören? Nein, ich will gar nicht, dass Sie mir gehören. Ich will Ihnen helfen.«

Bentone nahm einen Schluck Bier und studierte sein Gegenüber. »Warum sollten Sie mir helfen wollen? Sie kennen mich überhaupt nicht, und ich schulde dem dicksten Kredithai in Los Angeles schrecklich viel Geld. Sagen Sie mir, wie es dazu gekommen ist, dass ich Ihnen plötzlich so ans Herz gewachsen bin! Das würde mich wirklich sehr interessieren!«

Meskal beugte sich über den Tisch und blickte Bentone aus seinen kalten blauen Augen durchdringend an. »Ich will Sie nicht belügen, David. Ich habe Mister Giordano aufgesucht, weil ich nach jemandem wie Ihnen suchte. Nach jemandem, der sich in einer verzweifelten Lage befindet.«

Bentone war beleidigt und drückte wütend seine Zigarette im Aschenbecher aus.

»Verzweifelt? Wissen Sie was? Ich glaube, mir gefällt dieses Gespräch nicht, und deshalb verschwinde ich jetzt ganz einfach. Vielen Dank für das Bier! An einem Ort wie diesem haben Sie bestimmt keine Schwierigkeiten, einen wirklich verzweifelten Typen zu finden, mit dem Sie reden können.« Er wandte sich brüsk ab.

»Setzen Sie sich, David!«, befahl Meskal mit scharfer Stimme. »Das bisschen Stolz, das Ihnen noch blieb, wurde doch längst von dem Gewicht der Schulden erdrückt, die Sie bei diesem hundertsiebzig Kilo schweren Neandertaler haben. Setzen Sie sich hin, trinken Sie Ihr Bier, und hören Sie sich in Ruhe an, was ich anzubieten habe. Wenn Sie nicht interessiert sind, gehe ich meiner Wege und werde Sie nie wieder belästigen. Wie finden Sie das?«

Bentone setzte sich wieder auf den Stuhl und zog sein Bierglas zu sich heran.

»Sehr gut.« Meskal legte seine sorgfältig manikürten Hände auf die zerkratzte Tischplatte. »Es ist eigentlich ganz einfach. Ich benötige etwas, von dem ich glaube, dass nur Sie es mir beschaffen können, und um es zu bekommen, bin ich bereit, mich um Ihre Probleme mit Benny Giordano zu kümmern.«

Bentone lächelte und drohte Meskal mit dem Zeigefinger. »Ich weiß, es gibt einen Haken. Aber ich höre Ihnen zu.« Er nahm einen großen Schluck Bier und wischte sich den Mund ab. »Das ist ein Haufen Geld, von dem Sie da reden.«

»Sind Sie interessiert?«, fragte Meskal, nun wieder in einem schärferen Tonfall.

Bentone rutschte unruhig hin und her. »Was ... Was genau muss ich tun? Irgendwo einbrechen? Einen Raubüberfall machen? Ich werde niemanden umbringen«, sagte er und lachte nervös. »Was Sie auch gehört haben mögen, ich bin kein Krimineller, okay? Und wenn Sie jemanden für einen Mord anheuern wollen, reden Sie mit dem Falschen.«

»Ich bin sicher, ich spreche mit dem Richtigen. Ich frage Sie nur noch einmal. Sind Sie an dem Geschäft interessiert, David Bentone?«

Meskals kalte Augen machten David Angst. Er sah weg und ließ seinen Blick durch den Raum schweifen, um dem Mann nicht in die Augen sehen zu müssen.

»Ja! Ja, ich bin interessiert. Ich wäre ja blöd, wenn ich es nicht wäre.«

»Wunderbar, David«, antwortete Meskal zufrieden und faltete die Hände. »Sollen wir nun die Einzelheiten unserer Transaktion besprechen?«

Bentone konnte dem Blick des Mannes nicht länger ausweichen. »Was kann jemand wie ich schon zu bieten haben, das Sie interessiert?«

Auf Anton Meskals Lippen breitete sich ein beunruhigendes Grinsen aus.

Das Grinsen eines Raubtiers.

1

Angel bog den Kopf des räudigen Köters ruckartig zur Seite, und das Genick des Schrottplatzhundes brach mit einem schnappenden Geräusch. Er schleuderte dem langsam näher kommenden Rudel den zuckenden Körper in den Weg, um die Tiere an einem Angriff zu hindern.

»Da seht ihr, was mit bösen Hunden geschieht!«, schrie Angel und nahm die wilde Meute ins Visier.

Seine Ermittlungen zu mehreren aktuellen Fällen von Kindesentführung, alle aus dem sozial schwachen Viertel um den Schrottplatz herum, hatten ihn an diese Stelle geführt. Angel erschienen die Hunde sehr aggressiv, selbst für ehemalige Wachhunde.

Der Anführer des Rudels, ein räudiges Tier mit grauem Fell, das nach einer Mischung aus deutschem Schäferhund und Bernhardiner aussah, beugte den Kopf und schnüffelte an der Leiche seines Kumpels. Mit seinen wilden, glasigen Augen behielt er Angel im Visier, während er kurz an dem Blut leckte, das dem toten Tier aus der Nase lief. Die vier anderen Hunde beobachteten ihren Anführer, schnüffelten und winselten wegen des Geruchs des Todes, der sich nun über dem Schrottplatz ausbreitete.

Die Bewegungen der Tiere waren steif und ungelenk, über ihren Augäpfeln lag ein seltsam milchiger Film. Angel verspürte Mitleid mit ihnen, denn es war offensichtlich, dass sie in ihrem Verhalten fremdgesteuert waren.

Allerdings konnte Mitleid einen das Leben kosten und sich somit zu einer recht kostspieligen Angelegenheit ausweiten. Angel warf einen raschen Blick auf den zerrissenen Ärmel seines schwarzen Mantels, unter dem er seinen verletzten Unterarm deutlich spürte. Es pochte in den Bisswunden, die unter dem Stoff bluteten. Probehalber bewegte er seine Finger und die Hand. Es schmerzte, aber Anlass zu ernsthafter Sorge bestand nicht.

Er hatte wirklich keine Ahnung, was hinter diesem Fall steckte. Nicht mal den Hauch einer Ahnung. Das Einzige, was er wusste, war, dass mehrere Kinder verschwunden waren und dass er helfen wollte, sie aufzuspüren.

Angel hatte zahlreiche Zeitungsartikel über die Vermisstenfälle gelesen. Wie er bei seinen Ermittlungen erfahren hatte, war an mehreren Tatorten eine gefährliche, faulig riechende Flüssigkeit gefunden worden. Die Polizeipathologen hatten völlig verblüfft festgestellt, dass die Flüssigkeit von einem Tier stammen musste, allerdings von einem der Wissenschaft bislang unbekannten. Angel konnte sich darauf natürlich einen Reim machen und las zwischen den Zeilen. Was auch immer hier sein Unwesen trieb – ein Dämon, ein Werwolf oder was auch immer –, das LAPD, das Los Angeles Police Department, würde nicht damit umgehen können. Angels Einsatz war gefordert. Er hatte schon längst damit begonnen, in der wenigen freien Zeit, die ihm zur Verfügung stand, an dem Fall zu arbeiten.

Aber jetzt stand er da, blutend, ohne Verstärkung.

Bereits das sechste Kind war mittlerweile verschwunden, und die Polizei war der Lösung des Falls keinen Schritt näher gekommen. Bislang fehlte zwar ein Hinweis auf etwas Übernatürliches als Ursache, aber mit jeder Entführung stieg die Wahrscheinlichkeit, dass es sich bei dem Täter nicht um einen Menschen handelte. Die unbekannte Flüssigkeit an den Tatorten wies eindeutig in eine andere Richtung.

Angel hatte den Stadtplan eingehend studiert und beschlossen, seine Nachforschungen auf dem Schrottplatz zu beginnen, der an die Wohngebiete grenzte, aus denen die Kinder verschwunden waren. In diesen Bergen aus verbogenem Metall und anderem Abfall der Gesellschaft konnten sich Kreaturen, die im Dunkeln jagten, prima ein Lager einrichten, das vor dem neugierigen Auge der Menschen verborgen blieb. Angel und Doyle hatten sich bei Sonnenuntergang vor dem Platz verabredet, aber der Dämonenmischling war nicht aufgetaucht. Ungeduldig und darauf hoffend, dass die Kinder noch lebten, war Angel schließlich allein auf das Gelände vorgedrungen.

Er hatte den Stacheldrahtzaun mit Leichtigkeit überwunden und war in den Hof gesprungen. Um einen ersten Eindruck zu gewinnen, begann er seine Suche damit, zwischen den aufgetürmten, zusammengepressten Autos und den Stapeln ausrangierter Geräte umherzuwandern. Er hielt Ausschau nach einem Hinweis, nach etwas, das ihm Aufschluss darüber geben konnte, dass er es tatsächlich mit einer übernatürlichen Bedrohung zu tun hatte, und wenn ja, mit welcher. Es waren ausschließlich Kinder entführt worden, und an jedem Tatort hatte man diese faulig riechende Flüssigkeit gefunden. Angel vermutete, dass der Verantwortliche vielleicht in den Reihen der unterirdischen Lebewesen zu finden sei. Bei den Trollen zum Beispiel.

Angel hatte ohnehin nicht viel für die übernatürlichen Kreaturen übrig, die im Verborgenen durch die Welt schlichen, aber für Trolle am allerwenigsten. Vielleicht deshalb, weil sie überwiegend auf Kinder Jagd machten. Aber egal weshalb, Angel hasste die Trolle auf jeden Fall.

Und in diesem Augenblick mochte er auch Hunde nicht besonders gern.

Die Schrottplatzköter kreisten Angel knurrend ein und versuchten, ihm den Fluchtweg abzuschneiden. Der Rudelführer sprang mit einem kehligen Grollen über die Leiche seines gefallenen Kameraden. Angel fing den muskulösen Körper des Tieres mitten im Sprung ab und stolperte rückwärts in einen Stapel gepresster Karosserien. Er packte den Hund am verfilzten Nackenfell und spürte, wie sich darunter die kräftigen Muskeln spannten.

»Warum habe ich bloß den Atemschutz vergessen?«, grunzte Angel und versuchte, das nach ihm schnappende Tier von seinem Gesicht fernzuhalten.

Der Atem des Hundes stank penetrant nach Tod und Verwesung. Ein Geruch, den der Vampir nur allzu gut kannte. Die Bestie schlug nach ihm und versuchte, ihm durch die Kleidung hindurch Kratzer zuzufügen. Angel riss brutal das Knie hoch, um es dem Tier zwischen die Beine zu rammen. Der Rudelführer heulte vor Schmerz und Wut auf, und Angel schleuderte den zappelnden Körper von sich weg. Der Hund schlitterte jaulend über den Boden und krachte in die anderen Tiere. Rasch kam er wieder auf die Beine, schüttelte sich den Dreck aus dem Fell und starrte Angel mit hasserfülltem Blick an.

Die anderen Hunde kamen unter dem wachsamen Blick ihres Anführers näher. Sie leckten sich die Lefzen und schnupperten nervös umher. Angel sah zu Boden. Das Blut, das aus seinen Bisswunden lief, bildete bereits eine kleine Pfütze.

Die vier Hunde gingen mit gesträubten Nackenhaaren in Angriffsstellung. Das dunkle Fleisch ihrer Lefzen war zurückgezogen, und ihre bösartigen gelben Zähne blitzten hervor. Angel spürte, wie die Verwandlung über ihn kam. Seine Stirn wölbte sich vor und wurde ausgeprägter, seine Schneidezähne verlängerten sich und wurden spitz. In dieser Gestalt konnte er der unnatürlichen Wildheit der Hunde und ihrem Irrsinn besser begegnen.

»Letzte Gelegenheit, meine besten Freunde zu werden«, knurrte Angel.

Die Hunde griffen an. Angel warf sich nach rechts und griff nach der verrosteten Stoßstange eines Fünfziger-Jahre-Wagens. Er riss sie von der zusammengepressten Karosserie ab und wirbelte herum.

Die Stoßstange traf den ersten der ihn angreifenden Hunde, dem Angels kraftvoller Schlag praktisch den Kiefer aus dem Gesicht riss. Er stürzte zu Boden, wollte wieder aufstehen, knickte aber ein und wurde dann sehr still.

Schon setzte das nächste Tier zum Sprung an, hechtete unter Angels Stoßstange hindurch und attackierte Angel von der Seite her. Knurrend stieß der Vampir ihm die Stoßstange ins Maul und verhinderte damit in letzter Sekunde, dass er die Zähne des Hundes zu spüren bekam. Dann zog er dem Köter eins über den Schädel. Ein abscheuliches Knirschen war zu hören. Das Tier gab keinen Laut mehr von sich, als es leblos auf die Seite krachte. Angel beförderte den Kadaver mit einem gezielten Tritt aus dem Weg. Er bleckte seine Vampirzähne und ging mit der blutbeschmierten Stoßstange in den Händen auf die übrigen Tiere zu.

»Wer ist der Nächste?«

Die Hunde wichen zurück und gruppierten sich um ihren Rudelführer, der vor den verrosteten Überresten eines schwarzen Minivans eine verteidigende Haltung eingenommen hatte. Die drei Hunde kamen bellend und schnappend auf Angel zu und machten dann wieder kehrt, um den Van zu bewachen.

Es muss einen ganz besonderen Grund geben, dachte Angel, warum sie mich nicht in die Nähe dieses abgewrackten Fahrzeugs lassen wollen.

Das war die Antwort auf seine Frage. Es handelte sich nicht um normale Wachhunde. Irgendetwas übte einen übernatürlichen Einfluss auf sie aus. Ein anderer Hund sprang ihn an, und er schwang die verbogene Stoßstange, um dem Tier mitten im Sprung das Rückgrat zu brechen. Brutal krachte Metall auf Fleisch. Angel ging rasch auf den Van zu und drohte den verbleibenden Hunden, die argwöhnisch zurückwichen, mit der Stoßstange.

»Muss ich euch denn auch noch umbringen?«, fragte Angel die beiden Tiere, die noch am Leben waren.

Der Rudelführer legte fragend den Kopf schräg und starrte Angel tief in seine gelben, dämonischen Augen. Der andere hörte nicht auf, wie wild zu bellen.

»Ich bin jetzt der Boss! Ihr untersteht jetzt meinem Kommando«, sagte Angel energisch. »Geht!« – Er hatte erkannt, dass der Überlebensinstinkt der Tiere trotz des übernatürlichen Einflusses immer noch sehr stark war, und machte eine plötzliche Bewegung auf sie zu. »Geht jetzt! Verschwindet von hier!«

Die Hunde zögerten und begannen zu winseln. Offenbar kämpfte in ihrem Inneren gerade der Instinkt gegen die Macht an, von der sie besessen waren.

Der Instinkt siegte. Mit eingeklemmten Schwänzen schlichen die beiden schließlich weg von dem Minivan. Als sie sich ein Stück entfernt hatten, drehte sich der Schäferhund-Bernhardiner-Mischling noch einmal um. Er ließ ein böses Bellen ertönen, als wolle er Angel klarmachen, dass er sie noch lange nicht besiegt hatte, nur weil sie sich nun zurückzogen. Der Rudelführer stakste selbstbewusst in die Dunkelheit des Schrottplatzes davon, und sein Bruder zockelte dicht hinter ihm her.

Angel betrachtete das Wrack des Vans. Die Fensterscheiben waren dick mit Schlamm und Staub bedeckt, und man konnte nicht hineinsehen. Die Räder fehlten, und die Karosserie stand direkt auf dem Boden. Ein heftiger Gestank wehte heraus. Hätte es Angel nicht schon an dem Verhalten der Hunde gemerkt, wäre dieser Gestank ein Hinweis gewesen: Er wusste, er war am richtigen Ort. Er warf die Stoßstange weg und umklammerte mit beiden Händen die Griffe der rückwärtigen Türen. Seine Vampirkräfte schwollen an, und mit einem Ruck riss er die Türen aus den Angeln und warf sie zur Seite.

»Klopf, klopf!«, rief er. Auch wenn er vielleicht die Geißel der Mächte der Finsternis war, wollte er doch nicht unhöflich erscheinen.

Von dem Innenleben des Vans war bis auf das nackte Metall nicht viel übrig. Dafür hing der Gestank zum Greifen dick in der Luft. Obwohl Angel nicht atmen musste, bedeckte er sich Mund und Nase mit dem Ärmel seines Mantels, um sich wenigstens etwas vor dem abstoßenden Geruch zu schützen. Nur für den Fall, dass er doch einmal versucht war, Luft zu holen.

Wo kommt dieser Gestank nur her?, fragte er sich, als er mit eingezogenem Kopf in den Van kletterte.

Der Geruch wurde noch penetranter, und Angel spürte außerdem einen sachten Luftzug im Gesicht. Im nächsten Moment entdeckte er auch schon, woher der Wind wehte. Dem Van fehlte der Boden, und direkt vor seinen Füßen befand sich ein Loch in der Erde. Mit einem heftigen Anflug von Ekel zwang er sich einzuatmen. Der schreckliche Gestank wurde eindeutig von einem ganz leichten Luftstrom aus dem Tunnel heraufgetragen. Angesichts dieser Entdeckung sah Angel seine Annahme bestätigt.

Trolle! Er knurrte angeekelt.

Er suchte mit den Augen den Boden ab und fand weitere Beweise dafür, dass er am richtigen Ort war: eine pinkfarbene Haarspange, einen kleinen Turnschuh, eine zerbrochene Actionfigur. Der Vampir kauerte sich vor das im Boden klaffende Loch und spürte, wie sein Zorn wuchs. Er griff hinein und betastete die weiche Erde. Als er seine Hand wieder herauszog, war sie bedeckt mit einer zähen, übel riechenden Substanz.

Wahrscheinlich ein Duergar, vermutete er. Duergar-Trolle waren eine sehr seltene und extrem bösartige Sorte von Wesen, die unter der Erde wohnten. Sie sonderten ein zähflüssiges, übel riechendes Schweißsekret ab, das sie beim Graben der unterirdischen Tunnel als eine Art Gleitmittel einsetzten. Angel erinnerte sich daran, dass die Duergar die Fähigkeit besaßen, niedere Lebewesen wie Ratten, Raben und Hunde zu kontrollieren. Trolle hatten grundsätzlich nichts Gutes zu bedeuten, aber die Duergar waren die Schlimmsten im Bunde.

Angel wischte sich die Hand an der Hose ab und starrte in den Tunnel. Wenn die Kids dort unten gefangen gehalten wurden, durfte er nicht lange zögern. Andererseits war auch klar, dass er nicht ohne Verstärkung in die Tiefe klettern sollte. Was auch kein Problem gewesen wäre, wenn Doyle die Freundlichkeit besessen hätte aufzutauchen.

Doyle, wo steckst du bloß, wenn ich dich einmal brauche?, fragte sich Angel genervt. Er überlegte kurz, was zu tun sei und entschied sich, als Erstes bei Cordelia nachzuhören, wo Doyle stecken könnte. Sie war vermutlich immer noch im Büro. Angel griff in die Manteltasche, um sein Handy herauszuholen, und stieß einen Seufzer der Verzweiflung aus. Er hatte es auf dem Sitz des Autos liegen gelassen, das er einige Blocks von dem Schrottplatz entfernt geparkt hatte.

Es war zwar nicht das erste Mal, dass Doyle eine Verabredung vergessen hatte, aber über die Wichtigkeit dieses Jobs hatten sie diesen Morgen noch gesprochen. Der Trollgeruch stieg mahnend aus dem Loch auf, wie um Angel daran zu erinnern, dass er eine Entscheidung treffen musste. Und er traf sie. Es blieb ihm keine andere Wahl, als die Sache im Alleingang durchzuziehen.

Angel ließ sich in den ekelhaften Tunnel fallen.

Hoffentlich hat Doyle eine verdammt gute Entschuldigung parat!, war sein letzter Gedanke, bevor ihn Gestank und Finsternis wie ein Kokon einhüllten.

Doyle schwebte in einem mentalen Nebel. Er hatte keine Ahnung, wo er war. Es fühlte sich an, als segele er durch den Raum ... Aber plötzlich war er wieder in seinem Apartment. Verwirrt sah er sich um. Seine Wohnung erschien ihm viel netter als sonst. Ist ja komisch! Hab ich tatsächlich sauber gemacht?, dachte er und atmete die ungewohnt reine Luft tief ein.

Dann jedoch drang Müllgestank in seine Nase.

»Doyle?«, fragte eine Stimme von irgendwo.

Er drehte sich um und sah der Schönheit direkt in die Augen.

Cordelia Chase war in seiner Wohnung! Merkwürdig, er erinnerte sich gar nicht daran, wann sie hereingekommen war. Vielleicht hatte er deshalb aufgeräumt, das machte Sinn.

Als Cordelia ihn anlächelte, fing sein Herz an, schneller zu schlagen.

In seinem Hals pochte es, und ein stechender Schmerz schoss ihm bis in die Wangen.

Doyle ging lächelnd auf sie zu. »Cordelia«, sagte er und blickte verlegen von ihrem Gesicht auf den Boden und dann wieder in ihr Gesicht. »Nett, dass du vorbeigekommen bist.«

Sie lächelte immer noch, und er spürte die Wärme ihres Lächelns. Sie ist wie die Sonne, fand er und sah ihr tief in die Augen.

Seine Hände begannen zu zittern. Hier war die Gelegenheit, auf die er so lange gewartet hatte! Cordelia Chase, die Frau seiner Träume, in seiner Wohnung! In seinem tadellosen Apartment, das er sich nicht erinnern konnte, aufgeräumt zu haben. Er hatte sich gleich auf den ersten Blick in diese dunkelhaarige Schönheit verliebt. Seit sie vor einer Weile bei Angel angefangen hatte und Doyle sie jeden Tag sah, fühlte er sich immer stärker zu ihr hingezogen ... und das war noch sehr zurückhaltend ausgedrückt.

»Francis ...«

Doyle war überrascht. Sie hatte ihn noch nie bei seinem Vornamen genannt.

»Francis, es gibt etwas, das ich dir schon seit sehr langer Zeit sagen will.«

Doyle war wie betäubt, als sie ihn bei den Händen nahm.

Sie rieb mit dem Daumen über seine Handknöchel, und plötzlich befand sich Doyle nicht mehr in seinem Apartment, sondern im Büro, unten in Angels Wohnung.

»Seltsam«, murmelte er. Aber schnell verdrängte er den merkwürdigen Ortswechsel, um zu hören, was Cordelia ihm mitzuteilen hatte.

Sie sah ihn entschlossen aus ihren dunklen, feuchten Augen an und drückte seine Hände. »Ich muss meinen ganzen Mut zusammennehmen, um das auszusprechen, und ich hoffe, ich verschrecke dich damit nicht.«

Irgendwas ist hier nass, dachte Doyle. Er hatte das Gefühl, in einer Pfütze zu sitzen.

Aber er verbannte den merkwürdigen Gedanken aus seinem Kopf und widmete Cordelia seine ganze Aufmerksamkeit. »Mich kannst du gar nicht verschrecken, Darling. Was ist denn los?«

»Ich liebe dich, Doyle. Ich habe dich vom ersten Augenblick an geliebt, als ich dich sah.«

Für einen kurzen Moment hörte Doyle harmonische Harfenklänge, die sich jedoch rasch in missklingendes Autohupen verwandelten.

Das war mehr, als er je zu hoffen gewagt hatte – ein Traum wurde wahr.

»Ich habe dich auch mehr als nur ein bisschen gern«, sagte Doyle und führte Cordelias Hände an seinen Mund, um sie zu küssen.

Aber seine Lippen trafen auf nichts. Er küsste die Luft, denn Cordelia stand schon auf der gegenüberliegenden Seite einer seiner Stammkneipen, dem *Taggert's*. Sie hielt Dart-Pfeile in den Händen und sah so aus, als wolle sie ein Spiel beginnen.

»Bist du bereit?«, fragte sie.

War er bereit? Er musste ihr sein dunkelstes Geheimnis anvertrauen, wenn sie glücklich miteinander werden wollten, das war Doyle klar. Aber konnte er das riskieren? Er hatte sich so lange danach gesehnt, ihr zu sagen, wie er wirklich für sie fühlte. Nun, da er wusste, dass seine Gefühle erwidert wurden, wollte er Cordelia um keinen Preis wieder verjagen.

Im *Taggert's* roch es wie in seinem Apartment nach Müll und verdorbenem Gemüse, und er hielt nach der Quelle dieses Ekel erregenden Gestanks Ausschau. Aber sein Blick wurde wieder von Cordelia angezogen, die ihn erwartungsvoll anblickte.

Jetzt oder nie!, beschloss er. Wenn sie die Tatsache nicht verkraftete, dass er zur Hälfte ein Brachen-Dämon war, dann sollte es einfach nicht sein.

Der Schmerz in seinem Nacken wurde stärker.

Doyle durchquerte den Pub, und seine Füße versanken in dem Holzboden, als wäre dieser aus Schaumgummi, was er etwas ungewöhnlich fand.

»Cordelia«, stammelte er. »Ich muss dir, glaube ich, auch etwas sagen.«

Auf einmal war alles voller Pfeile. Die Pfeile steckten in Cordelias nackten Armen und ihrem Hals. Andere befanden sich in ihrem Gesicht und waren schließlich auf dem ganzen Kopf verteilt.

»Ja, Francis?«

Doyle überlegte kurz, ob das Ganze nicht doch ein bisschen eigenartig war. »Ich habe auch ein kleines Geheimnis, von dem du erfahren solltest.«

»Dann los!« Cordelias ganzer Körper sah nun aus wie ein sehr merkwürdiges Nadelkissen. Überall steckten Pfeile.

Doyle schloss die Augen und sprach seinen Text: »Cordelia, ich bin zur Hälfte ein Dämon. Meine Mutter war ein Mensch und mein Va … also, mein Vater war keiner. Ich weiß, wie du Dämonen und dergleichen findest, und ich kann verstehen, wenn du jetzt ein bisschen Angst hast, aber ich kann dir versichern, …«

»Das ist doch super, Francis«, sagte Cordelia und tippte weiter auf dem Computer an ihrem Schreibtisch.

Doyle sah sich im Büro von *Angel Investigations* um und betrachtete die Frau, der er gerade sein dunkelstes Geheimnis mitgeteilt hatte. Wie er erleichtert feststellte, waren die Pfeile wieder von ihrem schönen Körper verschwunden.

»Hast du gehört, Cordy? Ich habe dir gerade gesagt, dass ich zur Hälfte ein Monster bin.«

Cordelia tippte geschäftig weiter. »Ach, das ist doch super, nicht wahr?«, sagte sie nur und sah auf den Computerbildschirm.

Das kann doch alles gar nicht wahr sein!, dachte Doyle. Als er sich ihrem Schreibtisch näherte, ließ er seine dämonischen Züge zum Vorschein kommen. Er beugte sich vor und zeigte ihr seine blaue Haut, die übersät war mit spitzen Stacheln.

»Ich bin zur Hälfte ein Brachen-Dämon«, sagte er.

Cordelia sah auf und lächelte ihn strahlend an. »Das ist toll! Wirklich!«

Doyle stach der Gestank des Mülls in die Nase, und er hörte das Phantomgehupe des Stadtverkehrs. An der ganzen Geschichte ist doch etwas faul, dachte er. Oberfaul.

»Ich habe kein Geld, und ich will dich heiraten«, sagte er.

Cordelia grinste ihn weiter an und zeigte sich nicht im Geringsten von seinem dämonischen Aussehen oder seinem Armutsgeständnis abgeschreckt.

»Ist ja Wahnsinn!«, strahlte sie.

»*'N Sync* ist, wie ich finde, die beste Band aller Zeiten ... sogar besser als *U2*!«

»Oh, da stimme ich dir absolut zu«, entgegnete Cordelia und wandte sich wieder ihrer Tastatur zu.

»Okay, das war's!«, rief Doyle. Er stürzte sich vorwärts, packte die Doppelgängerin bei den Schultern und schüttelte sie heftig.

»Was hast du mit der echten Cordelia Chase gemacht! Sag es mir! Sofort!«

Plötzlich teilte sich der Boden unter seinen Füßen, und er fiel in eine tintenschwarze Leere. Er hörte Cordelias Stimme von überall. Aber sie veränderte sich.

»Und du wunderst dich, warum ich mich so aufrege!«

Doyle erwachte von einem heftigen Husten und versuchte, den dicken, fauligen Film loszuwerden, der seinen Hals von innen verklebte. Er lag auf dem nassen, zersprungenen Asphalt in einer dunklen Gasse, und seine Hose war völlig durchweicht. Sein Kopf dröhnte, und aus der Ferne drangen Verkehrsgeräusche zu ihm herüber.

»Aye, das muss das Paradies sein«, murmelte er.

Wo zum Teufel bin ich hier gelandet?, fragte er sich gleich darauf. Seine Erinnerungen waren, abgesehen von der bizarren Halluzination, sehr verschwommen.

»Wer ist Cordelia Chase?«, fragte eine weibliche Stimme neben ihm.

Doyle starrte trübe geradeaus und blinzelte, um seine Augen scharf zu stellen. Er erkannte einen großen, grünen Müllcontainer. Darauf kauerte jemand – oder etwas – in Raubtierpose und schien ihn zu beobachten.

»Was hast du mit mir gemacht?«, krächzte Doyle und versuchte aufzustehen.

»Habe ich dir wehgetan, Süßer? Armes Baby!«

Ein stechender, glühend heißer Schmerz durchfuhr ihn erneut, und Doyle griff sich an den Hals. Etwas ragte aus seinem Fleisch. Vorsichtig berührte er einen nadelähnlichen Gegenstand und zog ihn heraus.

Ein Stachel! Nun fiel ihm alles wieder ein.

Er versuchte, sich mit den Händen abstützend, aufzustehen. Aber er rutschte auf dem faulenden Gemüse aus, das rings um den Container verstreut war, und klatschte der Länge nach wieder auf den Boden.

»Verna! Warum hast du mir einen deiner Stachel verpasst, Darling? Habe ich etwas falsch gemacht?«

Die Dämonin, deren Körper mit langen, zitternden Stachelfortsätzen überzogen war, sprang von dem Deckel des Müllcontainers und landete katzengleich vor Doyle.

»Schleim hier nicht so rum!«, knurrte sie. »Du weißt ganz genau, was du angestellt hast.«

Doyle konnte nun wieder scharf sehen und blickte der Dämonenfrau in die dunklen, wilden Augen. Was er sah, war kein Monster, das zum Spaß töten und verstümmeln wollte, sondern ein weibliches Wesen, dessen Gefühle er verletzt hatte.

Doyle hatte Verna eine Woche zuvor in einer Kneipe kennen gelernt, in der er immer noch anschreiben lassen durfte. Die Stammgäste dort zählten zu den eher ungewöhnlichen Einwohnern der Stadt. Normalerweise hätte er eine andere Kneipe vorgezogen, aber an diesem Abend war er knapp bei Kasse gewesen, und ein böser Durst hatte ihn gequält.

Bei seinem vierten Glas Bier hatte er die rothaarige Schönheit bemerkt, beim fünften registrierte sie ihn ebenfalls. Um das achte herum hatte Doyle alles von der Frau erfahren, was er wissen wollte: Was sie anmachte, und was sie abtörnte, wo sie arbeitete – alles außer der ziemlich wichtigen Tatsache, dass sie kein Mensch war. Diese unbedeutende Information erhielt er erst bei der letzten Runde, als sie fragte, ob er sie vielleicht nach Hause begleiten wolle.

Seitdem hatte Doyle sie nicht mehr gesehen.

Knurrend hob Verna einen stacheligen Arm an Doyles Kinn, und die tödlichen Nadeln drückten sich in die weiche Haut seines Halses.

»Nenn mir auch nur einen guten Grund, warum ich dich nicht umbringen sollte, du herzloser Widerling!«

Doyle berührte sie am Arm und achtete darauf, nicht von einem der Stachel aufgespießt zu werden. »Könntest du mir einen kleinen Hinweis darauf geben, was ich getan habe, um dich so zu beleidigen?«

Die Dämonenfrau fing an zu weinen. »Ich dachte an diesem Abend, neulich in der Kneipe, wir würden uns gut verstehen. Ich dachte wirklich, dass bei uns die Chemie stimmt. Und du hast mich in diesem Gefühl bestärkt.«

Doyle versuchte sich verzweifelt daran zu erinnern, was nach der letzten Runde geschehen war. Verna hatte sich verführerisch an ihn geschmiegt. Nun fiel ihm wieder der Schock ein, den er erlitten hatte, als sich stachelige Fortsätze langsam aus ihrem Fleisch schoben. Sie war ein Kashshaptu-Dämon. Das Gift in ihren Stacheln war in geringer Dosis ein Halluzinogen und in hoher Dosis tödlich.

»Du hast versprochen, mich anzurufen«, jammerte Verna traurig. »Warum hast du es nicht getan?«

Doyle dachte schnell nach. »Ich wollte ja anrufen … aber … ich habe deine Nummer verloren. Ich hatte sie in meiner Hemdtasche, und das Hemd ging in die Wäsche. Kann doch mal vorkommen. Es tut mir Leid, wirklich, aber so etwas kann jedem mal passieren, oder?«

Alle Gedanken an sein eigenes dämonisches Erbe verdrängte Doyle recht erfolgreich. Seit dem Tag, an dem er die Wahrheit über sich herausgefunden hatte, schämte er sich zutiefst dafür und versuchte, jeden Gedanken daran zu vermeiden.

Die Ausrede mit dem Hemd in der Wäsche schien Vernas Zorn tatsächlich zu mildern. Sie lächelte wieder, und Doyle war überrascht, wie verführerisch er sie eigentlich fand.

Wirklich eine Schande, dass sie ein Dämon ist!, dachte er betrübt.

»Es ist ja nur, weil wir uns an diesem Abend so gut miteinander verstanden haben, und du sagtest, dass du mich besser kennen lernen willst. Ich dachte, ich würde schneller von dir hören, und ich war so traurig und enttäuscht als …«

Doyle beobachtete, wie Verna ruhiger wurde. Die Stacheln versanken wieder in ihrem Fleisch.

»Als du überhaupt nicht anriefst, bin ich sauer geworden. Und noch wütender wurde ich, als ich dich in diesen Pub gehen sah. Aber jetzt komme ich mir total albern vor.« Sie trat näher und sah ihm in die Augen. »Kannst du mir verzeihen?«

Doyle setzte sein charmantestes Lächeln auf. »Natürlich kann ich das.«

Sie lächelte ihn warm und verführerisch an. »Hast du Lust, heute Abend was zu unternehmen, mein Engel?«, fragte sie und biss sich verführerisch auf die Unterlippe.

Doyle schlug sich auf die Stirn. »Ach du lieber Gott! Angel!«

»Was?«, fragte Verna scharf und sah ihn erneut verletzt an. »Wer ist Angel? Noch so eine Kneipeneroberung?«

Die Stacheln traten wieder zum Vorschein, und an den Spitzen glitzerte das Gift.

»Er ist ein Mann! Angel ist ein Mann – mein Boss, wirklich«, erklärte Doyle und fasste Verna vorsichtig an den Schultern. »Sieh mal, ich kann heute nicht mit dir ausgehen. Mir ist gerade ein sehr wichtiger Geschäftstermin eingefallen, und ich bin jetzt schon viel zu spät dran. Ich rufe dich am Wochenende an, wenn das okay ist. Ich schwöre es.«

Verna wollte ihn noch weiter ausfragen, aber Doyle beugte sich vor und gab ihr ein Küsschen auf die Wange, wobei er darauf achtete, sich nicht zu stechen.

»Wir hören uns bald«, sagte er, drehte sich um und rannte die Gasse hinunter. »Es tut mir wirklich Leid, dass ich jetzt gehen muss. Vielen Dank für dein Verständnis!«

Er lief immer schneller und murmelte vor sich her, dass Angel ihn wahrscheinlich umbringen würde und dass er endlich damit aufhören sollte, im Pub Gespräche mit seltsamen Frauen anzufangen.

Der stinkende Tunnel unter dem Schrottplatz führte nach einer Weile in einen Raum, der wie der Werkzeugschuppen der Stadtgärtner aussah.

Angel spähte in die Dunkelheit und erkannte die Umrisse von Rasenmähern, Schubkarren und großen Säcken mit Grassamen. Rechen, Schaufeln und Heckenscheren hingen an großen Haken an der Wand. Der schmutzige Geruch eines übernatürlichen Wesens machte sich im Raum breit. Angel krabbelte aus dem Loch in den Lagerraum und begann seine Suche.

Alles war hier mit einer dicken Staub- und Schmutzschicht bedeckt. Spinnweben hingen von der Decke. Offensichtlich war die Werkstatt schon seit langer Zeit unbenutzt – zumindest von Menschen. Angel entdeckte jetzt Spuren auf dem staubbedeckten Boden und folgte ihnen auf die rückwärtige Seite des Lagers.

In der gegenüberliegenden Ecke sah er ein Licht aufflackern. Er bewegte sich vorsichtig darauf zu und entdeckte einen billigen Vorhang, der einen kleinen Teil des Raumes abteilte. Eine Flamme brannte auf der anderen Seite. Mit großer Vorsicht teilte Angel den Vorhang und spähte hindurch.

Da war es! Er hatte das Lager des Monsters gefunden.

Unter einem großen schwarzen Kessel mit einer zähflüssigen, schimmernden Flüssigkeit brannte ein Feuer. Rechts daneben lag ein Haufen alter Kleider und Lumpen. Ein klägliches Wimmern ertönte und lenkte Angels Aufmerksamkeit zur Stirnseite des Raums.

Sechs Kinder waren als vermisst gemeldet, und nun hatte er vier von ihnen gefunden. Sie waren gefesselt und geknebelt, ihre Gesichter und Kleider waren von Dreck verschmiert. Aber sie lebten.

Auch die Kinder hatten ihn jetzt gesehen. Ihre kleinen Körper erstarrten vor Angst, und in ihren Mienen spiegelte sich die Hoffnung auf Befreiung. Angel legte den Zeigefinger an die Lippen, um sie zur Ruhe zu mahnen.

Er schob den Vorhang weiter auseinander, prüfte jeden dunklen Winkel des Raumes nach einer möglichen Gefahr und ging schließlich auf die Kids zu.

Plötzlich verfing sich sein Fuß in etwas, einem Seil oder Draht, der quer zum Eingang gespannt war. Er geriet ins Stolpern. Es handelte sich um eine Art primitiver Alarmanlage. Das Geräusch aneinander schlagender Knochen und klappernder Dosen erfüllte den Raum. Angel kam wieder auf die Beine und hockte sich vor die Kinder.

»Macht euch keine Sorgen! Normalerweise bin ich bei Rettungsaktionen nicht so tollpatschig«, flüsterte Angel dem ältesten Kind zu und nahm ihm den Knebel aus dem Mund.

»Pass auf!«, schrie der Junge nur.

Angel tauchte blitzschnell nach rechts ab, und da fuhr auch schon eine blutverkrustete Axtklinge hernieder, die ihm fast den Schädel gespalten hätte.

Funken stoben, als die Klinge mit Wucht auf den Betonboden krachte.

Angel war wütend, aber auch peinlich berührt. Was er für einen Haufen Lumpen gehalten hatte, war in Wirklichkeit das schlafende Monster gewesen, das er mit seiner Tollpatschigkeit geweckt hatte.

»Bist an meinen Hündchen vorbeigekommen, wie ich sehe«, knurrte der Troll und zog mit einem kehligen Lachen die Axt aus dem Boden, um erneut zuzuschlagen. »Böse Hündchen! Haben ihre Arbeit nicht getan! Aber ich will mich nicht beschweren. Ich bekomme gern Besuch von Frischfleisch.«

Der Troll hob die Axt über seinen Kopf und stürzte sich auf Angel. Sie hatten in etwa dieselbe Größe, aber der Troll wog mindestens fünfzig Kilo mehr. Er trug zerrissene, blutverschmierte Lumpen, aus seinem Mund ragten zwei gelbliche Stoßzähne.

Angel trat dem Troll in seinen fetten Bauch, sodass er rückwärts in den brodelnden Kessel stürzte. Rasch drehte er sich wieder zu den Kindern und befreite das älteste von seinen Fesseln.

»Mach die anderen los! Schnell!«

Das Kind nickte und begann sogleich fieberhaft, an den Schnüren des Mädchens neben ihm zu nesteln.

Angel hatte sich bewusst bemüht, sein vampirisches Erscheinungsbild nicht vor den Kindern zu zeigen. Aber nun, als er sich dem Troll zuwandte, spürte er, wie sich seine Gesichtszüge zum zweiten Mal in dieser Nacht veränderten. Er fuhr mit der Zunge über seine nadelspitzen Zähne.

Der Troll hatte beim Sturz den Topf umgerissen und war mitten in der Feuerstelle gelandet. Nun klopfte er die brennenden Haare auf seinem Rücken aus, rappelte sich auf und versuchte gleichzeitig, sich die Axt zu holen, die auf dem Boden lag.

Als Angel die Flüssigkeit betrachtete, die dem Troll aus dem umgekippten Kessel über die Füße lief, ahnte er, welches Schicksal die beiden anderen vermissten Kinder ereilt hatte. Diese Erkenntnis und der Gestank des schwelenden Trollpelzes drehten ihm fast den Magen um.

Der Troll grinste und ließ die Axt von der linken in die rechte Hand wandern. »Erst befreist du meine Vorräte und dann verschüttest du mir noch den Suppenkessel, du Vampir! Das ist gar nicht nett von dir ... wirklich nicht.«

Er war größer als jeder Troll, dem Angel zuvor begegnet war. Sicher war er ein Duergar. Obwohl Angel wusste, dass es besser war, dem Troll nicht den Rücken zuzuwenden, drehte er sich rasch nach den Kindern um. Der älteste Junge befreite gerade mit zwei anderen das jüngste unter ihnen von den Fesseln.

Der Troll nutzte den Moment von Angels Unaufmerksamkeit und griff wieder an, schwang die Axt mit beiden Händen und wollte den Vampir ganz offensichtlich in Stücke teilen. Angel wich dem Schlag aus und spürte noch den Luftzug der Klinge, als diese viel zu nah an ihm vorbeifuhr.

»Hab noch nie Vampirfleisch gehabt. Soll ja zäh und sehnig sein, wie ich gehört habe. Aber ich bin offen für alles. Natürlich wirst du das bei lebendigem Leibe erleben, denn sonst habe ich ja nur noch Staub auf dem Teller.«

Die Kinder schrien auf. Sie rannten so schnell sie konnten auf den Vorhang und die dahinter wartende Freiheit zu. Alarmiert durch ihre Schreie blickte der Troll in ihre Richtung.

»Kommt zurück, meine Leckerchen! Ihr werdet erst vor mir Ruhe haben, wenn ihr durch mein Gedärm gewandert seid!«

Angel nutzte diesen Moment der Ablenkung. Er sprang geduckt an den Troll heran, um ihm eine Faust in den dicken Bauch zu rammen. Der Troll stolperte rückwärts und schwang unbeholfen die Axt.

»Weißt du, ich hatte gedacht, du bist Vegetarier«, sagte Angel und verpasste seinem Gegner einen festen Schlag an die Schläfe. Der Troll stürzte und ließ seine Waffe fallen.

»Bohnen und Sojasprossen ...« Angel trat der Kreatur kräftig in das dunkle, schweinsähnliche Gesicht. »Gemüse und Tofu. Tofu wäre gut für dich!«

Er trat noch einmal zu, aber diesmal bekam der Troll seinen Fuß zu fassen, drehte ihn und warf Angel zu Boden. Sofort baute sich das Wesen vor dem benommenen Vampir auf, beugte sich vor und schlug ihm die langen, starken Krallen, mit denen er sich durch Erde und Felsen grub, in die Brust.

Die Schmerzen waren entsetzlich. Angel rollte sich zur Seite, bevor der Troll erneut zuschlagen konnte, und fasste sich an die Brust. Als er die Hand wieder wegnahm, tropfte Blut von seinen Fingern.

Auch aus dem Maul des verletzten Trolls rann Blut. Er spuckte einen großen Klumpen blutigen Speichel auf den Boden. »Wenn du überlebst – obwohl das sehr unwahrscheinlich ist – würde ich an deiner Stelle die Wunden gut auswaschen. Sonst kriegst du noch 'ne Infektion!« Die Kreatur lachte. Es waren schrecklich raue, kehlige Laute.

Dann legte der Troll seinen hässlichen Kopf schräg und streckte einen langen Finger mit schwarzem Nagel aus. »Jetzt weiß ich auch, wer du bist! Der gefürchtete Angelus! Na ja, mittlerweile nicht mehr so gefürchtet, seit du deine kleine Seele wiederbekommen hast.«

Die Kreatur kannte also Angels Geschichte. Aber so ungewöhnlich war es nun auch wieder nicht, dass Kreaturen der Nacht schon einmal von ihm gehört hatten.

»Du wirst dich noch wundern«, sagte Angel und stürzte sich auf die ekelhafte Bestie.

Er verpasste dem Troll einen heftigen Schlag ins Gesicht und spürte, wie einer der Stoßzähne brach. Der Troll stolperte rückwärts durch den Vorhang und in die große Werkstatt. Angel verdrängte die Schmerzen in seinen blutenden Handknöcheln und folgte ihm.

»Das mit dem Zahn tut mir Leid. Ich breche dir auch noch den anderen ab. Du willst doch bestimmt auch, dass in diesem hübschen Gesicht alles im Gleichgewicht bleibt.«

Die Kinder waren von der Tür des Lagerraumes aufgehalten worden. Sie mühten sich mit einer Reihe von Bolzen ab. Riegel, die der Troll vermutlich selbst angebracht hatte, um ungebetene Gäste von seinem Lager fernzuhalten.

»Ein Vampir mit Seele«, höhnte der Troll. »Verdorben durch menschliche Schwächen – was für ein erbärmlicher Krüppel! Die Erinnerung an all deine Übeltaten muss dich ja umbringen! Wie kannst du es nur mit dir aushalten!«

Wieder lachte der Troll und fing an, in den Tunnel zurückzuweichen. Offenbar wollte er fliehen. »Ich weiß wie«, fuhr er fort. »Du zerstörst alles, was dich an dein früheres Wesen erinnert.« Der Troll spuckte wieder Blut. Er war schon fast an dem Loch angekommen.

Angel war verärgert. Das Wesen ging ihm wirklich auf die Nerven.

»Trollpsychologie? Erspar mir das!«, knurrte er. »Glaubst du wirklich, dass ich mich so leicht ablenken lasse? Glaubst du, ich werde dich einfach so von hier verschwinden lassen?«

»Nein«, entgegnete der Troll. »Das glaube ich ehrlich gesagt nicht.«

Und dann trat er in Aktion und tat etwas, das Angel nicht erwartet hatte.

Den Kindern war es gelungen, die Tür zu öffnen, und die kühle Nachtluft strömte herein, als der Troll urplötzlich an dem Tunneleingang vorbeiraste und den Kindern nachsetzte. Angel musste bestürzt mitansehen, wie er sich das jüngste Kind schnappte. Das Mädchen war nicht älter als vier und begann, in den Klauen des grauenhaften Monsters um sich zu treten und laut zu schreien.

»Da du mir mein leckeres, selbstgemachtes Essen ruiniert hast«, knurrte der Troll, »muss ich mir ein bisschen Proviant mitnehmen.«

Er legte seine Klauen an den weichen, schmalen Hals des kleinen Mädchens, als er wieder zu dem Tunneleingang zurückkehrte. Er schnüffelte an dem Haar des Kindes. Eine Spur dicken, blutigen Speichels tropfte von seinem Mund auf den kleinen Kopf. »Wenn ich in dieses Loch gehe, willst du mir sicherlich folgen.« Er schob sich dichter an die Öffnung heran. »Das kann ich aber nicht zulassen.«

Angel knurrte und machte einen Schritt auf den Troll zu.

Das kleine Mädchen stieß einen schrillen Schrei aus, als der Troll ihr mit seinem scharfen, schwarzen Fingernagel über den Hals strich und eine dünne, rote Linie zum Vorschein kam.

»Komm nicht näher, Vampir! Ich hab kein Problem damit, sie zu zerreißen, bevor du mich umbringst. Könnte deine kostbare Seele die Schuld aushalten, für ihren Tod verantwortlich zu sein?«

Angel ballte die Hände zu Fäusten und versuchte, seine Wut zu unterdrücken.

Der Troll rückte immer dichter an seinen Fluchtweg heran. Das kleine Mädchen wimmerte und strampelte mit den Beinen.

»Was ist los, Angel? Warum beschäftigst du dich überhaupt mit mir? Wie ich gehört habe, hast du mit der Jägerin gegen die Mächte der Finsternis gekämpft und zwar auf ganz anderem Niveau. Viel apokalyptischer. Bist du etwa degradiert worden? Konntest du doch nicht den großen Coup landen, und haben sie dich etwa entsandt, um einen hungrigen Troll beim Dinner zu stören? Du bist tief gesunken, Angel! Sehr tief. Traurige Sache, wenn man darüber nachdenkt.«

Der Troll stand nun unmittelbar vor dem Loch, und Angel schäumte vor Wut. Die Worte der ekeligen Kreatur hallten in seinem Kopf wider und wider. Obwohl er sich sagte, dass der Troll ihn mit seinem Gerede nur aus dem Konzept bringen und schwächen wollte, fragte er sich doch, ob er am Ende nicht Recht hatte. Setzten ihn die Mächte der Ewigkeit absichtlich auf weniger universale Übel an? Oder noch schlimmer: Wählte er etwa selbst die eher banalen Bedrohungen aus? Sicher, er hatte bereits zahlreichen Menschen geholfen und viel Gutes getan. Aber wie effektiv war er tatsächlich im Rahmen der großen Schlacht gegen die Mächte der Finsternis?

Seine Gedanken rasten.

Die Krallenzehen des Trolls gruben sich in die Tunnelkante, das Kind baumelte im Arm des Monsters über dem gähnenden Schacht.

»Ich frage mich, ob sie dich noch weiter degradieren, wenn sich herumspricht, dass du es nicht geschafft hast, mich aufzuhalten. Vielleicht beauftragen sie dich dann mit noch kleineren Übeln – solchen, die sich hinter Steinen verstecken oder sich in alten Baumstümpfen aufhalten.«

Er warf lachend den Kopf in den Nacken, und Angel traf seine Entscheidung. Die Sicherheit des Kindes stand zwar auf dem Spiel, aber er durfte nicht zulassen, dass es der Troll mit in den Tunnel nahm. Wenn es in diesem Loch verschwand, würde es die Sonne niemals wieder sehen. Zum Wohle des kleinen Mädchens musste er das Risiko eingehen.

Plötzlich wurde die Haut des Trolls nass und glänzte. Aus seinen Poren trat glibberiger Schweiß. »Und wir hatten tatsächlich mal Angst vor dir!«, knurrte er, ging in die Knie und machte sich zum Sprung in den Tunnel bereit.

Da schoss plötzlich eine Hand aus dem dunklen Loch und packte den Troll am rechten Bein. Ein kräftiger Ruck, und er kippte um. Als er mit dem Rücken auf dem Boden aufschlug, lockerte sich der Griff, mit dem er das Mädchen festgehalten hatte und das sich jetzt aus seiner Umklammerung befreien konnte.

Doyle streckte seinen Kopf aus dem Tunnel. »Ich habe immer noch Angst vor ihm, verdammt!« Ekel spiegelte sich auf Doyles Gesicht, als er aus dem Tunnel krabbelte, sich etwas Klebriges vom Ärmel wischte und das weinende Kind in den Arm nahm.

»Ist schon in Ordnung, Darling. Jetzt bist du in Sicherheit.«

Mit einem wütenden Brüllen stürzte sich der Troll auf ihn. Angel war schneller. Er trat dem abscheulichen Kerl ins Gesicht und schickte ihn erneut zu Boden.

Angel baute sich vor ihm auf und bedachte den unterirdischen Bewohner mit einem verachtenden Blick aus seinen gelben Augen. Er hatte sich eines der Gartengeräte geschnappt.

»Bring das Mädchen hier raus!«, wies er Doyle an und ließ den Troll nicht aus den Augen. »Draußen müssen noch mehr Kinder sein.«

»Tut mir Leid, dass ich zu spät komme. Ich bin der Spur aus toten Hunden und verbogenen Stoßstangen gefolgt. Du wirst nicht glauben, warum …«

»Ist schon gut«, unterbrach ihn Angel. »Wir reden später. Geh jetzt! Ich bringe das hier noch zu Ende.«

Ohne ein weiteres Wort drehte sich Doyle um und brachte das Kind nach draußen.

Der Troll versuchte aufzustehen, aber Angel drückte ihn mit dem Fuß fest auf den Steinboden des Gerätelagers. Nun war der Kreatur das Höhnen vergangen. Auch der Mut hatte sie verlassen, da das Leben des unschuldigen Kindes sie nicht länger schützte. Alles war verschwunden bis auf die Angst, die sich jetzt im Blick des Duergar-Trolls zeigte.

Angel hielt die verstaubte Heckenschere in den Händen und sah mit unbewegter Miene auf ihn herunter. Wortlos klappte er das rostige Gerät auf.

»Bist du nicht auch der Ansicht«, knurrte er, und ein grimmiges, entschlossenes Lächeln zog über sein wildes Gesicht, »dass du ein wenig voreilig geurteilt hast?«

Im gleichen Augenblick stieß er dem Troll die Schere in den Leib.

2

»Guck mal, Daddy!«, schrie Aubrey Bentone vergnügt von der Schaukel auf dem Spielplatz. »Guck mal, wie hoch ich bin!« Das Kind holte mit den Beinen noch mehr Schwung und flog immer höher. »Daddy!«

David Bentone saß mit dem Rücken zu seiner Tochter auf einem verwitterten Picknicktisch ein Stück weiter weg. Er rauchte eine Zigarette. Sie hatte schon oft nach ihm gerufen, diesmal drehte er sich endlich zu ihr um. Die fünfjährige Aubrey schwang auf der Schaukel vor und zurück und ließ kurz mit einer Hand die Kette los, um ihrem Vater ungestüm zuzuwinken.

Lustlos erwiderte Bentone das Winken. Er nahm einen langen Zug von seiner Zigarette, und seine Gedanken wanderten wieder zu Anton Meskal und dessen Angebot.

Der Himmel verdunkelte sich immer mehr, als ob die grauen Wolken versuchten, die wärmenden Sonnenstrahlen zu verdecken. Bentone schüttelte sich, als ihm ein eisiger Schauer über den Rücken lief. Er machte das Wetter dafür verantwortlich, aber in Wirklichkeit fror er schon seit seiner Begegnung mit Meskal, zwei Tage zuvor.

Der Typ ist eindeutig wahnsinnig, fand Bentone. Was Meskal wollte … Bentone hielt es für eine Art Scherz. Aber als er sich den Gesichtsausdruck des Europäers in Erinnerung rief und diese unglaublich kalten Augen, beschlich ihn das Gefühl, dass Meskal ganz und gar keine Witze gemacht hatte.

Bentone beobachtete seine Tochter. Sie kicherte und warf übermütig beim Schaukeln den Lockenkopf nach hinten.

In den letzten Tagen hatte er sich zum ersten Mal die Zeit genommen wahrzunehmen, wie schön seine Tochter war. Meskal hatte Recht –, Kinder waren voller Leben und Unschuld. Sie waren vollkommen rein.

Meskal hatte alles über Aubrey wissen wollen: ihre Lieblingsfarbe, was ihr schmeckte und was nicht. Er sagte, er müsse das Kind genau kennen, um den vollen Nutzen aus seinem Erwerb ziehen zu können.

Bentones Hand wanderte an seine Jackentasche, um nachzuprüfen, ob das Ding, das ihm Meskal gegeben hatte, nicht versehentlich herausgefallen war. Die ganze Tasche fühlte sich warm an. War der Gegenstand schon so warm gewesen, als er ihn bekommen hatte? Er konnte sich nicht erinnern und versuchte, die Übergabe noch einmal Revue passieren zu lassen.

Meskal hatte das Ding, das dick in Luftpolster-Folie eingewickelt war, vorsichtig aus seiner Manteltasche geholt. Er hatte es Bentone über den Tisch zugeschoben und ihn gebeten, es auszupacken. Bentone hatte die Folie entfernt und es sich angesehen. Das Ding ähnelte von der Form her einer Pistole, aber einer, wie er sie noch nie gesehen hatte. Es wirkte sehr zerbrechlich und sah eher wie die skelettartigen Überreste irgendeines Lebewesens aus. Bentone konnte sich gut vorstellen, wie es über den Meeresboden huschte. Das Ding jagte ihm Angst ein.

Nun, da er sich an seinen ersten Blick auf das Ding erinnerte, erschauderte Bentone von neuem.

Mit dem Schwindel erregenden Gekreische seines ausgelassenen Kindes im Rücken, schob er die Hand in die Tasche und betastete vorsichtig den Gegenstand. Er gab tatsächlich ein wenig Wärme ab und fühlte sich an wie mit Leder überzogen. Als wäre eine dünne Haut über einen zerbrechlichen Knochenrahmen gespannt. Das Ding machte ihm eine erneute Gänsehaut, und er zog hastig die Hand aus der Tasche.

Kollektor hatte Meskal es genannt. Allein der Name beunruhigte ihn.

Bentone rauchte seine Zigarette zu Ende und schnippte die Kippe ins Gras. Meskal hatte erklärt, David müsse kein guter Schütze sein, um zu bekommen, was er wollte. *»Sie müssen den Gegenstand nur in der Hand halten und zielen«*, hatte der Europäer gesagt. *»Den Rest erledigt der Kollektor.«*

Die Sonne brach noch einmal durch die Wolkendecke und tauchte den Park in warmes Licht. Es fühlte sich gut an auf Davids Gesicht, aber es vermochte die eisige Kälte nicht zu lindern, die er in seinem Inneren spürte.

Er konnte sich eine solche Gelegenheit nicht entgehen lassen, egal wie schlecht er sich dabei fühlte. Meskal war seine einzige Hoffnung, aus den Schulden herauszukommen. Es war der einzige Weg, wie er seine Haut retten konnte. Der Typ war natürlich vollkommen irre – was er haben wollte, war absoluter Unsinn – aber was konnte es schon schaden? Er würde einfach tun, was Meskal gesagt hatte, und dann war er seine Schulden bei Schraubzwingen-Benny los. Warum sollte er diese Gelegenheit *nicht* beim Schopfe packen?

Seine Tochter sprang von der Schaukel und kam auf ihn zugelaufen. »Daddy, spielst du jetzt mit mir?«, fragte Aubrey und legte den Kopf schräg.

Aubrey war wirklich ein wunderbares kleines Mädchen, mit lockigem schwarzem Haar und großen, gefühlvollen braunen Augen. Es trug Baggy-Jeans und ein lilafarbenes Jäckchen über dem weißen Pokémon-T-Shirt.

»Gleich, Aubrey«, sagte er. »Ich muss … Ich muss noch ein bisschen nachdenken. Warum gehst du nicht schon mal auf die Rutsche?«

Das Kind folgte seinem Vorschlag nicht, sondern kletterte auf den Picknicktisch und setzte sich neben ihren Vater.

»Geh schon vor«, sagte Betone zu dem kleinen Mädchen. »Geh spielen. Dein Daddy muss nachdenken.«

Sie rutschte dichter an ihren Vater heran und schmiegte ihr Gesichtchen an seinen Arm. »Ich muss auch nachdenken«, sagte sie.

Er blickte auf seine Tochter hinunter und dachte an das, wozu er sich verpflichtet hatte. Meskal zufolge würde es ihr nicht wehtun. Das Gerät würde sich nur holen, was es brauchte. Und dann wäre sein Leben wieder in Ordnung. Er würde frei sein.

Am besten bringe ich es einfach schnell hinter mich, dachte er und sah sich auf dem Spielplatz um. Dieser hatte sich nun vollkommen geleert. Der letzte Pulk Kinder war vor einer Weile mit den Eltern weggegangen.

»Einfach in die Hand nehmen und zielen«, hatte Meskal gesagt.

Bentone stand auf und stellte sich vor seine Tochter. Seine Hand wanderte in die Jackentasche.

Aubrey lächelte ihn süß an.

»Bist du fertig mit Nachdenken, Daddy? Ich auch! An was hast du denn gedacht?«

Er legte die Finger um das warme Gerät und hörte wieder Meskals akzentbeladene Stimme, als stünde er direkt neben ihm: *»Einfach in die Hand nehmen und zielen. Den Rest erledigt der Kollektor.«*

Aubrey plapperte weiter: »Ich hab daran gedacht, wie du noch mit Mommy und mir zusammengelebt hast. Ich will, dass du wieder nach Hause kommst!«

Die Kleine lächelte, und das Herz ihres Vaters begann zu schmelzen. Mit diesem Lächeln raubte sie ihm jede Kraft, in die Tat umzusetzen, was er Meskal versprochen hatte.

»Das würde ich auch gern – sehr gern«, pflichtete ihr Bentone bei. Er nahm ihre kleine Hand und half ihr von dem Picknicktisch. »Aber ich weiß nicht, ob ich mit einem Äffchen wie dir leben könnte.«

Aubrey fing an, auf dem Arm ihres Vaters herumzuhopsen, machte Affenlaute und kratzte sich unter dem Arm. »Sieh nur, Daddy!«, sagte sie und hopste auf die Erde. »Ich bin ein Äffchen. Warum willst du denn nicht mit einem Äffchen leben? Äffchen sind doch süß, oder?«

Bentone kicherte und sah in das engelsgleiche Gesicht seines kleinen Mädchens. »Ja«, antwortete er. »Ich glaube, Affen sind ganz in Ordnung.«

Sie gingen über den Spielplatz auf den Ausgang hinter dem Softball-Feld zu. Draußen auf der Straße stand ein Eisverkäufer mit seinem Wagen.

»Was meinst du?«, fragte Bentone seine Tochter. »Mögen Affen lieber Schokolade oder Vanille?«

Sie sah ihn lächelnd an und ihm war endlich nicht mehr ganz so kalt.

»Vanille!«, schrie sie, ließ seine Hand los und lief auf das Softball-Feld zu.

Bentone sah seiner Tochter nach. Er überlegte, ob es vielleicht doch noch eine andere Lösung für sein Problem gab, die er bis jetzt übersehen hatte. Vielleicht gab es noch etwas anderes, was er tun konnte, um Giordano das Geld zurückzuzahlen. Möglicherweise brauchte er Meskal gar nicht.

»Hey, Aubrey, warte mal!«, rief er und blieb vor einem überquellenden Mülleimer stehen. Er nahm den Kollektor aus der Tasche, um ihn wegzuwerfen. Er wollte ihn nicht mehr bei sich haben. Wenn er Meskal traf, würde er ihm sagen, er hätte ihn verloren. Ganz einfach.

»Passen Sie gut auf Ihre Tochter auf, Mister Bentone!«, rief plötzlich jemand hinter ihm.

Aber der Spielplatz war doch leer gewesen, ganz sicher! Bentone drehte sich rasch um und sah zwei merkwürdig gekleidete Männer auf dem sich langsam drehenden Karussell. Sie starrten beide in seine Richtung.

»Reden Sie mit mir?«, fragte er und klammerte die Finger um Meskals Gerät.

Ihre Gesichter waren in den langen Schatten der Nachmittagssonne verborgen. Nur einer von ihnen sprach, aber welcher, war schwer zu sagen. Sie trugen identische Trenchcoats mit hochgestelltem Kragen und altmodische Hüte, Fedoras, wie sie Bentones Großvater getragen hatte.

»Mister Meskal würde Ihnen raten, die Sache nicht an einem öffentlichen Ort durchzuführen. Besser wäre eine etwas privatere Umgebung, Ihre Wohnung zum Beispiel oder bei dem Kind zu Hause. Das wäre sicherlich angemessener.«

Bentone gefror das Blut in den Adern. Meskal hatte seine Leute auf ihn angesetzt! Zögernd steckte er das Gerät wieder in die Jackentasche.

»Sie ist eine echte Schönheit, Mister Bentone«, sagte einer der beiden. »Sie können stolz auf sie sein.«

Bentone konnte kaum die Beine bewegen, aber er zwang sich, kehrt zu machen und entfernte sich ungelenk von dem Mülleimer und den Männern auf dem Karussell. Er ging auf seine Tochter zu, die ungeduldig auf dem Softball-Feld wartete.

»Komm schon, Daddy!«, schrie sie und winkte ungeduldig.

»Beeilen Sie sich besser, *Daddy!*«, rief einer von Meskals Männern ihm noch hinterher. »Wir wollen doch nicht, dass der süßen, kleinen Aubrey etwas zustößt, bevor Sie Ihren Teil des Handels einlösen können.«

Bentone fuhr mit wutrotem Gesicht auf dem Absatz herum, um den beiden zu raten, zur Hölle zu fahren und ihren Boss am besten gleich mitzunehmen.

Aber sie waren verschwunden.

Aubrey rief wieder nach ihm. Sie befürchtete, der Eisverkäufer könne wieder wegfahren, wenn sie sich nicht beeilten.

Bentone ließ seinen Blick über den Park schweifen und suchte nach Spuren der beiden Männer.

Aber es war nichts mehr zu sehen. Der Spielplatz war wie leer gefegt, und das sich langsam drehende Karussell der einzige Beweis, dass sie überhaupt da gewesen waren.

Cordelia Chase saß an ihrem Schreibtisch im Büro von *Angel Investigations* und durchforstete den Prospekt des

Lebensmittelladens nach besonderen Schnäppchen. Da sich in ihrer jungen Karriere als Schauspielerin nicht viel tat und sie keine Unterstützung von ihren steuerhinterziehenden Eltern bekam, blieb ihr nichts anderes übrig, als mit dem Geld, das sie von Angel für ihre Arbeit bekam, über die Runden zu kommen.

Als sie gerade einen Coupon für Frühstückszerealien ausschnitt, die man anscheinend brauchte, um die alltäglichen Strapazen einer arbeitenden Frau zu überleben, hörte sie den Aufzug von Angels Apartment heraufkommen.

Er hielt an, die Gittertüren ratterten zur Seite, und Angel betrat das Büro.

»Hey!«, rief Cordelia ihm zu und blätterte auf die nächste Seite.

»Hey«, antwortete Angel und ging schnurstracks zur Kaffeemaschine. Er nahm die dampfende Kanne und schenkte sich eine Tasse ein.

»Wie geht es deinen Troll-Kratzern? Schon alle verheilt?«, fragte Cordelia fröhlich. »Gehen dir nicht allmählich mal die Pflaster aus?«

Angel nahm einen Schluck Kaffee. »Die Wunden sind praktisch alle verheilt, und Pflaster habe ich noch genug. Warum?«

»Die gibt es gerade im Sonderangebot. Die Sorte, bei der das Abziehen nicht wehtut – für alle, die keine Machos sind, falls dich das interessiert.« Sie glitt mit dem Finger über die Seite, die Schere im Anschlag.

»Nein danke, es geht schon.«

»Wie du willst. Aber so ein Angebot gibt es nicht alle Tage.«

Angel sah Cordelia irritiert an. »Darf ich fragen, was du da eigentlich machst?«

Cordy seufzte gequält. »Ich betätige mich nur als clevere Konsumentin. Ich habe gehört, man spart einen Haufen Geld, wenn man all diese Coupons einlöst, und da ich nur zwei kleine Schritte von der Mittellosigkeit entfernt bin ...« Sie überflog die nächste Seite. »Wie wäre es mit Wackelpudding?«

Angel schüttelte den Kopf. »Der steht auf meinem Einkaufszettel nicht besonders weit oben. Eigentlich habe ich gar keinen Einkaufszettel, wie du dich vielleicht erinnerst.«

Auf dem Weg in sein Büro blieb er in der Tür stehen. »War Doyle mal hier?«

Cordelia rümpfte die Nase. »Wer will schon – igitt! – Cocktailwürstchen? Igitt! Und apropos Würstchen: Nein, Doyle war nicht hier.«

Angel schritt rastlos auf und ab und blieb immer wieder stehen, um einen Schluck Kaffee zu trinken.

»Hast du irgendetwas mitgekriegt, das für mich von Interesse ist – in der Zeitung oder im Fernsehen?«

Cordelia sah von ihrem Prospekt auf und legte die Schere zur Seite.

»Also gut, was ist los? Seit dieser Geschichte mit dem Troll bist du die Unruhe in Person und schreist förmlich nach Valium. Spuck's aus!«

Angel runzelte die Stirn. »Ist einfach ein bisschen zu ruhig im Moment, das ist alles.« Er drehte sich um und ging in sein Büro.

»Oh, lass uns mal zusammenzählen«, rief ihm Cordelia hinterher. »Innerhalb von zwei Tagen hast du einer Vampir-Straßengang den Garaus gemacht, außerdem zwei Schleimdämonen, einem Nest von Sturmdämonen und ähnlichen Gestalten der Nacht, die alle über die Stadt hereingebrochen wären, wenn du sie nicht umgebracht hättest.«

Angel kam zur Tür zurück. »Ich mache nur meine Arbeit. Ein Halbtagsjob reicht aber nicht aus, wenn man die Mächte der Finsternis effektiv bekämpfen will.«

»Was soll das denn heißen? Hast du nur eine Woche für die Vernichtung des Bösen? Haben die Mächte der Ewigkeit deinen Dienstplan neu gestaltet, oder was? Wenn ja, dann fordere ich sofort einen Überstundenausgleich. Du kannst nicht überall zugleich sein, Angel! Du kannst sie nicht alle retten. Und wenn du das versuchst, wirst du verrückt. Das möchte ich lieber nicht erleben.«

Angel drehte sich erneut um, blieb aber gleich wieder stehen und kratzte sich am Kopf. Dann sah er Cordelia an. »Es geht um etwas, das der Troll gesagt hat.«

Cordelia nickte. »Trolle, eine sehr verlässliche Informationsquelle. Weiter!«

»Also, es gibt so viel Böses auf der Welt. Was kann ich da eigentlich allein schon ausrichten? Hier einen Chaosdämonen, dort einen Sturmdämonen – angesichts des wahren Ausmaßes des Übels kommt einem das alles so sinnlos vor.«

Cordelia sah ihn lange an. »Okay, ist das jetzt die Stelle, an der ich dich anfeuern und aufmuntern muss? Angel vor, noch ein Tor!« Ohne große Begeisterung streckte sie die Faust in die Luft. »Sieh mal, du tust, was die Mächte der Ewigkeit von dir verlangen. Und jeden Tag opferst du viel Zeit für Kunden, die nicht bezahlen können – und das ist okay, irgendwie.«

Angel starrte in seine Kaffeetasse, als wäre er in Trance oder als versuchte er, im Kaffeesatz sein Schicksal zu lesen.

Cordelia ging auf ihn zu. »Hallo!«

Angel sah auf.

»Wir alle bringen Opfer für das Gute«, sagte sie. »Und ich persönlich habe jetzt die Nase voll vom Opfern. Es ist immerhin acht Uhr abends, und ich bin immer noch nicht zu Hause! Und die Bezahlung? Du hast ja gesehen, wie ich die Coupons ausschneide! Du tust Gutes, Angel. Du hilfst den Menschen.«

»Aber ist das genug?«, fragte er skeptisch.

Betretenes Schweigen breitete sich zwischen ihnen aus. Es wurde erst von Doyle gebrochen, der mit einer fettigen Tüte Pommes in der Hand zur Tür hereinkam.

»Angel! Cordelia! Ich war nicht sicher, ob noch jemand da ist.«

Cordelia faltete den Prospekt zusammen und warf ihn in den Papierkorb neben ihrem Schreibtisch.

»Ich habe meinen Teil zum Kampf gegen das Böse beigesteuert.« Sie hielt einen Coupon hoch und wedelte damit. »Hey, Doyle, stehst du auf Rinderbraten in Rotweinsauce aus der Dose? Gibt's diese Woche fünfzig Cents billiger.«

»Ich steh im Moment auf gar nichts. Pommes?«

Er hielt Cordelia die Tüte hin. Kopfschüttelnd rümpfte sie die Nase.

»Mein Körper ist ein Tempel, kein Hinterzimmer mit Bad auf dem Flur und Kochgelegenheit. Aber danke für das Angebot!« Sie fing an, ihre Sachen zusammenzuräumen.

Doyle setzte sich aufs Fensterbrett und futterte seine Pommes. »Hast du nicht gerade über Rinderbraten aus der Dose gesprochen?«, fragte er, zuckte mit den Schultern und stopfte sich die nächste Ladung in den Mund. »Aber wie du meinst.«

Dann drehte er sich zu Angel um. »Na, was gibt's Neues, Kumpel?«

Angel sah ihn schweigend an.

»Hör mal, Angel, wenn du immer noch sauer bist, weil ich nicht pünktlich am Schrottplatz war, da kann ich mich nur zum hundertsten Mal entschuldigen. Wie konnte ich denn ahnen, dass mir eine liebeskranke Dämonin vor meiner Lieblingskneipe auflauert!«

»Es geht gar nicht um dich«, bemerkte Cordelia, legte ihre Handtasche auf den Tisch und schob die Coupons hinein. »Angel hat das Gefühl, nicht genügend ausgelastet zu sein. Er hat es satt, sich mit Mini-Übeln rumzuschlagen und so weiter und so fort. Er will nur noch die ganz großen Bösen. Ich habe versucht, ihm begreiflich zu machen, dass er hier einen guten Job macht, aber er besteht darauf, uns heute den gepeinigten Vampir-Helden vorzuführen.«

Doyle legte seine fettige Pommestüte zur Seite und wischte sich das Salz von den Fingern. Stirnrunzelnd sah er Angel an.

»Tut mir Leid, Kumpel, aber Cordelia hat Recht. Du machst deine Sache sehr gut und tust exakt, was du tun sollst. Sicher, die Mächte der Ewigkeit brauchen dich vielleicht von Zeit zur Zeit zur Bekämpfung einer großen Abscheulichkeit, die die Welt bedroht, aber die eigentliche Arbeit spielt sich doch hier ab, auf der Straße. Als wir uns kennen gelernt haben, habe ich dir schon gesagt, dass du dich unter ganz normale Menschen mischen und ihnen helfen sollst. So schlagen die Mächte der Ewigkeit zwei Fliegen mit einer Klappe. Du rettest Leben und gleichzeitig dich selbst. Wenn du von deinen Sünden aus der Vergangenheit erlöst werden willst, musst du einfach unter den Normalos rumlaufen und sie vor der Finsternis retten. Immer hübsch ein Leben nach dem anderen.«

Alle schwiegen, als Doyle sich wieder seinen Pommes zuwandte.

»Obwohl ich wünschte, die Weißhüte würden die Dinge ein wenig beschleunigen, damit ich mehr Zeit im Pub verbringen kann.«

Cordelia schulterte ihre Tasche und warf Doyle einen vernichtenden Blick zu. »Das ist alles, was dich interessiert, nicht wahr, Doyle? Mit sinnvoller Freizeitgestaltung hast du wohl nichts am Hut!«

Doyle sprach mit vollem Mund. »Sei jetzt nicht unfair! Das hat gar nichts mit dem Alkohol zu tun, wirklich! Ich finde einfach die Atmosphäre in einem Pub entspannend.«

Angel und Doyle sahen Cordelia nach, die Richtung Tür marschierte.

»Also gut, das war's für mich, Leute. Ich werde das, was von meinem aufregenden Abend noch übrig ist, mit einem Gang in den Supermarkt verbinden – und wer weiß, vielleicht hat Phantom-Dennis meine Möbel wieder umgestellt, wenn ich nach Hause komme. Das ist immer so aufregend!«

Als sie die Tür öffnete, rief Angel ihr nach: »Cordelia?«

Sie drehte sich um. »Ja, Boss?«

Er zögerte einen Augenblick mit ausdruckslosem Gesicht. »Danke.«

Cordelia lächelte ihn strahlend an. »Ich freue mich immer, wenn ich helfen kann. Und morgen reden wir über eine Gehaltserhöhung.«

Doyle machte einen Schritt auf sie zu. »Weißt du, Cordelia, wenn dein Abend so langweilig wird, könnte ich ... ach, zum Teufel!«

Unvermittelt warf er sich gegen die Jalousie. Er wand sich in qualvollen Schmerzen. Mit einem Mitleid erregenden Aufschrei ging er zu Boden.

»Doyle!«, rief Cordelia erschrocken und rannte auf ihn zu.

Das Bild fraß sich in seinen Kopf.

Ein Haus ... Ein Farmhaus in einem Arbeiterviertel. Auf dem Schild an der Ecke stand VINE STREET.

Auch Angel eilte Doyle zu Hilfe und hielt ihn am Arm, während die Vision weiter durch Doyles Körper tobte.

Ein Kind. Ein kleines, dunkelhaariges Mädchen, nicht älter als fünf. Es trug einen Schlafanzug und spielte in seinem Zimmer.

Cordelia stützte ihn auf der anderen Seite. Sie legte ihm eine Hand unter den Kopf, damit er nicht auf dem Boden aufschlug.

Ein Affe. Das kleine Mädchen spielte mit einem Plüschaffen.

Doyle zappelte und zuckte und fasste sich mit beiden Händen an den hämmernden Schädel.

Nun war jemand zu ihr ins Zimmer gekommen. Sie drehte sich um und lächelte. Sie kannte ihn. Sie hielt ihm das Äffchen entgegen.

Angel und Cordelia halfen Doyle, sich aufzusetzen, aber die Vision ging weiter. Wie ein Metallstachel bohrte sie sich in seinen Kopf.

Was war das? Ein Gerät wurde auf die Kleine gerichtet. Sie lächelte immer noch. Was war das? Eine Waffe? War das tatsächlich eine Pistole?

Die Schmerzen waren so schlimm wie nie zuvor. Noch

nie hatte ihn eine Vision so gequält, noch nie hatte er so sehr unter dem gelitten, was er sah.

Ein blauer Energiestrahl traf das Kind auf der Brust, und es stürzte zu Boden. Mit großen Augen, die nichts sahen, lag es ganz still da.

Und dann war es vorbei. Nur der Schmerz blieb. Angel half Doyle, sich auf Cordelias Schreibtischstuhl zu setzen.

»Das schien ja eine heftige Vision gewesen zu sein«, meinte Angel. »Bist du okay? Was hast du gesehen?«

Cordelia brachte Doyle ein Glas Wasser. Seine Hände zitterten, als er es an den Mund führte.

»Es war in der Tat eine sehr heftige Vision«, bestätigte Doyle. »Sie sind immer besonders schlimm, wenn es um Kinder geht.« Doyle sah Angel an. »Das meinte ich ja vorhin, Kumpel. Es ist eine gute Sache, dass ich die Visionen habe und du dann deinen Job machst. Diesem kleinen Mädchen ist etwas Schreckliches zugestoßen. Aubrey ist sein Name. Das ist alles, was ich weiß. Wirklich. Das und den Namen der Straße.«

Angel griff nach seinem langen schwarzen Mantel und zog ihn sich auf dem Weg zur Tür über. Doyle und Cordelia kamen hinter ihm her. An der Tür blieb der Vampir stehen und drehte sich zu ihnen um.

»Wie du sagtest, Doyle: immer hübsch ein Leben nach dem anderen.«

3

Die Vine Street lag in einem klassischen Arbeiterviertel. Hier standen ordentliche, gepflegte Farmhäuser, alle mit frisch gemähtem Rasen davor und Schaukeln im Garten.

»Ist es hier?« Cordelia saß in Angels Auto auf dem Rücksitz und spähte hinaus. »Dieses Viertel würde man gar nicht unter den Top-Ten der Orte vermuten, an denen das Böse am wahrscheinlichsten auftaucht.«

Sie parkten auf der anderen Straßenseite in diskretem Abstand von dem Haus, das Doyle in seiner Vision gesehen hatte. Nachbarn standen in kleinen Gruppen herum, viele davon in Bademänteln, und tauschten flüsternd Gerüchte darüber aus, was drüben in Nummer fünfzehn wohl los war.

Cordelia tippte mit dem Fingernagel an die Fensterscheibe. »Wartet mal! Ist das da etwa ein Gartenzwerg? Dann war ich ein wenig zu voreilig mit meiner Einschätzung des Viertels!«

Der Anblick der kleinen Keramikfigur auf dem Rasen erinnerte sie an ihre Kindheit in Sunnydale, als Geld kein Thema und das Leben noch schön gewesen war. Auf dem Weg zur Grundschule war Cordelia jeden Tag an einem großen, viktorianischen Herrenhaus vorbeigekommen. Im Garten, hinter einem kleinen Zaun, hatten sie zwischen den Blumen gestanden: Gartenzwerge mit roten Zipfelmützen, blauen Hemden und langen weißen Bärten. Alles nur Dekoration, hatte die Haushälterin in gebrochenem Englisch gesagt, die sie am Haus vorbei in den großen Garten geführt hatte. Aber Cordelia wusste es besser. Jeden Tag hatte sie die Zwerge genau beobachtet, und jeden Tag wuchs ihre Überzeugung, dass sie näher rückten und sich auf den Gartenzaun zubewegten; bereit zum Ausbruch.

Und dann kam der Tag, den Cordelia vorhergesehen hatte, der Tag, an dem sie auf Nimmerwiedersehen verschwunden waren. Das war der Tag gewesen, an dem Cordelia Chase beschlossen hatte, einen anderen Weg zur Schule zu nehmen. Die Gartenzwerge rotteten sich wahrscheinlich mit all ihren anderen Kollegen, die auf der ganzen Welt ebenfalls verschwunden waren, irgendwo zusammen und planten das Ende der Welt. Apokalypsenzwerge!, dachte Cordelia.

»Es gibt eine Bedrohung, mit der wir uns noch nicht beschäftigt haben«, sagte sie. »Aber ich denke, es ist nur eine Frage der Zeit, bis wir das tun müssen. Gartenzwerge sind nämlich total verschlagen.«

Auf dem Beifahrersitz rieb sich Doyle die Schläfen, denn sein Kopf dröhnte noch immer von seiner Vision. »Ich frage mich, ob wir die Mächte der Ewigkeit nicht mal ganz freundlich bitten könnten, das mit den Visionen sein zu lassen und einfach 'ne E-Mail zu schicken. Okay, ich weiß, die sind vielleicht mit der Technik nicht ganz auf dem neusten Stand, aber wenn das nicht geht, hätte ich auch gegen ein Telegramm nichts einzuwenden.«

»Ach, nun hör mal auf, du irischer Bauernlümmel«, schimpfte Cordelia sanft. »Das ist der Preis, den du dafür zahlst, dass du die Mächte der Finsternis bekämpfen darfst!«

»Du hast leicht reden!« Doyle seufzte. »Du musst dich ja nicht mit diesen irrsinnigen Kopfschmerzen rumschlagen, nicht wahr?«

»Ich zahle auch meinen Preis«, entgegnete Cordelia quietschfreundlich. »Du hast die Kopfschmerzen, ich habe dich.«

Angel ignorierte das Geplänkel der beiden. Cordelia fand ihn an diesem Tag noch grüblerischer als sonst, wenn das überhaupt möglich war. Er starrte angespannt durch die Windschutzscheibe auf das scheinbar ganz normale Vorstadthäuschen, in dem sich etwas Schreckliches ereignet haben musste. Ein Krankenwagen und ein Streifenwagen standen davor.

Cordelia merkte, dass sich ihr Arbeitgeber Sorgen machte, und das konnte sie ihm nicht verdenken. Ein kleines Mädchen steckte in Schwierigkeiten. Sie wollten diesen Fall natürlich so schnell wie möglich lösen, aber sie mussten warten, bis die Gesetzeshüter ihre Arbeit getan hatten. Erst wenn die Polizei und die Sanitäter weg waren, konnte Angel mit seinen Ermittlungen beginnen.

Zwei Polizisten bewachten den Hauseingang. Einer rauchte, während der andere merkwürdige Stretching-Übungen machte. Sie schlugen die Zeit tot und warteten darauf, dass die Sanitäter drinnen fertig wurden.

»Beschreib es mir noch einmal, Doyle. Was ist mit dem Mädchen passiert?«, fragte Angel, der unverwandt zu dem Haus hinüberblickte.

Doyle drehte sich zu Angel um. »Es war wie Elektrizität – irgendeine komische Energie kam aus dem Lauf dieser merkwürdigen Waffe. Die Waffe hatte Ähnlichkeit mit einer Pistole, aber auch nicht wirklich.«

Cordelia betrachtete die unauffällige Fassade des Hauses und erschauderte. »Wer würde einem kleinen Mädchen so etwas Schreckliches antun?«

Ihre Worte hallten in Angels Gedanken wider und beschworen bittere Erinnerungen herauf. Ihm fielen die zahllosen Untaten ein, die er gesehen hatte, seit er wieder im Besitz seiner Seele war. Viele davon waren an unschuldigen Kindern verübt worden. Und er erinnerte sich an seine eigenen abscheulichen Verbrechen. Ob es aus der natürlichen oder der übernatürlichen Welt kam, das Böse schien sich immer besonders zur kindlichen Unschuld hingezogen zu fühlen.

»Das wirklich Traurige an der Sache ist, dass die Kleine denjenigen kannte, der ihr das angetan hat«, sagte Doyle und schüttelte grimmig den Kopf. »Sie lächelte, als die

Waffe auf sie gerichtet wurde. Ein argloses Kind! Wir haben es hier mit einem ganz kalten Vertreter zu tun, Angel, das kann ich dir sagen!«

In diesem Augenblick verließen die Sanitäter eilends das Haus. Sie schoben eine Rollbahre, auf der eine kleine Gestalt im Schlafanzug lag. Eine verzweifelte Frau, offensichtlich die Mutter, rannte daneben her und hielt dem kleinen Mädchen die Hand. Sie weinte und strich dem Kind immer wieder über das dunkle Haar.

Die Sanitäter öffneten die Türen des Krankenwagens. Sie klappten die Beine der Liege weg und schoben das Mädchen vorsichtig hinein. Einer der Sanitäter sprang mit hinten hinein, um die Liege zu sichern, und half dann der Mutter hinauf, damit sie ihre Tochter ins Krankenhaus begleiten konnte. Angel beobachtete, wie die Sanitäter sich kurz besprachen, bevor die rückwärtigen Türen geschlossen wurden. Die Polizisten rannten zum Streifenwagen, der sofort mit Blaulicht und heulenden Sirenen losfuhr. Der Krankenwagen folgte ihm in geringem Abstand.

Der ungeduldige Teil von Angel jubelte. Da die Polizei zusammen mit dem Krankenwagen abgefahren war, konnten sie den Schauplatz früher als erwartet untersuchen. Aber in seinem Unterbewusstsein und seinem kalten, toten Herzen spürte er die eisigen Ranken einer Bedrohung um sich greifen. Die Kälte ging ihm durch Mark und Bein. Wenn die Polizei so schnell abrauschte, hing das Leben des Mädchens aller Wahrscheinlichkeit nach am seidenen Faden.

Die Nachbarn standen immer noch in Grüppchen auf der Straße. Da die Polizei weg war, gingen manche jetzt ganz nah an das Haus heran. Sie versuchten, durch die Fenster hineinzuspähen, um zu erraten, was geschehen war.

Cordelia brach das Schweigen. »Und was jetzt?«

Angel drehte den Schlüssel im Zündschloss und ließ den Motor an. »Doyle, ich möchte, dass du in das Haus gehst und dich umsiehst. Wir brauchen Hinweise darauf, was dem Kind passiert ist.« Er legte den Gang ein. »Cordy und ich fahren zum Krankenhaus und versuchen, mit der Mutter zu reden und ihr unsere Hilfe anzubieten.«

Angel spürte ein Klopfen auf seiner Schulter und drehte sich stirnrunzelnd zu Cordelia um.

»Nur mal so aus Neugier«, sagte sie. »Läuft das hier auf einen Discountpreis für unsere Dienste hinaus oder auf ein Gratisangebot?«

Auf diese Frage antwortete Angel erst gar nicht.

Doyle öffnete die Beifahrertür, stieg aus und beugte sich noch einmal zum Fenster vor. »Wir sehen uns dann im Krankenhaus.«

Er knallte die Tür zu und sah Angels Wagen nach, der eine Kehrtwende machte und dem Krankenwagen die Straße hinunter folgte.

Nachdem nun die Aufregung vorüber war, kehrten die Nachbarn langsam in ihre Häuser und zu ihren eigenen Problemen zurück. Vereinzelte blieben jedoch noch auf der Straße, tratschten und stellten Vermutungen an. Doyle ging über die Straße und schlenderte lässig hinter das Nachbarhaus. Im Schutz des Gartens wartete er darauf, dass sich auf der Straße wieder völlige Ruhe einstellte. In manchen Häusern wurden die Lichter gelöscht, in anderen gingen die Fernseher an.

Als alles ruhig war, schlich sich Doyle in den Garten von Nummer fünfzehn und stieg die drei Stufen zur Hintertür hinauf. Er hätte nichts dagegen gehabt, noch einmal seine altbewährten Fähigkeiten als Einbrecher unter Beweis stellen zu können, aber die Tür war unverschlossen. Ohne zu zögern betrat er die Küche. Es roch nach Essen. Hamburger! Als sein Magen anfing zu knurren, hielt sich Doyle den Bauch. Ihn plagte ein schrecklicher Hunger. In den letzten zwölf Stunden hatte er lediglich eine Portion Pommes gegessen. Er war versucht, einen Blick in den Kühlschrank zu werfen, widerstand aber diesem Bedürfnis. Ein solches Benehmen hätte zweifelsohne nicht Angels Billigung gefunden.

Das Licht über dem Herd war eingeschaltet, und Doyle fand sich gut in der Küche zurecht. Sie war sauber, fröhlich und sehr gelb. Nein, an Gelb mangelte es dieser Küche wirklich nicht. Sie sah ganz nach einem glücklichen Zuhause aus. Fröhliche Kinderbilder waren mit Magneten an der gelben Kühlschranktür befestigt. Doyle strich über ein Gemälde, das irgendein braunes Tier darstellte. In Kinderschrift stand am Rand des Gemäldes ein Name. Aubrey Bentone, entzifferte Doyle.

So hieß also das kleine Mädchen, dessen Bilder am Kühlschrank hingen. Es hatte Zeiten gegeben, da hatte Doyle sich ein solches wunderbar normales Leben erträumt – bevor ihm seine dämonische Natur offenbar wurde. Mittlerweile bezweifelte er, dass so etwas wie ein Familienleben jemals auch nur annähernd in seine Reichweite rücken könnte.

Vielleicht, wenn ihn die Mächte der Ewigkeit von den mit den Visionen verknüpften Verpflichtungen befreiten? Sofort wischte er diesen Gedanken wieder fort. Selbst wenn er die Visionen loswurde, blieb ihm sein Wesen als Hindernis erhalten. Was die Zukunft auch bringen mochte –, er rechnete sich im Grunde wenig Chancen auf ein zufrieden stellendes Leben aus.

Doyle zwang sich, die melancholischen Gedanken abzuschütteln und fuhr mit der Erkundung des Hauses fort.

Über der kleinen Essecke hing eine Elvis-Presley-Uhr an der Wand. Doyle grinste beim Anblick des Kings, dessen hin und her schwingende Hüften als Pendel fungierten. Auch wenn er vielleicht nie seine dämonischen Anteile verlor und es nicht zu Frau, Haus, Hund und den durchschnittlichen 2,4 Kindern brachte – eine solche Uhr war definitiv für ihn drin. Er musste sie sich unbedingt besorgen.

Plötzlich blieb Doyle wie angewurzelt stehen, denn er vernahm leise Stimmen aus dem angrenzenden Zimmer. Eine Minute brauchte er, bis er begriff, dass der Fernseher im Wohnzimmer noch lief. Bis auf das flimmernde Bild auf der Mattscheibe war es dort dunkel. In dem bläulichen Licht bemerkte Doyle eine gewisse Unordnung in der Sofaecke. Möglicherweise hatte sich die Mutter des kleinen Mädchens vor dem Zwischenfall auf der Couch ausgeruht. In der nachfolgenden Aufregung war die Wolldecke zu Boden geworfen und ein Glas umgekippt worden, dessen Inhalt sich über den Teppich vor der Couch ergossen hatte.

Als Nächstes kam Doyle in das Zimmer von Aubrey Bentone. Das Licht war noch an. Von der Schwelle aus sah er in den Raum und erinnerte sich an seine Vision. Er sah das lächelnde Kind, das jemandem sein Äffchen entgegenstreckte; einem Menschen, den es kannte und dem es vertraute. Und dann war das Mädchen von einem Strahl magischer Energie niedergestreckt worden.

Doyle betrat das Zimmer und ging exakt an die Stelle, wo sich seiner Vermutung nach die abscheuliche Tat zugetragen hatte. Der Plüschaffe lag noch genauso da, wie ihn das Kind bei seinem Sturz hingeworfen hatte. Wie ein Nachbild, das entsteht, wenn man zu lange in die Sonne geschaut hat, sah Doyle die kleine Aubrey auf dem Boden liegen, mit großen Augen und leerem Blick. Doyle blinzelte ein paar Mal, um das beunruhigende Bild zu verdrängen.

Er sah sich noch einmal um. Es gab nichts Außergewöhnliches zu entdecken. Das Zimmer sah aus wie geschaffen für eine Fünfjährige. Überall war Spielzeug verstreut, auf dem Boden und um die große, grüne Aufbewahrungsbox in Form eines Froschkopfes. Der Name des Kindes stand unendliche Male in unterschiedlichen Größen auf einer kleinen Tafel, die sich an der Stirnseite des Raumes befand.

Doyle ging zu dem Bett und gab Acht, keine Spielzeuge zu zertreten. Auf der Tagesdecke prangte ein fröhlich dreinblickender, lilafarbener Dinosaurier. Doyle runzelte die Stirn. Er kannte diese nervige Kreatur. Irgendwann einmal war er nach einer zweitägigen Sauftour vor dem Fernseher wach geworden. Weil er zu fertig gewesen war, um aufzustehen und umzuschalten, hatte er eine halbe Stunde benommen der wahnsinnigen Singerei und Tanzerei des Tieres zugesehen. Es schauderte ihn angesichts dieser Erinnerung.

Doyle setzte sich auf die Bettkante. Auf dem Nachtschränkchen stand eine kleine Lampe mit leuchtend pinkfarbenem Schirm und ein Foto des Kindes mit seiner Mutter. Doyle nahm den Rahmen zur Hand und studierte das Bild. Das kleine Mädchen war wirklich süß, und die Mutter schien sehr, sehr stolz auf ihre Tochter zu sein. Aber das Foto saß nicht richtig in seinem Rahmen, wie Doyle bemerkte. Er drehte ihn um, öffnete ihn auf der Rückseite und stellte fest, dass ein Teil des Fotos nach hinten geknickt worden war.

Doyle faltete es auseinander. Auf der anderen Seite des kleinen Mädchens stand ein lächelnder Mann mit dunklen Locken. Das Kind hatte unverkennbar große Ähnlichkeit mit ihm. Er war der Vater. Doyle fielen einige Gründe ein, warum er nicht mehr in dem Rahmen zu sehen sein sollte. Am wahrscheinlichsten war wohl, dass sich die Eltern im Streit getrennt hatten.

Doyle steckte das Foto wieder in den Rahmen, wie er es vorgefunden hatte, und stellte es auf den Nachttisch zurück.

Als er aufstand, spürte er etwas unter seinem Absatz. Er hob rasch den Fuß und verlagerte das Gewicht, um das vermeintliche Spielzeug nicht kaputtzumachen. Er bückte sich und fand zwischen ein paar bunten Bauklötzen etwas, das aussah wie ein sehr ungewöhnliches Glasgefäß.

»Was tut ein Kind mit so etwas?«, fragte er sich nachdenklich und besah das merkwürdige Ding.

Es war knapp zehn Zentimeter lang und halb so breit, das Glas undurchsichtig. Als er genauer hinsah, entdeckte er merkwürdige, obskure Symbole, die darin eingeritzt waren.

Ein unangenehmes, bedrohliches Gefühl beschlich ihn. Er ahnte, um was es sich hier handelte.

Doyle stand auf und steckte das Fläschchen in die Brusttasche seines Hemdes.

Als er das Kinderzimmer verließ, schaltete er das Licht aus. Erst der schlängelnde Strahl magischer Energie, der dem Kind etwas geraubt zu haben schien – es lebte noch, aber es war innerlich leer –, und nun das Gefäß mit Hexensymbolen! Doyle war im höchsten Maße beunruhigt.

Er musste sofort ins Krankenhaus und Angel berichten. Die Lage war ernster als befürchtet.

Viel ernster.

Angel und Cordelia traten vor der Intensivstation im fünften Stock des Krankenhauses, im Osten von Los Angeles, aus dem Aufzug. Als sich langsam die Türen hinter ihnen schlossen, blieben sie stehen, um ihre Möglichkeiten abzuwägen. An der Information hatte man ihnen gesagt, dass nur Familienmitgliedern der Zutritt zur Intensivstation gestattet wäre.

»Was sollen wir jetzt tun?«, hauchte Cordelia in bühnenreifem Flüsterton. Rechts um die Ecke arbeiteten drei Krankenschwestern in ihrem Stationszimmer, zwei von ihnen waren etwas älter, die dritte schien noch recht jung zu sein.

Angel spähte zu ihnen hinüber und sah dann Cordelia an. »Ich muss an ihnen vorbei, um die Mutter und das Kind zu finden. Ein kleines Ablenkungsmanöver wäre nicht schlecht.«

Cordelia warf theatralisch die Hände in die Luft. »Natürlich, ein kleines Ablenkungsmanöver! Dafür bin ich auf die Welt gekommen!«

»Hör mal, wenn du nicht willst …«, begann Angel.

Cordelia funkelte ihn an. »Ich bin Schauspielerin, wenn

du dich erinnerst«, sagte sie und verdrehte die Augen. »Obwohl mein Talent natürlich bei solchen Einsätzen absolut verschwendet wird. Was für ein Ablenkungsmanöver hattest du dir denn so vorgestellt?«

Angel hatte die Hände tief in seinen Taschen vergraben und zuckte mit den Schultern. »Du hast gesagt, du bist Schauspielerin«, sagte er. »Dann spiel mal schön!«

»Ich weiß überhaupt nicht, warum ich mir so was gefallen lasse«, murmelte Cordelia noch, als sie um die Ecke zu dem Stationszimmer bog. Im Gehen fuhr sie sich mit den Fingern durch die Haare und zupfte Rock und Bluse zurecht.

Lächelnd blieb sie an dem Fenster zum Stationszimmer stehen und wartete darauf, bemerkt zu werden. Eine schwarze Frau in minzgrünem OP-Kittel sah von ihrer Schreibarbeit auf. Laut Namensschild hieß sie Dana.

»Kann ich Ihnen helfen, junge Frau?«, fragte sie.

»Gute Frage«, entgegnete Cordelia und wies dabei mit dem Zeigefinger auf die Krankenschwester.

Die Krankenschwester sah sie abwartend an.

»Nun ist mir klar, warum Sie die Krankenschwester sind und ich nur ein Mensch, der hier steht und ...«

»Was kann ich für Sie tun?«

Die Krankenschwester verlor allmählich die Geduld. Sie stemmte die Hände in die Hüften und nahm die international verständliche Haltung einer genervten Autorität ein. Die anderen beiden Krankenschwestern schauten kurz zu dem Fenster auf.

Cordelia warf Angel, der um die Ecke lauerte, einen bösen Blick zu, ehe sie mit ihrer Performance fortfuhr.

»Ja, ja, das können Sie. Das ist doch die Intensivstation, oder?«

Dana in dem minzgrünen Kittel nickte bedächtig.

»Super. Also, ich fühle mich in letzter Zeit immer so ausgelaugt. Und dann habe ich dieses Kribbeln in den Fingerspitzen.« Sie streckte ihre Hände aus. »Und ich glaube, ich zittere auch mehr als sonst, aber das kann auch daran liegen, dass ich im Moment versuche, auf Koffein zu verzichten. Koffein regt die Insulinproduktion im Körper an, wussten Sie das? Wenn man versucht abzunehmen, sollte man auf Koffein verzichten …«

Aus dem Augenwinkel bemerkte sie, wie Angel sie mit einer Geste zur Eile mahnte und runzelte die Stirn.

»Ich habe mich gefragt, ob Sie mit Ihrer Berufserfahrung mir vielleicht sagen können, ob das der Anfang einer üblen Geschichte ist. Ein Gehirntumor zum Beispiel oder so.«

Die Krankenschwester klemmte sich die Formulare, die sie in der Hand hatte, unter den Arm und kam um die Theke. »Ich glaube, Sie sollten mal in der Notaufnahme vorbeischauen. Kommen Sie doch mal mit, ich begleite Sie dorthin.«

Cordelia musste sich rasch etwas ausdenken. Wenn die Krankenschwester in den Gang kam, würde ihr Angel ganz sicher auffallen. Eilends ging sie in Erinnerung die besten Darstellungen unheilbar Kranker durch: Ali MacGraw in *Love Story*, Julia Roberts in *Magnolien aus Stahl* und natürlich die unvergessliche Barbara Hershey in *Freundinnen.*

Dana fasste Cordelia sanft am Ellbogen. »Ich muss da jetzt sowieso hin.«

Cordelia griff sich an die Stirn. »Oh je«, sagte sie und fing an zu schwanken, »ich glaube, mir geht es gerade nicht so gut.«

Sie stützte sich auf der Theke ab, und Dana griff ihr unter die Arme, als sie langsam zu Boden glitt. Das war sehr freundlich, fand Cordelia, denn sie hatte wirklich keine Lust, auf dem Boden dieses Ganges zu landen. Schließlich befand sie sich in einem Krankenhaus. Wer konnte schon wissen, was für Krankheiten und Keime dort hausten!

Die anderen beiden Krankenschwestern kamen rasch aus dem Stationszimmer. Cordelia ließ ihre Glieder schlaff werden und rollte den Kopf hin und her. Sie sah, wie Angel um die Ecke schlich und über den Korridor auf die Krankenzimmer zueilte.

Wow, ich bin echt gut!, dachte Cordelia. Vor ihrem geistigen Auge sah sie Brad Pitt vor einem großen Hollywood-Publikum auf der Bühne stehen. Er riss den Umschlag auf und las: *»Der Preis für die überzeugendste Darstellung einer Frau, die an einer schrecklichen, mysteriösen Krankheit leidet, geht an …«*

Die Krankenschwestern halfen Cordelia ins Stationszimmer und setzten sie auf einen Stuhl. Sie schienen sehr um ihre Gesundheit besorgt, denn sie piepten sofort den Dienst habenden Arzt an. Cordelia hoffte nur, dass er gut aussah.

Angel schlich vorsichtig den Korridor hinunter und schaute in jeden Raum, an dem er vorbeikam. Schusswunden, Herzinfarkte, Autounfälle – so viel Leid und Schmerzen, aber nicht das, wonach er suchte. Er blieb stehen und bemühte sich, einen möglichst unauffälligen Eindruck zu machen, als weiter vorn im Korridor zwei Ärzte aus einer Tür kamen. Nur die Tatsache, dass sie ihm den Rücken zuwandten, rettete ihn, denn er wusste genau, wie fehl am Platz er in dieser Umgebung wirken musste, unauffälliger Eindruck hin oder her.

»Es ist wirklich sonderbar. Ich hoffe, die Tests geben uns Aufschluss darüber, was ihr fehlt«, sagte der eine Arzt zu dem anderen.

Sein Kollege zuckte mit den Schultern. »Keine erhöhte Temperatur, keine Hinweise auf eine Infektion. Wir sehen uns mal die Ergebnisse der Computertomografie des Kopfes an und drücken derweil die Daumen. Okay, was haben wir als Nächstes?«

Der Erste sah auf seine Liste. »Mister Thomas Stanley, perforierter Darm. Da ist nichts Geheimnisvolles dran«, sagte er, und sie betraten das nächste Zimmer.

Einen Augenblick später spähte Angel in den Raum,

den die Ärzte gerade verlassen hatten und fand die Patientin, nach der er suchte.

Das kleine Mädchen wirkte in dem riesigen Krankenhausbett noch kleiner als sonst. Infusionsbeutel baumelten an Ständern, und die Schläuche führten in die Arme des Mädchens.

Die Mutter stand neben dem Bett und strich dem Kind zärtlich über die Stirn. Sie sprach mit leiser, sanfter Stimme.

»Hab' keine Angst, Mama ist hier. Alles ist in Ordnung, meine Kleine. Die Ärzte helfen dir, damit es dir wieder gut geht. Du ruhst dich jetzt mal richtig aus, und dann geht es dir morgen schon viel besser. Ganz bestimmt!«

Angel fühlte sich unwohl. Diese Worte waren nicht für seine Ohren bestimmt. Er wollte auf keinen Fall in einem so unpassenden Moment stören, aber er wusste nicht, wie viel Zeit ihm noch blieb. Zögernd räusperte er sich.

Die Frau sah mit tränennassem Gesicht auf. »Kann ich Ihnen helfen?« Sie runzelte die Stirn. »Sind Sie Arzt?«

»Nein.« Angel wies auf das Zimmer auf der anderen Seite des Korridors. »Nein, ich habe ... einen Freund besucht, als ihre Tochter hereingebracht wurde. Wie geht es ihr?«

Die Frau beugte sich vor und küsste dem kleinen Mädchen auf die Stirn.

»Sie wissen nicht, was ihr fehlt. So viele Ärzte hier, und keiner kann mir sagen, was meiner Kleinen fehlt!«

Die Mutter fing an zu schluchzen.

Angel schlüpfte ins Zimmer.

Die Frau legte ihrer Tochter die Hand auf die Stirn. »Es tut mir Leid, ich bin ein wenig durcheinander. Aber ich glaube, sie kommt wieder in Ordnung, das habe ich im Gefühl.« Sie wischte sich die Tränen von den Wangen. »Danke für Ihre Anteilnahme.«

Angel stellte sich an das Bett des Kindes. Die Kleine sah so zerbrechlich aus, so hilflos. Sie beschwor Erinnerungen in ihm herauf, leise und undeutlich.

»Sie haben ihr nur die Augen verbunden, damit sie

nicht austrocknen«, sagte ihre Mutter und vergewisserte sich, dass die Wattepads noch gut befestigt waren. »Es sieht schlimmer aus, als es ist.«

Die Frau fing an, die Decke zu glätten.

So sanft er konnte, drängte Angel weiter. »Ich will nicht aufdringlich sein, aber ich muss Sie einfach fragen. Ich bin Privatdetektiv. Haben Sie eine Ahnung, was ihr widerfahren sein könnte?«

Sie studierte Angels Gesicht für eine Weile und sah dann wieder ihre Tochter an. Mechanisch streichelte sie ihr übers Haar.

»Ich war auf der Couch vor dem Fernseher eingeschlafen. Ich erinnere mich, wie ich wach wurde und sofort wusste, dass etwas nicht stimmte. Ich spürte es in meinem Magen.« Sie sah Angel an. »Hatten Sie je dieses Gefühl …« Sie hielt inne. »Oh, es tut mir Leid, ich weiß gar nicht, wie Sie heißen.«

»Angel«, sagte er. »Mein Name ist Angel.«

Darüber musste die Mutter kurz lächeln.

»Das ist ein schöner Name. Er würde meiner Tochter gefallen.« Sie beugte sich dicht an ihr Ohr. »Hast du das gehört, Aubrey? Er heißt Angel.«

»Aubrey ist auch ein sehr schöner Name«, bemerkte Angel.

Die Mutter lächelte stolz. »Aubrey Christina Bentone. Sie ist das Wichtigste in meinem Leben.« Wieder fing sie an zu weinen.

»Als Sie aufwachten, merkten Sie also, dass etwas nicht stimmt. Was stimmte denn nicht, Mrs. Bentone?«, fragte Angel und wünschte, sie würde aufhören zu weinen.

»Ms.«, korrigierte sie ihn unter Tränen. »Oder noch besser, einfach June.« Sie tupfte sich die Augen mit ihrem zerknüllten Taschentuch ab und putzte sich die Nase.

»June, was haben Sie dann getan?«, forschte Angel weiter.

Die Frau bekam einen glasigen Blick. Sie erlebte das Ganze im Geiste noch einmal.

»Ich sprang von der Couch auf und rannte in ihr Zimmer. Ich rief nach ihr, aber sie antwortete nicht. Und ich habe dann immer wieder ihren Namen gerufen.« June presste sich das Taschentuch vor den zitternden Mund. Tränen der Verzweiflung standen in ihren Augen. »Als ich endlich in ihrem Zimmer war, lag sie auf dem Boden. Im gleichen Zustand wie jetzt. Wie sehr ich sie auch schüttelte, sie wollte nicht wach werden. Mein Baby wollte einfach nicht wach werden.«

Angel fühlte den Schmerz der Frau, als wäre es sein eigener. Er studierte das Gesicht des Kindes, die zerbrechlichen Züge, den blassen Porzellanteint, den kleinen, zarten Mund.

Und dann erinnerte er sich plötzlich ganz deutlich. Was schon die ganze Zeit in ihm genagt hatte, trat nun in sein Bewusstsein. Eine schmerzhafte Erinnerung aus der Vergangenheit stieg mit Gewalt in ihm auf, und er erinnerte sich an ein anderes Kind – ein anderes wunderschönes, kleines Mädchen, das ebenfalls Opfer des Übernatürlichen geworden war.

Mit fürchterlichem Herzweh erinnerte er sich an seine Schwester und an das, was er ihr angetan hatte.

Es hatte sich ereignet, nachdem ihn die Vampirin Darla gebissen hatte, nachdem er gestorben und beerdigt worden war, nachdem er als Vampir aus dem Grabe auferstanden war.

Er kehrte zu seiner Familie zurück, fand aber heraus, dass er das Haus nicht betreten konnte, ohne zuvor eingeladen zu werden – eine der seltsamen neuen Regeln, die für ihn als Untoten nun galten.

Er lockte sie zur Tür. Seine kleine Schwester. Deutlich sah Angel ihre Augen vor sich. Sie waren ganz rot vom Weinen, rot vom Beklagen seines Todes vor drei Nächten. Sie hatte sich so gefreut, ihn zu sehen. Sie hatte gedacht, er wäre als Engel zu ihr zurückgekehrt.

Als Engel!

Das Monster, zu dem er mutiert war, versicherte ihr, wie

schrecklich er sie vermisst habe, und forderte sie auf, ihn hineinzubitten, damit er ihr zeigen könne, wie glücklich es ihn mache, wieder zu Hause zu sein. Sie hatte so unschuldig gelächelt, als sie ihn bei der Hand nahm und hereinbat.

Angel zuckte angesichts der Erinnerung zusammen, voller Selbsthass und Schuldgefühle, die der auf ihm lastende Fluch ihm bescherte. Er stand in dem Krankenhauszimmer und sah auf die kleine Aubrey Bentone hinab, die ihn nun für immer an seine süße Schwester und an die Gräuel erinnern würde, die er ihr angetan hatte. Er versuchte, nicht unter der Last der Schuld, die er auf sich geladen hatte, zusammenzubrechen.

Er hatte die Unschuld und Liebe seiner Schwester ausgenutzt, um sich Zugang zum Haus seiner Familie zu verschaffen. Das war nur der Auftakt zu einer scheinbar endlosen Reihe von Taten der Verderbtheit und der Abscheulichkeit gewesen, aber von allen Untaten, die er als Monster Angelus begangen hatte, war das, was er seiner Schwester angetan hatte, die schlimmste.

Angel sah seine Schwester im Krankenhausbett liegen, mit Wattepads auf den Augen und Infusionen, die aus transparenten Beuteln in die Nadeln in ihren Adern rannen. Er blinzelte, und das Kind war wieder Aubrey Bentone. Seine Schwester war für immer verloren, aber dieses Kind konnte er retten.

Hier befand sich ein kleines Mädchen in einer verzweifelten Notlage, so einfach war das. Da spielten Doyles Visionen oder Angels eigene Verpflichtungen gegenüber den Mächten der Ewigkeit nur eine untergeordnete Rolle.

Aubreys Mutter sang ein Schlaflied, und Angel legte seine Hand auf die von Aubrey. Sie fühlte sich ganz warm an. Warm und voller Leben. Voller Möglichkeiten und voller Zukunft.

»June, ich möchte Aubrey gern helfen. Bitte lassen Sie mich Ihrer Tochter helfen!«

4

Die Aufzugtür öffnete sich, und Doyle betrat den fünften Stock. Um herauszufinden, wo man Aubrey hingebracht hatte, nachdem sie in der Notaufnahme behandelt worden war, hatte er so getan, als sei er ein völlig verzweifelter Angehöriger.

Doyle verzog angesichts der Krankenhausluft das Gesicht. Er hasste Krankenhäuser, hasste den Geruch, die viel zu helle Beleuchtung, die trügerisch sanften Pastelltöne an den Wänden. ... Und es gab eindeutig viel zu viele Kranke.

Lässig schlenderte er um die Ecke an die Rezeption und gab sich Mühe, nicht aufzufallen, da bemerkte er weiter vorn im Korridor einige Aufregung. Ein Arzt und eine Krankenschwester bemühten sich um eine Patientin.

»Danke, ich glaube, mir geht es jetzt schon viel besser«, hörte Doyle die Frau sagen, als er näher kam. »Sind Sie verheiratet?«

Doyle kannte diese Stimme.

»Ich weiß einfach nicht, wo das Problem liegen könnte. Vielleicht ist die Diät mit PEZ-Bonbons nichts für mich, obwohl Gwyneth schwört, sie hätte ...«

Cordelia!, dachte Doyle beunruhigt. Sein Puls beschleunigte sich.

Er konnte es nicht recht in Worte fassen, warum Cordelia Chase eine solche Reaktion bei ihm hervorrief. Es hatte viele Frauen in seinem Leben gegeben, aber abgesehen von seiner Ex hatte ihn keine jemals so sehr in ihren Bann gezogen. Auf einmal war diese Frau in sein Leben getreten, ein wenig ätzend, ein wenig seicht, die wenigstens einmal am Tag zu erwähnen pflegte, wie ekelhaft sie Dämonen fand –, und er war total vernarrt in sie. Ich muss unbedingt einen Eilantrag auf einen weißen Stock und eine dunkle Brille stellen, dachte Doyle, denn die Liebe hat mich ganz offensichtlich blind gemacht.

Er verspürte den Drang, ihr zu helfen. Er wollte sie wissen lassen, dass jemand da war, der sich um sie kümmerte, und er wollte gerade ihren Namen rufen, als auch sie ihn erblickte.

Doyle lächelte, und Cordelia antwortete mit einer Grimasse. Er dachte schon, sie hätte eine Art Anfall, bis er begriff: Sie schüttelte den Kopf, um ihm *»Nein!«* zu signalisieren. Da er so ein cleveres Kerlchen war, schloss er auch gleich daraus, dass sein Fernbleiben dringend erwünscht war.

Er beobachtete gespannt, wie Cordelia plötzlich ganz starr wurde.

»Oh«, rief sie aus und kippte in die Arme des Mannes, der anscheinend Arzt war, obwohl er Doyle ein wenig zu jung dafür vorkam.

Schon wieder mimte sie einen Anfall. Aber während Cordelia wild mit den Armen um sich schlug, zeigte sie auch mehrere Male den Korridor hinunter.

Sie sah Doyle kurz an und blinzelte ihm zu. Der Arzt und die Krankenschwester halfen ihr auf einen Stuhl. Doogie Howser prüfte mit dem Stethoskop die Herzfrequenz und kündigte weitere Tests an.

Doyle rannte in die Richtung den Gang hinunter, die ihm Cordelia angedeutet hatte. Kopfschüttelnd und grinsend suchte er in den diversen Krankenzimmern nach Angel. Er konnte es nicht fassen, dass es tatsächlich auch nur irgendjemanden gab, der Cordelia ihre Darbietung abkaufte.

Doyle fand Angel vier Zimmer weiter, wo er mit June Bentone an Aubreys Bett saß. Es sah aus, als hielten die beiden Wache bei dem kleinen Mädchen, die Mutter auf der einen Seite und Angel auf der anderen. Jeder hielt eine Hand des Kindes. Doyle klopfte sacht an den Türrahmen, um auf sich aufmerksam zu machen.

»Entschuldige, Angel.«

Angel legte sanft die Hand des Mädchens auf die Bettdecke.

»Doyle!«, sagte er und winkte ihn zu sich.

Doyle betrat den Raum und blieb am Fuß des Krankenhausbettes stehen. Die Frau sah von Angel zu Doyle und wieder zu Angel.

»Darf ich vorstellen: June Bentone –, und das hier ist Francis Doyle. Er arbeitet mit mir zusammen«, erklärte Angel.

Doyle lächelte leise und nickte. Die offenkundige Qual der Mutter bereitete ihm Unbehagen. »Tut mir Leid, das mit Ihrer Tochter.«

June sah aus, als hätte sie die Hölle hinter sich, aber da war ein Funke in ihren Augen, ein Hoffnungsschimmer. Doyle kannte diesen Blick. Er hatte ihn schon oft bei Menschen gesehen, denen Angel seine Hilfe angeboten hatte.

»Wir werden alles in unserer Macht Stehende tun, um Ihnen zu helfen.«

»Vielen Dank«, sagte June und strich ihrer Tochter zärtlich über den Arm. »Sind Sie auch Detektiv, Mister Doyle?«, fragte sie.

Er schüttelte den Kopf und lächelte wieder. »Sehen Sie in mir einfach einen jugendlichen Robin Hood nur ohne Jugendlichkeit und ohne grüne Strumpfhosen. Ich helfe Angel, Informationen zu sammeln.« Doyle legte Angel die Hand auf die Schulter. »Würden Sie uns bitte für einen Augenblick entschuldigen, Ms. Bentone?«

Sie nickte und drehte sich wieder zu ihrer Tochter um, während die beiden Männer in den Flur gingen.

Doyle sprach ganz leise mit seinem Arbeitgeber, damit die Mutter ihn nicht hören konnte. »Ich bin in das Haus rein, wie du gesagt hast.«

»Hast du was gefunden?«

Doyle machte einen nervösen Eindruck, als er in seine

Hemdtasche griff. »Aye, ich habe etwas gefunden, und es missfällt mir ziemlich.« Er drückte Angel das Glasgefäß in die Hand. »Habe ich im Kinderzimmer vom Boden aufgelesen. Ich bezweifle ernsthaft, dass es jemandem aus der Familie gehört.«

Angel nahm das Fläschchen eingehend unter die Lupe.

»Die Symbole, die in das Glas geritzt sind, halte ich für dämonisch.« Doyle beugte sich vor und nahm Angel am Arm. »Ich hoffe von ganzem Herzen, dass ich falsch liege, aber ich glaube, ich weiß, was man ihr angetan hat.«

»Was denn?«, fragte Angel.

Doyle blickte an Angel vorbei in das Krankenzimmer, zu June Bentone und ihrer Tochter. June hielt immer noch Aubreys leblose Hand. Ihre Augen waren geschlossen, und der Mund bewegte sich tonlos. Wahrscheinlich betete sie. Doyle sah seinen Boss wieder an.

»Dem Mädchen fehlt die Lebenskraft, Angel.« Doyle lehnte sich seufzend gegen den Türrahmen. »Ich befürchte, ihr wurde die Seele geraubt.«

Galway, 1752

»Gott, schütze meine Seele, dass ich dich nicht verfehle …«

Liam beobachtete seine kleine Schwester Katherine bei der Verrichtung ihres Abendgebets. Sie kniete mit gefalteten Händen und gebeugtem Kopf vor ihrem Bett.

»… und wenn ich schlafe in der Nacht, gib du auf meine Seele Acht!«

In ihrem weißen Nachthemd sah sie aus wie ein Engel. Sie bekreuzigte sich und beendete damit das Ritual des Zubettgehens. Liam klatschte in die Hände.

»Das war's dann für heute«, rief er und schlug die Decke zurück. »Zeit zum Schlafen!«

Er war schon fast aus der Tür gewesen, um in die Stadt zu gehen, als sie ihn gebeten hatte, ihr beim Beten zuzuhören und sie ins Bett zu bringen. Das kostete ihn zwar wertvolle Zeit, die er gern in der Kneipe verbracht hätte, aber diesem süßen Fratz konnte er einfach nichts abschlagen.

Katherine kicherte glücklich und schlüpfte rasch unter die Decke.

»Was ist eigentlich eine Seele, Liam? Was ist das?«

Er zog ihr die schwere Decke bis unters Kinn und versuchte, eine gute Antwort zu finden. Er stöberte in seiner Erinnerung und überlegte, was er in der Katechese vor so langer Zeit gelernt hatte. »Die Seele, das ist eine ganz wundersame Sache, Kathy. Die Seele macht uns zu dem, was wir sind. Es ist das, was der Allmächtige uns gab, um uns von den Tieren zu unterscheiden.«

Katherine blinzelte. »Wie sieht so eine Seele denn aus?«

Liam legte sich aus dramatischen Gründen die Hand auf die Brust. Er tat so, als sei er überwältigt von Gefühlen. »Die Seele ist das Hübscheste, was du jemals gesehen hast. Sie ist aus allen Farben des Regenbogens gemacht und noch vielen anderen, die bislang kein Mensch je gesehen hat. Wenn du eine Seele sehen könntest, würdest du aus purer Freude über ihre Schönheit anfangen zu weinen.«

Sie setzte sich mit einem strahlenden Lächeln auf. »Sieht meine Seele auch so aus? Ist sie auch so hübsch? Sag schon!«

Er packte sie wieder unter die Decke.

»Deine Seele, mein süßer Schatz, stellt alle anderen in den Schatten.«

Er beugte sich vor und küsste sie auf die Stirn. Ihre kleinen Ärmchen schossen unter der Decke hervor und schlangen sich fest um seinen Hals.

»Geh heute Nacht nicht weg, lieber Bruder. Ich will nicht, dass der Teufel deine Seele holt.«

Liam löste sich sanft aus ihrer Umarmung.

»Wie kommst du denn darauf, dass der Teufel die Seele eines keuschen Mannes wie mir haben wollte?« Er wuschelte ihr lächelnd durchs Haar.

Aber Katherine war es ganz ernst. Mit großer Besorgnis sah sie zu ihrem Bruder auf. »Dad sagt, du wanderst schon auf der Straße der Verdammnis mit deinem Treiben jede Nacht. Er sagte, es ist nur eine Frage der Zeit, bevor der Teufel seinen Tribut fordert.«

Liam spürte die Wut in sich aufsteigen – wie so oft, wenn es um seinen Vater ging. Er genoss sein Leben in vollen Zügen, aber sein Vater missbilligte seinen sorglosen Lebensstil zutiefst. Die beiden verachteten sich gegenseitig. Was er auch tat oder sagte, Liam konnte seinem Vater nicht den Respekt entlocken, den er zu verdienen glaubte. Sein Vater hielt ihn für einen Nichtsnutz und Flegel, der es im Leben zu nichts bringen würde. Und weil er so gern der perfekte Sohn sein wollte, tat Liam alles, was in seiner Macht stand, um dem Bild zu entsprechen, das sein Vater von ihm hatte.

»Mach dir keine Sorgen um deinen großen Bruder«, sagte er und verdrängte die Wut über die verletzenden Worte seines Vaters. »Meine Seele kriegt vielleicht manchmal ein paar Flecken ab, aber ich will verdammt sein, wenn ich dem Teufel auch nur das kleinste Bisschen davon überlasse.«

Er küsste Katherine noch einmal auf die Stirn. »Und jetzt wird geschlafen. Träum was Schönes!«

Er blies die Kerze auf dem Nachttisch aus und ging zur Tür. »Wir sehen uns morgen früh«, sagte er noch, winkte ihr zum Abschied und schloss leise die Tür.

Im Flur rückte er seinen Kragen zurecht und glättete die Manschetten. Nun war er bereit, in die Nacht zu ziehen und seinem Vater einmal mehr zu beweisen, wie Recht er hatte. Eine Nacht voller Ausschweifungen lag vor ihm; wenigstens hoffte er das.

Anna, eine Hausangestellte, ging mit einem Stapel frischer Laken zum Zimmer seiner Eltern am Ende des Korridors.

Das junge Ding sah den verwegenen Liam lächelnd an. »Gehen Sie heute aus, junger Herr?«

Liam betrachtete ihr Hinterteil als sie vorbeiging, und ein lüsternes Grinsen erschien auf seinem Gesicht. »Aye, Anna, ich verspüre das überwältigende Bedürfnis, meine Seele zu verunreinigen.«

Liam. So war er seit über zwei Jahrhunderten nicht mehr genannt worden, aber die Erinnerung daran, wie seine Schwester seinen Namen liebevoll aussprach, war so frisch, als wäre seitdem keine Zeit vergangen. Nachdenklich und von Bildern aus der Vergangenheit überwältigt, fuhr Angel mit dem Daumen über die archaischen Symbole, die in die Oberfläche des Gefäßes geritzt waren.

»Auf der Straße kursieren Gerüchte über eine Droge für Dämonen, die angeblich aus Menschenseelen gemacht wird«, erklärte ihm Doyle. »Ich persönlich hab' das ja für Blödsinn gehalten, aber mittlerweile …« Er hielt inne und wartete auf eine Reaktion.

Angel schloss seine Finger um das kleine Glasfläschchen. »Es hat mal eine Dämonenrasse existiert, die sich von Seelen ernährte, aber ich nahm an, sie sei vor langer Zeit ausgestorben«, entgegnete er langsam. »Vielleicht ist diese Information falsch.«

»Vielleicht, aber ich bezweifle, dass wir es hier mit einem Dämon zu tun haben, Angel. Denk dran, das Kind kannte denjenigen, der ihm diese Abscheulichkeit angetan hat.«

Nach einer langen Weile, in der niemand sprach, kehrten sie zu Mutter und Kind zurück. June wirkte erschöpft, begrüßte die beiden aber mit einem schwachen Lächeln.

»June, gibt es irgendjemanden, der Ihnen oder Ihrer Tochter wehtun möchte?«, fragte Angel geradeheraus.

Sie machte große Augen, als ihr die Bedeutung seiner Frage klar wurde. »Wie meinen Sie das? Glauben Sie, *jemand* hat das Aubrey angetan? Jemand hat *absichtlich* meinem kleinen Mädchen wehgetan?«

Sie sah von Angel zu Doyle.

»Wir müssen alle Möglichkeiten in Erwägung ziehen«,

sagte Doyle so tröstend er konnte. »Gibt es jemanden, der Zugang zu Ihrem Haus hat und mit dem Sie sich vielleicht gestritten haben …« Er erinnerte sich an das umgeknickte Foto im Kinderzimmer. »Jemand, mit dem Sie arbeiten, ein Nachbar oder ein Verwandter vielleicht?«

Sie knetete ein Taschentuch in ihren Händen, während sie nachdachte.

»Nun, mein Ex, David. Wir haben uns über die finanzielle Unterstützung für das Kind gestritten, aber …« Sie schüttelte heftig den Kopf. »Nein, nein, er ist eine Niete, aber er kann doch nicht so tief sinken, dass er seinem eigenen Kind Schaden zufügen würde.«

Angel reichte June seine Visitenkarte. »Wir werden jetzt mit unseren Ermittlungen beginnen. Wenn Ihnen noch irgendetwas einfällt, das nützlich sein könnte, rufen Sie uns bitte umgehend an.«

Sie nahm die Karte. »Aber wir haben noch gar nicht über Ihr Honorar gesprochen. Ich meine, wie viel …«

»Ich will Ihnen helfen«, unterbrach Angel sie. »Wenn Sie mich bezahlen können, ist es gut. Und wenn nicht … will ich nur helfen.«

June öffnete den Mund, fand aber keine Worte, um die Dankbarkeit auszudrücken, die sich in ihrem Gesicht spiegelte. Nach einer Weile blickte sie tief bewegt zur Seite.

Doyle wollte das Krankenzimmer verlassen. »Kommst du, Angel?«

Angel sah noch ein letztes Mal auf das kleine Mädchen in dem großen Bett. Dieses Bild sollte sich ihm ins Gehirn brennen – als Erinnerung daran, warum er für die Mächte der Ewigkeit tat, was er tat.

Angel kannte die weit reichende Bedeutung der menschlichen Seele. Wenn dem Kind seine Seele geraubt worden war, würde es bald sterben – oder schlimmer noch: Es konnte am Leben bleiben, würde aber ohne Seele auch kein richtiger Mensch mehr sein. Angel wusste, wie das war. Das wollte er nicht zulassen, nicht bei diesem süßen Kind.

Mit einem letzten Blick verabschiedete er sich schweigend von Aubrey und verließ den Raum. Doyle wartete draußen auf dem Flur.

»Und was jetzt?«

Da hörten sie beide Cordelias Stimme.

»Ich glaube, das ist wirklich nicht nötig, Phil. Ein paar Pillen und eine ordentliche Portion Schlaf, dann bin ich sicher wieder ganz fit.«

Sie wurde von einem gut aussehenden jungen Arzt in einem Rollstuhl über den Korridor geschoben.

»Ich mache mir große Sorgen über diese Schwächeanfälle, Miss Chase. Wir werden ein paar Blutuntersuchungen machen und dann …«

Als Cordelia Angel und Doyle entdeckte, lächelte sie. »Hallo Jungs!«

Doyle fing an zu applaudieren. Der Doktor sah die beiden Männer argwöhnisch an.

»Eine brillante Vorstellung, Mädchen! Ich hab' beim Reinkommen schon ein bisschen was gesehen.«

Strahlend und leichtfüßig erhob sich Cordelia aus dem Rollstuhl. »Findest du? Also, was gibt's?«

Der Arzt war irritiert. »Miss Chase? Vielleicht sollten Sie sich wieder setzen, bevor …«

Sie drehte sich zu ihm um und lächelte ihn strahlend an. »Ist schon in Ordnung, Phil, ich fühle mich jetzt schon viel besser.«

Sie drehte sich wieder zu ihrem Boss um. »Hast du etwas herausgefunden? Was fehlt dem kleinen Mädchen?«

»Dazu müssen Doyle und ich noch weitere Nachforschungen anstellen. Es wäre mir sehr recht, wenn du dich ein wenig mit der Mutter unterhältst«, entgegnete Angel und zeigte auf das Zimmer. »Sie soll dir etwas über die Leute erzählen, mit denen sie tagtäglich Kontakt hat.«

Cordelia nickte. »Okay, ich checke das.«

»Und frag sie mal nach ihrem Mann«, fügte Doyle hinzu. »Ich habe das ungute Gefühl, sie hat mehr mit ihm zu tun als sie zugeben will.«

Der Arzt räusperte sich verärgert. »Miss Chase, was ist mit den Tests?«

Cordelia lächelte ihn wieder an. »Mir geht es plötzlich sehr gut, Phil. Offenbar bin ich geheilt.«

Und schon marschierte sie über den Flur auf Aubrey Bentones Zimmer zu.

Die drei Männer sahen ihr nach. Doyle verschränkte die Arme vor der Brust und schüttelte den Kopf. Und genoss den Anblick von Cordelias Kehrseite.

Der Arzt starrte ihr verständnislos nach und war zu baff, um ihr den Aufenthalt auf der Intensivstation zu verbieten.

»Ein Wunder ist geschehen!«, rief Doyle aus und warf die Hände in die Luft.

Angel und Doyle ließen Phil mit seinem Rollstuhl im Korridor stehen und gingen zum Lift. Am Gesicht des jungen Arztes war deutlich abzulesen, dass er immer noch nicht kapiert hatte, was los war.

Im Aufzug drehte sich Angel mit nachdenklicher Miene zu Doyle um.

»Willst du nicht ins Büro fahren und ein bisschen recherchieren? Sieh doch mal nach, was du in der Literatur über Seelenraub finden kannst«, schlug er vor.

»Na gut. Wie ich allerdings an deinem Blick ablesen kann, hast du etwas ganz anderes im Sinn.«

Angel nickte. »Ich will dem *Ninth Level* einen Besuch abstatten.«

Doyle erschauderte sichtlich. »Mann, du bist ja noch härter drauf als ich!«

5

Was Angel da zu hören bekam, erinnerte ihn stark an das widerliche Geräusch von Fingernägeln, die über eine Tafel kratzten. Er musste sehr an sich halten, um nicht schmerzerfüllt zusammenzuzucken. Langsam griff er mit beiden Händen an den Kopfhörer auf seinen Ohren, nickte und lächelte, als hätte er jede Menge Spaß. Aber das war weit von der Wahrheit entfernt, und eigentlich wartete er nur höflich auf die nächstbeste Gelegenheit, sich den Kopfhörer herunterreißen zu können.

Als der Titel zu Ende war, nutzte er die Chance. Rasch setzte er den Kopfhörer ab, bevor der nächste Song begann.

»Also, das war mal was!«, sagte er zu dem Mann, der ihm aufgeregt grinsend gegenübersaß.

Charlie Nickels griff nach dem tragbaren CD-Player und öffnete ihn. Mit seinen fleischigen Wurstfingern entnahm er vorsichtig die CD und schob sie in ihre Hülle.

»Kaum zu glauben, dass du *Evita* nie gesehen oder wenigstens gehört hast. Es ist die Krönung im Werk von Webber und Rice«, sagte der hässliche kleine Mann. »Als ich es damals 1978 in London gesehen habe, dachte ich, ich wäre gestorben und im Himmel gelandet.«

Klingt eher nach erwürgten Katzen, dachte Angel. Seine musikalischen Vorlieben orientierten sich mehr an den klassischen Künstlern aus der Zeit, in der er gelebt hatte und der traditionellen Musik Irlands, wie sie von den *Chieftains* gespielt wurde.

Charlie sah den Stapel CDs durch, der vor ihm auf dem Tisch stand. »Ich finde, Patti LuPone ist die Beste, gefolgt von Julie Covington und dann Elaine Paige.«

Er nahm einen Schluck Wein und tupfte sich die Lippen mit einer Serviette ab. »Wenn dir das gefallen hat, gefällt dir sicherlich auch der *Starlight Express.*«

Er nahm eine CD aus dem Stapel und griff nach dem Player.

Angel legte seine Hand auf das Gerät und schloss den Deckel. »Keine Musikvorführung mehr, Charlie. Ich brauche ein paar Antworten.«

Der verunstaltete Zwerg sah ihn enttäuscht an. Er zuckte mit den Schultern und warf die CD auf den Tisch. »Wie du willst – ich habe nur versucht, zur Erweiterung deines Horizonts beizutragen. Was willst du wissen?«

Während Angel das Fläschchen aus der Manteltasche holte, sah er sich im *Ninth Level* um und betrachtete das Aufgebot an übernatürlichen Kreaturen, die sich hier zu Drinks, Tratsch und Klatsch versammelt hatten. Viele beäugten ihn nervös, wie er da zusammen mit dem monströsen Charlie Nickels an einem Tisch saß. Angel kam nicht sehr oft in solche Lokale, und wenn er es tat, bedeutete das in der Regel Schwierigkeiten für einige der Stammgäste.

Angel stellte das Glasgefäß mit der alten dämonischen Schrift mitten auf den Tisch.

»Soll ich dir nicht doch etwas bestellen, Angel?«, fragte Charlie. »Einen Drink oder einen Aperitif vielleicht?«

Hinter der Theke ertönte das schrille Quietschen von etwas, das bei lebendigem Leibe in die Fritteuse geworfen wurde.

»Charlie, kannst du mir sagen, was das ist?« Angel deutete auf den Flakon auf dem Tisch.

Vor sich hin murmelnd zog Charlie eine Bifokalbrille mit schwarzem Gestell aus der Hemdtasche und setzte sie auf seine deformierte Nase. Dann streckte er einen gedrungenen Arm aus und griff nach dem Fläschchen. Sorgfältig besah er es sich von allen Seiten.

Charles Nickels war einmal einer der wohlhabendsten und charismatischsten Männer in den Vereinigten Staaten gewesen –, einer der Ersten, die das Potential von Computern erkannt hatten und die Möglichkeiten des damals noch jungfräulichen Terrains namens Internet. Im Alter von fünfundzwanzig hatte er seine ersten hundert Millionen Dollar bereits gemacht. Nickels hatte alles besessen – Hirn, Ruhm, Aussehen, Geld –, und er war ein wahrer Frauenheld gewesen. Aber die normale Welt fing an, ihn zu langweilen, und er versuchte sich auf dem Gebiet des Übernatürlichen.

Der Mann hielt sich das Fläschchen vor die Mopsnase und schnüffelte. »Interessant«, sagte er mit einer Stimme, die klang, als habe er mit Rasierklingen gegurgelt, »es wurde noch nicht benutzt.«

Nickels hatte versucht, mit seinem Grips, der ihn in der Welt der Computertechnologie reich gemacht hatte, auch in der übernatürlichen Welt zu landen. Er wollte mitspielen, lernte aber rasch, dass er nur ein kleiner Fisch in einem großen Teich war. Hexenmeister, Magier, Geisterbeschwörer und andere Aktive im Bereich der Zauberkunst waren von seinem Bemühen, in ihrem Revier mitzumischen, nicht sonderlich angetan gewesen. Sie hatten sich verbündet, um dem Eindringling eine Lektion zu erteilen.

Nickels ging eines Abends reich und gut aussehend ins Bett und erwachte am nächsten Morgen ohne einen Pfennig und als entstellte menschliche Hohnfigur. Die Zauberer hatten ihm zur Strafe für seine Unverschämtheit alles genommen. Sein Unternehmen war über Nacht zusammengebrochen – eine Konkurrenzfirma hatte einen Superchip herausgebracht, der seiner patentierten Technologie weit überlegen war –, aber das war noch das kleinste seiner Probleme. Etwas Schreckliches war mit seinem Körper geschehen, etwas, das die besten Ärzte der Welt nicht zu behandeln vermochten. Seine Knochen begannen, sich auf schmerzhafte Weise zu verdrehen und zu schrumpfen. Seine Haut veränderte die Farbe und überzog sich mit Schwielen. Innerhalb von ein paar Tagen war *der* Charles Nickels, der einst sein Imperium mit eiserner Faust regiert hatte, wie ausgelöscht. Wegen seiner Arroganz war er mit einem schwarzmagischen Fluch belegt und durch diese weinschlürfende, Musical begeisterte Kreatur ersetzt worden.

Angel beugte sich vor. »Was ist das, Charlie? Wozu braucht man so etwas?«

Dem missgestalteten Mann war die Brille auf die Nasenspitze gerutscht. Er sah Angel über den Rand hinweg an. »Hässliche Angelegenheit, Angel. Es wird als Behälter für Seelen verwendet.«

Er schob dem Vampir das Gefäß wieder zu. »Dieses hier wurde noch nicht benutzt, sonst hätte es einen merkwürdigen Geruch. Ein bisschen wie Flieder und Zimt mit einem Schuss Nagellackentferner abgerundet ... wenn es wahr ist, was mir erzählt wurde.«

Angel nahm das Fläschchen zurück. »Wie groß ist diese Sache, Charlie?«

Der Verunstaltete nahm noch einen Schluck Wein, bevor er antwortete. »Der Seelenhandel? Nicht sehr groß ... aber er scheint sich immer größerer Beliebtheit zu erfreuen.«

Angel steckte das Fläschchen weg. »Klär mich auf! Wozu werden die Seelen missbraucht?«

Charlie kratzte sich mit einem schartigen Fingernagel ein paar trockene Hautschuppen von seinem deformierten Kopf. »Also, mal sehen ...«

Seit ihm sein normales Leben geraubt worden war, widmete sich der verunstaltete Mann dem intensiven Studium der schwarzen Magie in der Hoffnung, seine paranormale Krankheit eines Tages heilen zu können. Das machte er nun schon seit fünfzehn Jahren, und er war der Lösung noch keinen Schritt näher gekommen.

Er fing an, die Verwendungszwecke für Seelen an seinen pummeligen Fingern abzuzählen: »Für die Vollendung einiger sehr bedeutender Zauberrituale braucht man zum Beispiel Seelen. Und wusstest du, dass es einmal eine

Dämonenart gab, die sich von der Lebensessenz, also der menschlichen Seele, ernährt hat? Das ist eine Tatsache.«

Angel sah sich wieder im Lokal um. »Was ist mit Drogen? Hast du irgendetwas von einer Droge für Dämonen gehört, die aus Menschenseelen hergestellt wird?«

Charlie nickte und fing an, seine CDs auf dem Tisch zu ordnen. »Sie ist relativ neu, Uforia heißt sie. Die meisten Dämonen würden ihre eigene Mutter für eine Kostprobe davon verkaufen – nicht, dass es da draußen viele Dämonen gäbe, die ihre Mütter überhaupt kennen, aber diejenigen, die sie kennen, würden sie eiskalt für diesen Kick verkaufen. Die Droge macht einen furchtlos, wie ich gehört habe. Man hat keine Sorgen mehr.«

Er zog eine CD aus dem Stapel und zeigte sie Angel. Es war eine Aufnahme von Andrew Lloyd Webbers *Phantom der Oper*. »Hast du das schon mal gehört?«, fragte er.

Angel schüttelte den Kopf und war einen Augenblick lang irritiert. Er hatte immer geglaubt, das *Phantom* sei von Gaston Leroux geschrieben worden.

»Zurück zu der Droge – hast du eine Ahnung, wer sie produziert oder wo sie hergestellt wird?«

Charlie sah nachdenklich aus, als er die CD zurück auf den Stapel legte. »Ich kann nicht glauben, dass du das noch nie gehört hast. Nicht mal *Music of the Night*? Das wäre doch der perfekte Song für jemanden wie dich.« Er seufzte deprimiert. »Aber wie ich schon sagte, ist Uforia das aktuellste Ding auf der Straße. Ich habe keine Ahnung, wo das Zeug herkommt, aber ich kann dir versichern, es ist gewaltig im Kommen.« Charlie erhob sich und wedelte mit seinen Stummelarmen, um den Barkeeper auf sich aufmerksam zu machen. »Hey, Sol, könnte ich noch einen Merlot bekommen? Ich bin drauf und dran, wieder nüchtern zu werden!«

Sol ließ den hässlichen Mann erst mal auflaufen und trocknete weiter mit seinem schmutzigen Lappen einen Bierkrug ab.

Charlie setzte sich wieder und grinste Angel an. Er

beugte sich vor und flüsterte ihm verschwörerisch zu: »An was für einem Fall arbeitest du denn gerade? Hat jemand seine Seele verloren oder so?«

»Du weißt doch, wie das ist, Charlie. Ich bin zu strengem Stillschweigen verpflichtet.«

Sol kam vorbei und stellte Charlie ein Glas Wein auf den Tisch. »Soll ich es anschreiben, Sir?«, witzelte er und kehrte an die Theke zurück.

Charlie murmelte tonlos etwas vor sich hin und begann sofort, von dem Wein zu schlürfen. »Wenn ich richtig liege, wirst du dir dein Geld sauer verdienen müssen. So eine Seele kann überall sein. Sie könnte sich sogar mittlerweile in den Händen eines privaten Sammlers befinden.« Er bemerkte nicht, dass ihm Wein übers Kinn lief.

Angel wollte Sol schon nach einem Lätzchen fragen, überlegte es sich aber anders. Er brauchte noch mehr Informationen von dem Mann und wollte ihn nicht verärgern.

»Seelen werden also für Zauberrituale benötigt und zur Nahrungs- und Drogengewinnung. Und jetzt erzählst du mir auch noch, es laufen richtige Seelensammler da draußen rum?«

Charlie lehnte sich in seinem Stuhl zurück und legte die Hände hinter den kürbisförmigen Kopf. »Wenn ich es dir doch sage, Angel! Es gibt Freaks da draußen, die sammeln Seelen wie andere Baseball-Karten, Teletubbies oder, wie vor ein paar Monaten, diese Hooligan-Sachen. Es ist nicht einfach, in das Geschäft einzusteigen, aber wenn man eine besondere Seele ergattert, von einem gläubigen Menschen, einer Jungfrau oder, noch besser, von einem Kind, dann kann man in gewissen Kreisen den Preis bestimmen.«

Er nahm sein Glas und trank einen kräftigen Schluck. Etwas Wein lief ihm aus dem Mundwinkel und tropfte auf sein Hemd.

Angel hatte genug gehört und gesehen. Er stand auf und holte etwas Geld aus der Tasche, das er auf den Tisch warf. »Für deine Zeit und deine Zeche.«

Charlie schnappte sich das Geld und zählte es. »Ich freue mich immer, mit Freunden meine Leidenschaft für gewisse Hobbys zu teilen.« Er faltete die Scheine zusammen und schob sie in die Hemdtasche. »Und wenn wir uns das nächste Mal treffen, was hältst du dann von *Cats*?«

Angel schob seinen Stuhl an den Tisch. »Ich stehe eher auf Hunde.«

Er drehte sich um und ging auf die Tür zu. Charlie rief ihm hinterher: »Keine echten Katzen, ich meine das Musical *Cats!* Es basiert auf einem berühmten Gedicht oder so. Ich denke, es wird dir sehr gefallen!«

Angel wollte gerade die Kneipe verlassen, als er spürte, dass jemand hinter ihm herlief und ihn gleich darauf auch schon ansprach: »Du hast vielleicht Nerven, hier aufzukreuzen! Was ist denn los? Habt ihr guten Jungs keinen Ort, an dem ihr unter euresgleichen trinken könnt?«

Angel drehte sich um und blickte in das Gesicht eines blauhäutigen Barakkas-Dämons. Er sah irr aus seinen drei Augen, deren Pupillen zu kleinen, schwarzen Nadelköpfen verengt waren, die in einem Meer aus milchigem Weiß schwammen. Das Wesen stand offensichtlich völlig neben sich. Es knirschte mit seinen spitzen Zähnen und kam mit dem Gesicht ganz dicht an Angel heran, der keinen Zentimeter zurückwich.

»Ich würde mich glücklich schätzen, dir das alles erklären zu können, aber ausgerechnet heute habe ich es sehr eilig. Warum gehst du nicht zurück an deinen Tisch, trinkst dir einen, amüsierst dich und vergisst, dass du mich überhaupt gesehen hast?«

Der Barakkas bewegte sich nicht. Er ballte die Klauenhände zu Fäusten und schnaufte hörbar.

Angel seufzte. Vor seinem geistigen Auge erschien das Bild eines zerbrechlichen kleinen Mädchens in einem Krankenhausbett, ohne Seele. Er schlug dem Dämon krachend die Faust ins Gesicht. Der Barakkas stürzte rückwärts und verlor das Bewusstsein, bevor er auf dem mit Sägemehl bedeckten Boden aufschlug. Angel sah sich um.

»Ich habe wirklich keine Zeit für so einen Firlefanz, aber wenn es noch jemanden gibt, der mich zum Bleiben überreden will ...«

Die Monstergäste wandten sich ohne großes Murren wieder ihren Getränken zu.

Charlie, der ein neues Glas Wein in der Hand hielt, kam von hinten herbeigewatschelt und beugte sich über den bewusstlosen Dämon. Angel beobachtete ihn dabei, wie er sich vorsichtig bückte, um nichts zu verschütten, und ein Augenlid des Barakkas zurückschob, um die Pupille zu untersuchen.

»Wie ich es mir dachte: Uforia.« Er sah Angel an. »Es macht sie völlig dumm im Kopf.«

Angel sagte kein Wort mehr, als er das *Ninth Level* verließ und ins Nachtleben von Los Angeles trat.

Treffender hätte sein Abgang auch nicht sein können.

Cordelia bezahlte ihren Salat und die Cola light und blickte sich suchend in der Cafeteria des Krankenhauses nach June Bentone um. Sie fand sie an einem Tisch ganz hinten. June Bentone trank einen Kaffee und starrte in die Leere. Sie schien eine Million Kilometer weit weg zu sein, wahrscheinlich an einem Ort, wo ihre Tochter sicher in ihrem Bett lag, tief und fest schlief und ganz gesund war.

Cordelia trat näher und stellte ihr Tablett auf dem Tisch ab. »Ich hoffe, Sie haben nichts dagegen – ich habe seit den Reiswaffeln heute Morgen nichts mehr gegessen, und die machen ja bekanntlich nicht besonders satt.«

»Was?«, murmelte June aufgeschreckt. Sie starrte Cordelia an, die ihr gegenüber Platz nahm. »Oh, nein, kein Problem. Setzen Sie sich bitte! Bitte, essen Sie!«

Cordelia nahm einen Schluck Cola und pickte dann mit der Gabel in ihren Salat. »Die Salatblätter sehen aus, als könnten sie gut einen Schlag mit diesen Elektropaddeln gebrauchen, die man immer bei *Emergency Room* sieht.«

»Ich wünschte, ich hätte nicht mit dem Rauchen aufgehört. Ich könnte jetzt gut eine Zigarette gebrauchen, denn ich befürchte sonst, jeden Moment aus der Haut zu fahren.« June kaute an einem Fingernagel und sah sich nervös in der Cafeteria um.

»Vielleicht ist Kaffee nicht das beste Getränk, wenn Sie sich angespannt fühlen«, bemerkte Cordelia. Sie pikste eine Cocktailtomate auf und steckte sie sich in den Mund. »Nur so eine Idee.«

June schien ihr gar nicht zuzuhören. »Meinen Sie, ich sollte mit der Polizei reden? Weil vielleicht jemand meiner Kleinen etwas angetan hat?«

Cordelia pickte weiter auf ihrem Salatteller herum und suchte zwischen den welken Blättern und den Sojasprossen nach etwas Essbarem. »Die Polizei weiß sich bei so einem Fall wohl kaum zu helfen.« Sie seufzte und schob den Teller zur Seite. »Ich glaube, das war genug, vielen Dank. Man würde doch meinen, dass ein Salat im Krankenhaus ein wenig gesünder ausfällt, oder?«

»Warum?«, fragte June. »Warum ist dieser Fall anders als die anderen? Wenn das jemand meinem kleinen Mädchen angetan hat, muss er gefasst werden.«

»Sagen wir einfach, Angel hat die Tendenz, an Fällen zu arbeiten, die ein bisschen … komisch sind«, formulierte Cordelia vorsichtig. »Nicht komisch im Sinne von *Verrückt nach Mary*, sondern komisch im Sinne von eigenartig. Und es tut mir Leid, aber ich sehe nicht, wie die Polizei mit solchen komischen, eigenartigen Dingen klarkommen soll, wie ich sie gesehen habe, seit ich für Angel arbeite.«

June legte beide Hände um ihre Kaffeetasse und beugte sich zu Cordelia vor. »Wollen Sie … Wollen Sie damit sagen, dass Angel mit Dingen zu tun hat, die … die man nicht erklären kann?«

Cordelia nahm einen Schluck von ihrer Cola light und zerkaute ein Stück Eis, während sie über ihre Antwort nachdachte. »Seine Fälle reichen ins Übernatürliche.«

June bekam allmählich Panik. »Etwas ... Unnatürliches ist meinem Kind widerfahren? Wie ist das möglich?«

»Das versucht Angel ja herauszufinden.«

June schlug die Hände vors Gesicht. »Ich sage mir die ganze Zeit, alles wird wieder gut, aber ...«

Cordelia ließ das Eis in ihrem Becher kreisen. »Kennen Sie irgendjemanden, der mit bizarren Dingen zu tun hat? Der Dämonen heraufbeschwört, Blutopfer bringt, Teufelswerk treibt oder die Atkins-Diät macht? Kennen Sie so jemanden?«

Lachend nahm June die Hände vom Gesicht. Sie schien zu denken, Cordelia machte Witze. »Nein, nichts von alledem. Das Schlimmste, was mir einfällt, ist, dass mein Ex ein zwanghafter Spieler ist. Glauben Sie mir, das ist wirklich eine Tragödie.«

Sie nahm ein Päckchen Zucker und spielte damit herum.

»Dieser Typ, den Sie mit Angel gesehen haben, Doyle, er spielt auch gern – vielleicht kennt er Ihren Mann.«

Cordelia sah, wie June das Papiertütchen aufriss und den Zucker auf die Tischplatte schüttelte.

»So tief wie David wird Ihr Freund wohl kaum gesunken sein. Es ist das reinste Elend mit ihm. Deshalb haben wir uns ja auch getrennt.« Sie sah von ihrer Krümelei auf. »Ich werde nie den Augenblick vergessen, als ich erkannte, wie schlimm es wirklich um ihn stand. Es war nach Aubreys Geburt, und wir kamen gerade aus dem Krankenhaus.«

June fing an, den Zucker mit den Fingern hin und her zu schieben.

»Wir hielten mit dem Wagen vor dem Haus, und da saß ein Mann auf unserer Treppe. David wurde total nervös, als er ihn sah. Ich fragte, wer er sei, aber David sagte nur, er sei ein Bekannter.«

Cordelia schob der Frau ein Päckchen Pfeffer zu, damit sie es zu dem Zucker schütten konnte.

June lächelte und erzählte weiter: »Wir sind also ausgestiegen, und David hat mit dem Mann gesprochen. Er stellte mich und Aubrey vor. Ich glaube, sein Name war Carmen …«

June streute etwas Pfeffer über den Zucker und mischte ihn darunter.

»Jedenfalls hat Carmen mich und das Baby keines Blickes gewürdigt. Er hat David einfach sofort verprügelt, ihm immer wieder ins Gesicht geschlagen und gebrüllt, dass er sein Geld Ende der Woche wiederhaben will.«

»Lassen Sie mich raten – ein Hai, und nicht so einer von der Sorte, die im Meer schwimmt«, sagte Cordelia.

June streute sich das Zucker-Pfeffer-Gemisch in die Hand.

»Allerdings! Ja, und so habe ich herausgefunden, dass mein Mann einigen sehr üblen Gestalten viel Geld schuldete. Wir haben die Schulden mit den Ersparnissen zurückgezahlt, die ich für die Renovierung des Kinderzimmers zurückgelegt hatte.«

Sie schüttete das Pulver aus ihrer Hand in die leere Tasse. Ihre Augen füllten sich mit Tränen. »Und das war nicht das letzte Mal, dass uns Carmen oder ein anderer Typ, der dasselbe wollte wie er, besuchte. Weil ich so große Angst hatte, habe ich sogar eine Pistole gekauft, um mich und Aubrey zu schützen, bevor ich so schlau war, David rauszuwerfen.«

Sie wischte sich die Tränen aus den Augen und zog die Nase hoch. Dann blickte sie Cordelia lächelnd an. »Es gibt keine Teufelsanbeter in meinem Leben. Nur einen einzigen kolossalen Loser.«

Cordelia wusste nicht, was sie sagen sollte, und fing an, auf dem Tisch Ordnung zu machen. »Wir sollten wieder nach oben gehen. Vielleicht gibt es schon die ersten Testergebnisse, und sie können uns sagen …«

»Ist er gut?«, unterbrach sie June.

Cordelia wusste nicht so recht, auf wen sich June mit ihrer Frage bezog. »Wie bitte?«

»Ihr Boss. Angel. Ist er gut?«

Verzweiflung sprach aus dem Blick der Mutter. Ihr ging

allmählich die Kraft aus. Sie brauchte einen Strohhalm, an den sie sich klammern konnte.

Cordelia streckte die Hand aus und fasste die Frau am Arm. »Ob er gut ist? Sagen wir so: Wenn alle anderen schon aufgegeben haben, wenn sogar Sie selbst schon aufgegeben haben ... tut es Angel noch lange nicht. Das ist einfach nicht seine Art.«

Sie drückte der Frau aufmunternd die Hand.

»Und ich würde sagen, das ist verdammt gut.«

Doyle legte die Füße auf Cordelias Schreibtisch und lehnte sich im Stuhl zurück. Er hatte ein dickes, ledergebundenes Buch aus Angels Bibliothek auf dem Schoß und blätterte vorsichtig die vergilbten Seiten um. Der Buchtitel war in einer längst vergessenen Sprache abgefasst, aber wenn Doyle sich richtig erinnerte, entsprach die Übersetzung ungefähr so etwas wie »Dämonen für Einsteiger«.

Er zog angeekelt die Nase kraus angesichts einiger künstlerischer Darstellungen verschiedener Dämonenarten. »Ekelige Biester«, murmelte er. »Im Vergleich zu denen, sehe ich ja aus wie George Clooney.«

Als der Aufzug aus dem Kellergeschoss nach oben kam, nahm Doyle die Füße vom Schreibtisch und legte das Buch zu den anderen, die er in der Nacht bereits durchgesehen hatte. Wie er mit einem Blick zum Fenster feststellte, würde draußen in Kürze die Sonne aufgehen.

Doyle stand auf und streckte sich, als Angel ins Büro kam. »Und, hast du etwas Wissenswertes von unserem hochgeschätzten Mister Nickels erfahren?«

Angel zog seinen Mantel aus und hängte ihn an die Garderobe. »Drei Dinge.« Er holte seine Tasse und schenkte sich einen Kaffee ein. »Erstens: Der Seelenhandel stellt ein immer größer werdendes Problem dar. Zweitens: Es gibt eine Droge auf der Straße, die aus Menschenseelen gewonnen wird und Uforia heißt.«

Angel zog einen Stuhl an Cordelias Schreibtisch und setzte sich, um einen Schluck Kaffee zu trinken.

Doyle ließ sich wieder auf seinen Platz fallen. »Und drittens?«

»Drittens? Ich steh' nicht auf Musicals.«

Grinsend lehnte Doyle sich zurück. »Ich hab's dir ja gleich gesagt! Letztes Mal, als ich mit dem hässlichen kleinen Kerl zu tun hatte, musste ich mir einen Song über ein Mädchen anhören, das nicht Nein sagen konnte. Danach musste ich sofort in einen anderen Pub gehen, um mir die Pogues in der Jukebox aufzulegen, damit ich die schreckliche Melodie wieder aus meinem Kopf bekam!«

Angel stellte seine Tasse ab. »Und wie weit bist du heute Nacht gekommen? Was Interessantes gefunden?«

Doyle suchte nach seinem Notizblock. »Ich bin tatsächlich auf einige interessante Informationen gestoßen. Wie ich gelesen habe, benutzt man ein Zaubergerät namens Kollektor, um die Seele zu extrahieren, und sie wird eingefangen in …«

Angel zog das Fläschchen aus seiner Tasche und stellte es auf den Tisch. »In so etwas. Das habe ich auch von Nickels erfahren. Die Seele wird in diesem Gefäß eingefangen und dann zu verschiedenen Zwecken gebraucht. Das geht vom Dämonensnack bis zur Drogenherstellung.«

Doyle nahm sich seinen Block und überflog seine Notizen. »Okay, wie wäre es damit? Die seelenfressenden Dämonen, von denen du im Krankenhaus gesprochen hast, hießen Kurgarru, wusstest du das? Und als sie die Seelen sämtlicher Lebewesen in ihrer Heimatwelt gefressen hatten, haben sie sich gegenseitig den Garaus gemacht.«

Angel runzelte die Stirn, und Doyle nickte befriedigt. Eins zu Null für den Dämonen-Mischling!, dachte er.

»Sie hatten eine narrensichere Methode entwickelt, Seelen zu rauben, und lieferten damit angeblich die Inspiration für einige irdische Zauberer, die bald schon versuchten, die Methode nachzuahmen.« Doyle nahm sich ein

Buch und blätterte darin herum. »Hier ist so ein Kurgarru abgebildet. Ziemlich ekelhaft!«

»Glaube ich dir unbesehen«, sagte Angel nur.

Doyle klappte das Buch zu und legte es weg. »Haben sich bis zur Auslöschung der eigenen Art gegenseitig die Seelen aus dem Leibe gesaugt. Auch nicht schlecht! Abstoßende Essgewohnheiten hin oder her – sie haben wirklich ganze Sache gemacht!«

Angel nickte. »Hat sich Cordelia schon gemeldet?«

Doyle fing an, auf ihrem Schreibtisch herumzuräumen, als versetze ihn allein die Nennung ihres Namens in helle Aufregung. Er durfte Cordelias Arbeitsplatz auf keinen Fall unordentlich hinterlassen, denn er wollte sich nicht ihren Zorn zuziehen. »Sie rief vor ein paar Stunden an. Sie sagte, June übernachte auf einer Pritsche in Aubreys Krankenzimmer, und sie selbst wolle nach Hause, um ein bisschen zu schlafen.«

»Wie geht es dem Mädchen?«

»Unverändert, aber Cordy hat erfahren, dass Papa Bentone ein zwanghafter Spieler ist und immer wieder Schulden bei diversen Kredithaien gemacht hat«, sagte Doyle und fegte etwas Staub von seinen Schuhen.

Angel rieb sich nachdenklich das Kinn. »Ich glaube, wir müssen mit ihm reden.«

Doyle betrachtete die Schreibtischoberfläche und vergewisserte sich, dass alles in Ordnung war, bevor er aufstand und den Stuhl so hinstellte, wie er ihn vorgefunden hatte. »Die Mutter weiß bestimmt nicht, wo er steckt, aber ich sage dir, was ich mache.«

Er kam um den Schreibtisch herum. »Morgen höre ich mich um und finde heraus, welchen Haien er immer noch Geld schuldet. Ich bin sicher, die wissen ganz genau, wo er sich im Augenblick rumtreibt.«

Angel nahm seine leere Tasse und ging in sein Büro. »Gut. Dann geh jetzt nach Hause und ruh dich aus. Morgen findest du dann raus, wo Bentone steckt, und wir sehen uns hier bei Einbruch der Dunkelheit wieder.«

Doyle folgte ihm mit einem Packen Bücher im Arm. »Klingt nach einem guten Plan.«

Er stellte die Bücher wieder in die Regale, während Angel in den Aufzug stieg.

»Bei Einbruch der Dunkelheit, Doyle. Sagte ich, dass wir uns bei Einbruch der Dunkelheit hier treffen?«, hakte Angel noch mal nach, als er die Gittertür schloss.

Doyle sah ihn böse durch die Metallstäbe an. »Du wirst mir meine Verspätung von neulich wohl nie verzeihen, was?«

Mit dem Anflug eines Grinsens im Gesicht drückte Angel auf den Abwärts-Knopf.

»Ich habe alles getan, was in meiner Macht steht, um rechtzeitig da zu sein! Wirklich!«

»Bei Einbruch der Dunkelheit«, wiederholte Angel noch einmal, bevor er in die Tiefe fuhr.

Doyle drückte das Gesicht an das Metallgitter und schrie: »Ich hatte den Stachel eines giftigen Dämons im Hals stecken! Das Schicksal war nicht auf meiner Seite! Angel?«

Aber Angel gab keine Antwort, und Doyle wandte sich niedergeschlagen ab.

»Da macht man mal einen kleinen Fehler, und schon ist man für den Rest seines Lebens gebrandmarkt!«, fluchte er.

6

David Bentone lag vollständig bekleidet auf seinem Bett und starrte nachdenklich auf die mit zahlreichen Rissen und Wasserflecken verunstaltete Zimmerdecke. Die Hände hatte er auf seiner Brust gefaltet. Er nahm die frühmorgendlichen Geräusche, die von der Straße nach oben getragen wurden, gar nicht wahr. Gedankenverloren erinnerte er sich an die entscheidenden Augenblicke in seinem Leben, die ihn dorthin gebracht hatten, wo er nun stand …

»Ich bin schwanger!«, hatte seine Frau ihm an diesem einen Abend vor vielen Jahren zugerufen. Nicht *»Hallo Darling«* oder *»Hattest du einen schönen Abend, Liebling?«*. Er war gerade heimgekehrt von einer Pokerrunde mit hohen Einsätzen, bei der er sein letztes Hemd verloren hatte, und diese Worte entsprachen ganz gewiss nicht der Art von Begrüßung, die er sich gewünscht hätte.

Sie waren nicht einmal ein Jahr verheiratet und noch viel zu jung für Kinder. Es gab so vieles, was sie noch nicht gemacht hatten … was *er* noch nicht gemacht hatte. Sie verstand nicht, warum er sich so aufregte, oder vielmehr wollte sie es wohl nicht verstehen. June hatte sich schon immer Kinder gewünscht.

Bentone setzte sich abrupt auf und schwang seine Beine vom Bett.

Wann hatte er eigentlich richtig begriffen, dass er Vater wurde? Obwohl er jeden Tag hatte beobachten können, wie der Bauch seiner Frau anschwoll, war die Vaterschaft erst mit Aubreys Geburt für ihn zur Realität geworden. Die Krankenschwestern hatten das schreiende Baby sauber gemacht, es in eine rosafarbene Decke gehüllt und ihm in den Arm gelegt. In diesem Augenblick wurde alles anders. Er war nicht mehr der David Bentone, der widerstrebend mit seiner Frau ins Krankenhaus gefahren war, als die Wehen einsetzten. Dieser David Bentone war in dem Augenblick verschwunden, als er zum ersten Mal seine Tochter im Arm hielt.

Aber er war zurückgekehrt. Gott steh mir bei!, dachte er. Der alte David war zurückgekehrt.

Behutsam nahm er die Hände auseinander und betrachtete, was er in ihnen barg. Das Gefäß leuchtete von Innen heraus. Wie schon so oft seit dem vergangenen Abend starrte Bentone mit Ehrfurcht auf das seltsame Phänomen, das sich in dem Glasbehältnis abspielte. Der Inhalt war in ständiger Bewegung und wechselte unaufhörlich Farbe, Form und Zusammensetzung. Es war mit Sicherheit das Schönste, was er je gesehen hatte – abgesehen von seiner neugeborenen Tochter.

An jenem Abend im Kreißsaal, als er seine Tochter in den Armen hielt, hatte er ihr ein Versprechen gegeben: *»Ich werde niemals zulassen, dass dir jemand etwas antut. Niemals!«* Nun erinnerte er sich an dieses Versprechen, und es schmerzte ihn sehr.

Bentone schloss die Finger um das Gefäß und spürte die pulsierende Wärme dessen, was darin gefangen war. Zu erkennen, was er seinem Kind angetan hatte, erschien ihm immer weniger schmerzlich. Jedes Mal, wenn er daran dachte, tat es ein bisschen weniger weh.

Das ist es wohl, was man mit absterben bezeichnet, dachte er. Wenn er die Geschichte wieder und wieder in Gedanken durchging, fühlte er am Ende vielleicht gar nichts mehr. So, als wäre er tot.

Bentone versuchte, an etwas anderes zu denken, an etwas Aufmunterndes. Er dachte daran, wie es sein würde, Schraubzwingen-Benny vom Hals zu haben. Sobald diese Geschichte vorbei war, wollte er Kalifornien verlassen. Vielleicht würde er nach Massachusetts gehen; dort hatte er Freunde. Eine schöne Vorstellung, Weihnachten im Schnee zu verbringen, schoss es ihm durch den Kopf.

Aubrey hatte sich vom Nikolaus immer Schnee zu Weihnachten gewünscht.

Aubrey. Die Erinnerung an das, was er getan hatte, kehrte zurück, und er fing von Neuem an zu sterben.

Sein schleichender Tod wurde von dem gellenden Klingeln des Telefons unterbrochen.

»Wer zum Teufel ruft um diese Zeit an?«, murmelte Bentone und schaute auf den Wecker, der auf dem Nachtschränkchen neben seinem Bett stand. Es war viertel nach acht.

Er beugte sich vor und nahm den Hörer auf. »Ja?«

»David, wie geht es Ihnen heute Morgen?«

Die Stimme am anderen Ende der Leitung war sanft, mit einem leichten Akzent. Im Geiste sah Bentone Meskals kalte blaue Augen vor sich.

Er drückte das Glasfläschchen fest an seine Brust. »Mir geht es gut. Ich … ich habe getan, was Sie wollten. Ich habe das … den Kollektor angewendet, den Sie mir gegeben haben.«

»Ausgezeichnet«, säuselte Meskal. »Hatten Sie irgendwelche Probleme damit?«

Bentone gab keine Antwort. Er erinnerte sich an seine Tochter, wie sie ihm ihr Lieblingstier entgegengehalten hatte, einen Plüschaffen, den sie Pip nannte. Sie hatte gelächelt, und er hatte das Gerät aus der Tasche gezogen und es auf sie gerichtet. Und dann hatte er geschossen.

Er sah sie in Zeitlupe fallen. Ihre Augen waren weit aufgerissen, als sie zu Boden stürzte. Dann hatte er in diese Augen geblickt, die zuvor noch so strahlend und voller Leben gewesen waren. Sie waren leer gewesen. Ihr war etwas geraubt worden.

Bentone räusperte sich. »Nein. Überhaupt keine Probleme«, sagte er nach einer kleinen Pause.

Er öffnete die Hand, um das Fläschchen anzusehen. Er

verspürte kaum mehr Schuldgefühle. Vielleicht war er nun fast mit dem Sterben fertig.

»Also, wann werde ich denn …«

»Ihre Schulden bei Mister Giordano sind bereits beglichen«, unterbrach ihn Meskal.

Bentone schloss die Augen und erwartete schon, dass ihm das Gewicht der ganzen Welt von den Schultern fallen würde, aber er spürte gar nichts, und das machte ihm Angst.

»Machen wir einen Termin aus, wann Sie mir den Artikel bringen!«

»Wissen Sie, ich habe nachgedacht«, sagte Bentone mit einem leichten Zittern in der Stimme. Er hielt das Fläschchen mit seinem amorphen Inhalt gegen das gedämpfte Licht, das durch die Fenster hereinfiel. Er hätte so gern etwas gefühlt, irgendetwas. »Was ich hier habe, ist etwas verdammt Besonderes.«

Meskals Stimme wurde kalt. »Ja, David. Ganz sicher. Das ist es.«

»Ich meine, man muss die Qualität berücksichtigen. Vielleicht ist es viel mehr wert als die Summe, auf die wir uns geeinigt haben.«

»Wir hatten eine Vereinbarung, Mister Bentone.«

Ein Unterton in Meskals Stimme verriet David, dass er sich auf sehr gefährliches Terrain vorwagte. Er hätte Angst haben sollen –, und die wollte er auch haben, aber er war innerlich ganz leer.

»Ja, ich weiß. Es ist nur so: Ich wusste ja gar nicht, was ich da getan habe, und ich glaube, Sie haben mich möglicherweise ein wenig übervorteilt.«

»Wollen Sie mehr Geld? Geht es Ihnen darum?«, fragte Meskal. Nun klang seine Stimme eiskalt.

Bentone begann, auf und ab zu gehen und achtete darauf, sich nicht im Telefonkabel zu verheddern. »Ja, ich bin überzeugt, die Sache ist definitiv viel mehr wert«, sagte er schließlich.

Es gab wieder eine Pause.

»Wie viel mehr, Mister Bentone?«

David dachte an eine Summe und verwarf sie sofort wieder. Er wollte nicht zu gierig erscheinen. Aber andererseits, was machte es schon? Er starrte das Gefäß an, das die Seele seiner Tochter enthielt, und nannte seinen Preis.

Er spürte nichts. Innerlich war er endlich tot.

Die beiden kräftigen Männer packten Doyle an den Armen und schleiften ihn über den Boden des Schlachthauses, vorbei an den Arbeitern mit ihren Schutzbrillen und -helmen und den blutbespritzten Kitteln, vorbei an den blutigen Rinderkadavern, die an Ketten von der hohen Decke baumelten.

Sie hatten ihn auf dem Ladedock zusammengeschlagen, und es fiel ihm äußerst schwer, wieder Stehvermögen in seine Beine zu bekommen. Mit den Schuhspitzen hinterließ er Furchen in dem Sägemehl auf dem Boden, als sie ihn in ein Büro schleppten. Er wurde vor einem großen Metalltisch, auf dem sich Papierkram und ungeöffnete Post stapelten, auf einen Klappstuhl gesetzt.

»Hinhocken und Maul halten!«, sagte einer der Muskelmänner und zeigte dabei auf Doyle. »Mister Giordano ist in einer Konferenz. Er wird sich in Kürze mit dir befassen.«

Doyle rieb sich über seinen Magen, der einen derben Treffer abbekommen hatte. »Danke, Tony, ich weiß es wirklich sehr zu schätzen, dass ihr mich so kurzfristig zu eurem Boss gebracht habt. Wenn es demnächst mal was gibt, was ich für euch tun kann, zögert nicht, mich anzusprechen!« Sein Gegenüber kam ihm ganz nah und starrte ihm in die Augen. Sein Atem roch nach Knoblauch.

»Dominick heiße ich. Tony ist der da!«

Er zeigte auf seinen Kollegen. Beide Männer machten den Eindruck, als verbrächten sie einen Großteil des Tages im Fitness-Studio. Sie trugen bunte Jogginghosen und schwarze Muskelshirts, in denen ihre sagenhafte Statur gut zur Geltung kam.

Den beiden schmeckt offenbar jedes Steroid, das ihnen in die Hände fällt, dachte Doyle und nickte Tony kurz zu.

Plötzlich hörte man das Ziehen der Toilettenspülung und Doyle bemerkte: »Ich glaube, die Konferenz ist gerade zu Ende gegangen.«

Die Tür am anderen Ende des Büros ging auch tatsächlich auf, und ein Koloss, der nur Schraubzwingen-Benny sein konnte, trat aus dem kleinen Badezimmer. Doyle fiel es schwer, sich vorzustellen, wie ein so dicker Kerl in einen so kleinen Raum passte. Aber dann musste er an die Zirkusnummer mit den zwanzig Clowns in einem VW-Käfer denken …

Giordano schnürte sich den Gürtel enger um den ausufernden Bauch und schlenderte mit der Zeitung unter dem Arm an seinen Schreibtisch. Als er endlich bemerkte, dass er nicht allein im Raum war, warf er die Zeitung in den Papierkorb und sah die Jungs fragend an. »Wer ist das?«

»Wir haben heute Morgen den Tipp bekommen, dass irgendjemand rumschnüffelt und Fragen über unsere Firma stellt und so«, erklärte Dominick.

Doyle beobachtete den Kredithai dabei, wie er ihn beobachtete. Benny Giordano war ein Monster in Menschengestalt. Er musste um die hundertsiebzig Kilo wiegen und war mindestens einsneunzig groß. Wie sehr sich Doyle auch bemühte, er konnte beim besten Willen keinen Hals erkennen. Eine wilde, graumelierte Mähne thronte auf seinem ungewöhnlich großen Kopf, der zwischen massiven Schultern ruhte.

»Wir haben diesen Typen erwischt, wie er in der Firma rumschnüffelte, und gedacht, das muss er sein. Also haben wir ihn hergebracht«, bemerkte Tony.

Doyle stand auf und streckte Giordano die Hand entgegen. »Francis Doyle. Ich freue mich, Ihre Bekanntschaft zu machen!«

Der Muskelmann packte ihn an den Schultern und zwang ihn wieder auf den Stuhl.

Giordano setzte sich ebenfalls, und der Schreibtischstuhl protestierte quietschend, als er seinen wuchtigen Körper hineinhievte. »Das wäre dann alles, ihr beiden. Raus mit euch!«

Er wedelte mit seinen riesigen Pranken, um die Untergebenen aus dem Büro zu scheuchen.

»Sind Sie sicher, Mister G.?«, fragte Dominick. »Wenn Sie wollen, setzen wir uns hier hinten hin, nur sicherheitshalber, meine ich.«

Giordano haute mit der Faust auf den Tisch, worauf die auf ihm abgestellten Gegenstände im Zuge der Erschütterungswelle zu tanzen anfingen. »An dem Tag, an dem ich zwei Punks wie euch brauche, damit sie auf mich aufpassen, werde ich zum Papst ernannt. Und jetzt macht euch verdammt noch mal aus dem Staub!«

Die beiden verließen fluchtartig das Büro und bedachten Doyle mit misstrauischen Blicken.

»Nicht gerade die hellsten Lichter, vermute ich mal«, bemerkte dieser mit einem schrägen Seitenblick auf die beiden Muskelpakete.

Giordano beugte sich vor und nahm Doyle über den Schreibtisch hinweg ins Visier. »Fragen über mich zu stellen ist aber auch nicht besonders clever. Ich bin überrascht, dass Sie noch leben.«

Doyle studierte eingehend die Fingernägel seiner linken Hand und tat so, als ließe er sich von einem der mächtigsten Kredithaie der kalifornischen Unterwelt nicht im Geringsten einschüchtern. »Little Don Gervassi, Squid Scarpo, Caesar Conigliaro – sie alle können bestätigen, dass es mir ums Geschäft geht. Ich suche nach jemandem, der Geld verleiht, und sie sagten mir, Sie sind der richtige Mann.«

Mit ausdrucksloser Miene sah Doyle Giordano an. Über die Jahre hätte jeder der erwähnten Ganoven ihm gern einmal die Beine gebrochen, und er war jedes Mal mit knapper Not davongekommen. Heute versorgten sie ihn mit den Informationen, die er brauchte, weil er so ein guter Kunde war.

Giordano lehnte sich in seinem Stuhl zurück, der wie ein Tier quietschte, das man in die Kreissäge wirft. Er grinste Doyle an und nickte dabei mit seinem gewaltigen Schädel. »Ich kenne diese Jungs. Sie scheinen ja verdammt gute Beziehungen zu haben!«

Gute Beziehungen hatte Doyle im Grunde nicht vorzuweisen, dafür aber ein kleines Problem mit der Spielsucht. Er hatte es jedoch schon viel besser im Griff, seit er mit Angel arbeitete. »Sagen wir mal, wir haben geschäftlich miteinander zu tun gehabt.« Er zwinkerte Giordano grinsend zu.

Der Kredithai zog eine Schreibtischschublade auf. Er holte eine Flasche Whiskey und zwei schmutzige Gläser heraus. »Ich weiß zwar nicht warum, Doyle, aber ich mag Sie.« Er schraubte den Deckel ab und begann einzuschenken. »Wissen Sie, was ich mit jedem anderen getan hätte, den ich nicht kenne und der hier rein kommt und dumme Fragen stellt?«

Doyle beugte sich vor und nahm ein Glas entgegen. »Was hätten Sie getan?«

Er nippte an seinem Drink und zuckte zusammen. Es war schon eine Weile her, seit er einen Whiskey pur vor dem Lunch getrunken hatte.

Giordano legte die Flasche wieder in die Schublade und knallte sie zu. »Wissen Sie, warum man mich Schraubzwingen-Benny nennt?«

Doyle schlug lässig die Beine übereinander und sann über eine Antwort nach. »Hat es vielleicht etwas mit Ihrer Leidenschaft für Werkzeuge zu tun?«

Giordano stieß ein bellendes Lachen aus und schlug auf die Tischplatte. »Wenn ich für jedes Mal, wenn ich diese Antwort höre, nur einen Dollar bekäme, dann wäre ich schon lange Millionär!«

»Was Sie nicht sagen«, entgegnete Doyle mit gespieltem Interesse. Der Whiskey brannte ihm gerade ein Loch in die Eingeweide.

»Sehen Sie, als ich damals ins Geschäft einstieg, haben sie die Typen, die mit der Rückzahlung überfällig waren, immer zu mir gebracht.« Giordano nahm sein Glas und trank einen Schluck. »Ich musste ihnen eine Lektion erteilen. Also packte ich sie bei den Handgelenken und verdrehte ihnen die Arme, bis sie aus dem Schultergelenk sprangen. Das war meine Methode. Verstehen Sie? Drehen, schrauben, Schraubzwinge. Du liebe Güte, haben die geschrien!« Giordano lachte erneut und schüttelte den Kopf. »Das waren noch Zeiten!«

Doyle lief es kalt den Rücken hinunter, als ihm klar wurde, mit was für einem Monster er es zu tun hatte. Keins, das den Mond anheulte oder Blut trank, sondern eins von der menschlichen Sorte. Eine jener Kreaturen, die nicht begriffen, dass an ihrem Benehmen auf beunruhigende Weise etwas nicht in Ordnung war. In Augenblicken wie diesen war Doyle über seine dämonischen Anteile gar nicht so unglücklich.

Giordano seufzte. »Also, Doyle«, sagte er, und ein Funkeln tanzte in seinen dunklen, primitiven Augen, »erzählen Sie mir Ihre Geschichte! Sagen Sie mir, warum ich Sie mag, obwohl ich Sie doch nicht einmal kenne!«

Doyle beugte sich vor und stellte sein Whiskeyglas auf den Schreibtisch. »Nun, es ist so, Benny.« Er machte eine Pause. »Darf ich Sie Benny nennen?«

Schraubzwingen-Benny warf die behaarten Arme in die Luft. »Hey, wir sind doch Kumpel!«

Doyle begann, sich sehr unwohl zu fühlen. Es lief alles viel zu glatt, und das Letzte, wonach er im Augenblick strebte, war die Freundschaft mit einem hinterhältigen Kredithai.

»Ich arbeite für einen Typen, und der sucht nach einem Mann, der…«

»Wer? Für wen arbeiten Sie?« Schraubzwingen-Benny beugte sich über den Schreibtisch. Neugier stand ihm in sein viel zu gebräuntes Gesicht geschrieben.

Doyle überlegte rasch. »Ähm, er ist neu im Geschäft. Ich weiß nicht, ob Sie schon von ihm gehört haben. Angelo … Angelo, der Heilige, wird er genannt.«

Benny kratzte sich an seinem Doppelkinn. »Angelo, der Heilige. Ich glaube, das sagt mir was.«

Doyle zog seinen Stuhl dichter an den Schreibtisch. »Ja, nun, der Heilige sucht nach einem Typen, der Ihnen, wie ich glaube, einen Haufen Schotter schuldet.«

Benny setzte ein grimmiges Gesicht auf. »Was will er von ihm? Wenn ihr den Kerl umlegt, kann er mir das Geld nicht zurückzahlen. Ich hoffe, wir kriegen kein Problem …«

»Nein, nein, wir wollen niemanden umbringen. Wir wollen nur wissen, wo er ist, damit wir ihm ein paar Fragen stellen können«, beschwichtigte Doyle den Kredithai.

Giordano lächelte. »Das ist gut. Ich hätte nur ungern ein Problem mit meinem neuen Freund. Davon habe ich nämlich nicht so viele.«

Er öffnete eine andere Schreibtischschublade und zog ein Buch heraus, eine Art Kassenbuch. Er legte es vor sich auf den Tisch. Dann holte er eine Brille mit dunklem Gestell hervor, setzte sie auf, öffnete das Buch und blätterte umständlich darin herum. »Sagen Sie mir den Namen! Ich will sehen, was ich tun kann.«

»Bentone«, sagte Doyle. »Sein Name ist David Bentone.«

Giordano klappte das Buch zu und setzte die Brille ab. »Den muss ich nicht mal nachschlagen. Seine Schulden wurden gestern bezahlt, in voller Höhe, von einem Typen mit einem merkwürdigen Akzent.« Er sah Doyle entschuldigend an. »Nicht, dass an Ihrem Akzent etwas merkwürdig wäre!«

Doyle lehnte sich zurück. »Also hat irgendjemand Bentones Schulden bezahlt?«

Giordano nickte. »Bis auf den letzten Pfennig inklusive Zinsen. Und das waren keine Peanuts, wenn Sie verstehen, was ich meine.«

Doyle stand auf und wollte gehen. »Ich möchte Ihnen wirklich nicht zur Last fallen, Benny, aber können Sie mir vielleicht seine Adresse geben? Wir müssen ihm dringend ein paar Fragen stellen.«

Giordano setzte die Brille wieder auf und sah in dem Buch nach. Er nahm einen Stift und notierte eine Adresse auf einem Zettel. »Mir ist egal, was Sie jetzt mit diesem Penner anstellen. Ich habe ja mein Geld.« Er reichte Doyle den Zettel. »Bitte schön, mein Freund!«

Doyle nahm das Papier, warf einen Blick darauf und steckte es in die Hemdtasche. »Danke, Benny. Ich bin Ihnen was schuldig«, sagte er halbherzig.

Giordano tauchte plötzlich aus seinem Stuhl auf und kam um den Schreibtisch. Doyle starrte den Fleischberg an, der auf ihn zuwalzte, und befürchtete, dass sein letztes Stündchen geschlagen habe.

Aber Schraubzwingen-Benny nahm Doyle liebevoll in die Arme. »Ich weiß nicht, warum«, sülzte er an Doyles Hals. »Aber ich habe einfach das Gefühl, wir beide sind uns verdammt ähnlich. Wie aus einer Familie oder so. Wie Brüder.«

Doyle trat zurück und versuchte, sich nicht anmerken zu lassen, wie sehr ihn die bizarre Zuneigung des Kredithais in Panik versetzte.

Benny lächelte Doyle wohlwollend an und zeigte dann auf sich selbst. »Sie sehen zwar wie ein netter Junge aus, ruhig, besonnen und mit diesem witzigen Akzent. Als könnten Sie keiner Fliege was zu Leide tun. Aber ich kann es spüren. Ich spüre ganz deutlich, Sie sind mir im tiefsten Innern … verdammt ähnlich. Habe ich Recht?«

Doyle war entsetzt. War es möglich, dass dieses Monster in Menschengestalt seine monströse Seite spüren konnte? »Jetzt haben Sie mich aber erwischt, Benny«, scherzte er und lachte nervös, während er rückwärts auf die Tür zuging.

Benny folgte ihm. »Kommen Sie bald wieder, mein Freund. Ich glaube, wir werden bald so was wie Brüder sein.«

Doyle griff an die Türklinke und drehte sich um. »Brüderschaft, was für eine Ehre!«

Bentone warf den olivgrünen Seesack aufs Bett und stopfte Unterwäsche und Socken hinein. Er sah auf die Uhr. Nur noch drei Stunden, bis er Meskal an der Bushaltestelle treffen sollte, um den Austausch vorzunehmen, und dann hieß es auch schon *»Auf Wiedersehen L.A.!«*

Das Glasfläschchen lag neben der Tasche auf dem Kopfkissen. Vorsichtig nahm er es in die Hand und bewunderte einmal mehr die überwältigende Schönheit des sich ständig verändernden Inhalts. Er strich mit den Fingerspitzen über das kühle Glas und beobachtete, wie sich die glänzende, quecksilberartige Flüssigkeit darin in tiefrote Nebelschwaden verwandelte.

Rot war Aubreys Lieblingsfarbe.

Der Hauch einer Gefühlsregung überkam ihn, aber damit wollte er nichts zu tun haben. Er ging ins Bad, wickelte reichlich Toilettenpapier ab und fing an, das Glasgefäß einzupacken. Er wollte Meskal auf keinen Fall beschädigte Ware liefern. Zufrieden mit der Polsterung schob er das zerbrechliche Päckchen vorsichtig zwischen die Unterhosen in seiner Tasche.

Als es plötzlich an der Tür klopfte, fuhr Bentone erschreckt auf, aber dann fiel ihm wieder ein, dass er sich etwas zu essen bestellt hatte.

»Kommen Sie rein, die Tür ist auf!«, rief er und holte zehn Dollar aus der Tasche, während er zur Tür ging. »Hoffe, Sie haben an die Pommes gedacht!« Er riss die Tür auf. Aber statt des erwarteten pickeligen Teenagers mit einem Essen unterm Arm, standen ihm zwei Männer gegenüber, von denen der eine einen sehr wütenden Eindruck machte.

»Keine Pommes, nur Fragen!«, knurrte der finstere Große und schob Bentone zurück in seine Wohnung. Der Mann hatte dunkles Haar, funkelnde Augen und trug einen langen schwarzen Mantel.

Bentone stolperte rückwärts und stürzte. Vom Boden aus sah er, wie der zweite Mann die Tür schloss.

»Immer langsam, Angel«, sagte er zu dem ersten. »Wir

wollen ihn nicht umhauen, bevor wir Antworten auf unsere Fragen bekommen haben.«

Wer sind die beiden?, fragte sich Bentone in Panik. Seine Gedanken rasten. Hat Meskal gelogen? Kommen die beiden im Auftrag von Schraubzwingen-Benny?

Er rappelte sich auf und stürzte zu seinem Nachtschränkchen, aus dem er ein gefährlich aussehendes Messer hervorholte. Er richtete es auf den Typen, den der andere Angel genannt hatte. »Wer zum Teufel sind Sie? Was wollen Sie von mir?«

Angel sah ihn durchdringend an. »Wir haben einige Fragen hinsichtlich Ihrer Tochter.«

Bentone umklammerte das Messer fester. Sie wussten es! Er merkte, wie sich das schlechte Gewissen maskengleich über sein Gesicht legte.

Angel kam auf ihn zu, und Bentone stach mit dem Messer nach ihm.

»Bleiben Sie mir vom Leib!«, schrie er.

Aber Angel ließ sich nicht beirren, packte ihn am Handgelenk und verbog ihm den Arm, bis er das Messer fallen ließ.

»Das war nicht besonders schlau, nicht wahr, David?«, fragte der Mann mit dem irischen Akzent, der von der Tür aus zusah.

Bentone schrie auf, als Angel das Messer mit einem gezielten Tritt außer Reichweite beförderte und ihn zu Boden schickte.

»Ich bleibe Ihnen vom Leib, wenn Sie versprechen, unsere Fragen zu beantworten. Abgemacht?«, meinte Angel.

Bentone schüttelte den Kopf. »Ich weiß gar nicht, wovon Sie reden«, keuchte er. »Ich habe meine Tochter seit …«

Angel verbog ihm den Arm noch weiter. »Ab-gemacht?«, fragte er, jede Silbe betonend.

»Ja, ja, ja!«, schrie Bentone, als die Schmerzen schier unerträglich wurden.

Angel ließ sein Handgelenk los.

Bentone erhob sich langsam und rieb den schmerzenden Arm. »Wer … sind Sie? Wer hat Sie geschickt?«, fragte er, ging zu seinem Bett und setzte sich.

»Ich bin Angel, das ist Doyle«, antwortete Angel. »Wir arbeiten für Ihre Frau, und ich denke, Sie wissen warum.«

Bentone starrte Angel an. Er hatte etwas an sich, was ihm sagte, dass es sinnlos war, die Tat zu leugnen. Vielleicht lag es an Angels Augen, aus denen sich der Zorn Gottes zu entladen schien. Vielleicht lag es aber auch an seiner Ausstrahlung, die etwas ganz anderes verhieß … etwas, das sehr weit vom Himmel entfernt war.

»Ich … mir sind die Möglichkeiten ausgegangen. Ich hatte so hohe Schulden, dass sie mich wahrscheinlich umgebracht hätten, um ein Exempel zu statuieren.«

Bentone begrub das Gesicht in den Händen. »Ich wollte die Stadt verlassen. Aber da trat dieser Typ irgendwie in mein Leben und sagte, er wüsste einen Weg, wie ich meine Schulden bezahlen könnte.«

Bentone sah auf, und in seinem Blick mischten sich Angst und Scham.

Doyle kam zu Angel. »Lassen Sie mich raten! Hatte der Typ einen merkwürdigen Akzent?«

Bentone blinzelte überrascht und nickte. »Ein reicher Typ namens Anton Meskal.«

»Und was schlug er Ihnen vor, wie Sie Ihre Schulden bezahlen sollten?«, fragte Angel.

Bentone schlug die Augen nieder. »Zuerst hab ich gedacht, er wäre irgendein Irrer mit viel Geld, also bin ich darauf eingegangen.« Er drehte sich um, nahm etwas, das auf dem Bett lag und warf es Angel zu. »Dann hat er mir das hier gegeben, und ich wusste nicht mehr, was ich von der Sache halten sollte.«

Angel fing das Päckchen auf. Als er die Luftpolster-Folie auseinander faltete, fiel ein leeres Glasgefäß zu Boden. Angewidert blickte Angel auf den Seelenkollektor.

Doyle bückte sich und hob das Fläschchen auf. »So eins habe ich letztens in der Wohnung Ihrer Frau gefunden.«

Bentone nickte. »Meskal hat mir ein paar mehr gegeben – falls ich es vermassele.«

Er fing an, sich seiner Tat zu schämen. Vielleicht war er doch noch nicht ganz abgestorben. Er wünschte, er wäre es. »Er ... Meskal sagte, ich müsse nur auf sie zielen ..., und dann wäre ich ein freier Mann ohne Schulden.«

Er sah auf und erschauderte. Mit Angels Gesicht geschah etwas Schauderhaftes. Seine Stirn trat hervor, die Augen hatten eine gelbliche, brutale Färbung angenommen und seine Zähne ...

»Sie haben dieses Ding auf Ihre eigene Tochter gerichtet?«, knurrte Angel gefährlich.

»Er sagte, es täte ihr nicht weh ..., der Kollektor nähme nur ihre Seele«, stammelte Bentone, und sein Herz raste vor Angst. Er fing an zu weinen, wütend, beschämt und voller Furcht vor diesem Mann, der soeben zu einem Monster mutiert war.

»Ihre Seele! Ich glaube nicht an Gott und schon gar nicht daran, dass wir so etwas wie eine Seele haben. Zum Teufel, ich hielt ihn für verrückt! Ich dachte, ich gebe ihm etwas, an dessen Existenz ich nicht einmal glaube, und dann sind meine Probleme gelöst.«

Bentone sah Angel flehend an. »Sie müssen mir glauben. Ich wollte meiner Tochter nicht wehtun. Ich musste nur aus den Schulden rauskommen.«

Angels Gesichtszüge glätteten sich, als er den Kollektor in die Manteltasche schob. Er sah wieder wie ein Mensch aus. »Aubreys Seele, haben Sie sie noch?«

Bentone stand auf und druckste herum. »Ich soll Meskal heute Abend um zehn an der Bushaltestelle treffen – zur Übergabe.«

Angel beugte sich vor und sah ihn durchdringend an. »Geben Sie sie mir!«

Bentone wich zurück und zeigte auf die Tasche auf dem Bett. »Sie ist da drin ... in der Tasche«, sagte er hastig.

Doyle ging zu dem Seesack und wühlte darin herum. Vorsichtig holte er das Bündel Toilettenpapier heraus. Er entfernte das Papier und starrte fasziniert auf das Glasgefäß. »Heilige Mutter Gottes, das ist … wunderschön!«

Angel trat an seine Seite. Beide schienen überwältigt von der Schönheit des Fläschcheninhalts. Bentone beobachtete sie, und seine Schuldgefühle wuchsen. Vielleicht konnte er mit Hilfe dieser beiden Männer die Sache mit seiner Tochter wieder in Ordnung bringen.

Eine fürchterliche Explosion riss ihn aus seiner Träumerei, als die Tür seines Apartments splitterte und mit einem kräftigen Fußtritt aus den Angeln gehoben wurde.

Drei Hünen in Trenchcoats kamen herein, deren Gesichter hinter hochgestellten Kragen und Hutkrempen verborgen blieben. Zwei von ihnen hatte Bentone bereits im Park kennen gelernt. Sie arbeiteten für Meskal.

»Bentone«, sagte einer von ihnen mit kalter, toter Stimme. »Wir kommen, um Mister Meskals Eigentum abzuholen.«

7

Eisiges Schweigen breitete sich in David Bentones Apartment aus. Die Luft knisterte vor Spannung. Angel taxierte die drei Eindringlinge, die hereingeplatzt waren, von Kopf bis Fuß.

Sie waren ohne besondere Merkmale, ihre fleischigen rosa Gesichter waren leer. Wo eigentlich die Augen saßen, gab es nur Vertiefungen; wo normalerweise die Nase hervorragte, ließ sich eine unförmige Verdickung und an Stelle des Mundes nur ein lippenloser Spalt erkennen. Und doch waren sie nicht identisch. Einer trug schwarze Metallringe in den missgestalteten Fleischlappen an seinem Kopf, die als Ohren durchgehen mochten. Ein anderer hatte unter der Delle, wo das linke Auge normalerweise saß, eine kleine rote Träne aufgemalt. Auf die rechte Wange des Wesens, das gesprochen hatte, war eine zusammengerollte Schlange tätowiert.

Der mit dem Tattoo zeigte mit seinen Handschuhfingern auf Doyle. »Her mit dem Gefäß!«

»Die haben keine Gesichter, sehen Sie das? Die haben keine Gesichter!«, brüllte Bentone panisch.

Angel beschwichtigte ihn mit einer Geste.

Der gesichtslose Anführer streckte die Hand aus. »Geben Sie es mir!«

Die Spannung baute sich wie eine Gewitterwand bis zur Unerträglichkeit auf.

Angel gab Doyle einen kleinen Schubs. »Klemm dir die Seele unter den Arm und verschwinde! Sofort!«

Das Gewitter brach los. Die gesichtslosen Kreaturen

rückten vor. Angels Vampirgesicht kam wieder zum Vorschein, und er griff wütend knurrend an.

»Beweg dich!«, rief er Doyle noch zu.

Das Schlangengesicht kam mit unglaublicher Geschwindigkeit auf Angel zu und wehrte dessen Vorstoß mit einem kräftigen Rückhandschlag ab. Angel wurde durch den Raum geschleudert, flog nur knapp an Bentone vorbei und krachte in das Nachtschränkchen am Bett, das er damit in Einzelteile zerlegte.

Der Wecker fiel auf den Boden und fing zu schrillen an. Nervtötend hallte der Weckruf durch den Raum.

Doyle riss die Tür auf, aber ein Handschuh knallte sie wieder zu. Doyle sah auf zu der Kreatur mit den Ohrringen, die sich bedrohlich vor ihm aufgebaut hatte. Sie stieß ihm mit der Stirn ins Gesicht, und ein stechender Schmerz in der Nase raubte ihm für einen Augenblick die Sicht.

»Du gehst nirgendwo hin. Nicht, bevor du mir Mister Meskals Eigentum gegeben hast«, sagte die Kreatur.

»Das war aber unfair!«, beschwerte sich Doyle hinter vorgehaltener Hand. »Ist dir eigentlich klar, dass du mir hättest die Nase brechen können?«

Er stürzte sich auf den Kerl und verpasste ihm einen solchen Schlag, dass sein Kopf ruckartig zur Seite flog. Finster blickte er ihn an. »Da du kein Gesicht hast und ich es daher nur schwer erkennen kann, musst du mir sagen, ob ich dir wehtue oder nicht.«

Der Typ mit den Ohrringen erholte sich bemerkenswert rasch. Er packte Doyle am Hals und hob ihn in die Luft.

»Nicht doch«, japste Doyle.

Der mit der Träne holte zu einem donnernden Schlag aus, aber Angel duckte sich schnell unter der Faust der Kreatur hinweg, griff nach ihrem Arm und bog ihn brutal nach hinten. Es wäre netter gewesen, das Wesen vor Schmerz schreien zu hören, aber Angel beschlich das ungute Gefühl, dass diese Wesen überhaupt nichts spürten. Sie sahen zwar lebendig aus, aber selbst da konnte man sich nicht sicher sein.

Angel spürte, wie es in dem Arm knackte, aber da wurde er auch schon von dem Schlangengesicht von hinten gepackt und weggerissen. Angel schlug ihm den Hinterkopf ins Gesicht und entwand sich seiner Umklammerung. Er wirbelte herum und verpasste seinem Gegner einen Tritt in den Leib, der ihn auf die Bretter schickte. Das Tränengesicht schlug mit beiden Fäusten brutal auf Angels Rücken ein, doch als es zu einem Tritt ausholte, ging der Vampir rasch in die Knie. Mit einem Fuß zog er seinem Gegner die Beine unter dem Körper weg und rollte sich aus der Gefahrenzone. Die Kreatur schlug krachend zu Boden.

Doyle rang immer noch im Würgegriff seines Gegners nach Luft. Die gesichtslose Kreatur hatte damit begonnen, ihm mit der freien Hand die Manteltasche aufzureißen. Schwarze Punkte tanzten schon vor seinen Augen, als er sah, wie das Toilettenpapierpäckchen mit Aubreys Seele zu Boden fiel.

Die Kreatur rammte ihn heftig gegen die Wand. Durch einen dichten Schmerzschleier sah Doyle, wie der Kerl seine Beute in die Luft hielt.

»Ich habe sie«, schrie er.

Bentone kauerte in der Ecke neben dem Bett und hielt den immer noch schrillenden Wecker krampfhaft fest. Er sah mit Grausen zu, wie Angel die Kreatur mit dem Tränentattoo niederrang.

Plötzlich bemerkte er, dass der andere Typ, der die Schlange im Gesicht trug, auf ihn zukam. Bentone drückte sich in Panik an die Wand. Er wedelte mit dem schrillenden Wecker, als könne er sich so vor dem Bösen schützen.

Das Schlangengesicht packte ihn an den Haaren und riss seinen Kopf hin und her. »Du hättest keine Spielchen mit Mister Meskal spielen sollen, David!«

Bentone starrte in das leere Gesicht und spürte, wie sein Blick von der Schlange angezogen wurde. »Es tut mir Leid! Sagen Sie ihm ... Sagen Sie ihm, dass es mir sehr, sehr Leid tut! Bitte, nicht ... Machen Sie, was Sie wollen mit den anderen beiden ..., ich kenne sie nicht ..., aber lassen Sie mich in Ruhe!«

Doch der Griff an seinem Schopf wurde fester, und Bentone zog die Luft durch die Zähne ein. Das Schlangengesicht riss ihm den Wecker aus der Hand und zerquetschte ihn. Abrupt endete das Schrillen und kleine Metallteile regneten zu Boden.

»Mister Meskal wies uns an, dir begreiflich zu machen, wie enttäuscht er ist.«

Bentone schloss die Augen. Tränen liefen ihm übers Gesicht. »Das verstehe ich ... wirklich, das tue ich.« Seine Stimme zitterte vor Angst.

Das Schlangengesicht schlug Bentones Kopf gegen die Wand. Obwohl sein Körper sofort schlaff wurde, ließ die Kreatur ihn nicht los.

»Ganz bestimmt werde ich ihm ausrichten, dass es dir Leid tut ...«

Die Kreatur schlug Bentones Kopf noch einmal gegen die Wand. Bentone spürte, wie ihm Blut übers Gesicht lief, als sein Kopf schon zum dritten Mal gegen die Wand geschlagen wurde.

»... und dass du die Strafe wie ein Mann zu tragen bereit warst.«

Angel ließ unzählige Schläge auf das leere Gesicht der Kreatur mit der Träne regnen. Er hörte dumpfe Aufschläge hinter sich und nahm mit einem raschen Blick über die Schulter wahr, wie das Schlangengesicht Bentones Kopf gegen die Wand schlug.

»Verdammt«, fluchte er, packte seinen Gegner am Kragen, hob ihn in die Luft und schleuderte ihn in die Küche. Die Kreatur prallte auf dem Tisch auf und glitt zu Boden.

Der mit den Ohrringen schien aus dem Nichts aufzutauchen, umklammerte Angel mit Bärenkräften und hob ihn hoch. Er begann, ihn zu drehen, aber Angel bekam noch mit, wie Doyle sich an der Tür mühsam und mit wackeligen Beinen aufrappelte.

»Doyle!«, schrie er mit zusammengebissenen Zähnen. »Bentone. Hilf ihm!«

Dann donnerte er seine Ferse in das Knie seines Widersachers, der sofort umknickte. Er wirbelte herum, griff mit beiden Händen nach seinem Kopf und riss ihn nach unten, seinem Knie entgegen. Die Wucht des Aufpralls war so stark, dass der Kreatur beide Ohrringe wegflogen. Sie stolperte rückwärts, und Angel machte sich für den nächsten Angriff bereit.

Aber der blieb aus.

Irgendetwas war mit der Kreatur nicht in Ordnung. Sie schien verwirrt. Sie fasste sich an die Lappen an ihrem Kopf, wo die schwarzen Metallringe gewesen waren, fiel auf die Knie und suchte wie verrückt nach ihrem Schmuck.

Angel drehte sich um. Doyle war bei Bentone angekommen und versuchte, ihn seinem Angreifer zu entreißen.

»Doyle, das Tattoo«, rief Angel und sprang hinzu. »Zerstör das Tattoo!«

Doyle kratzte der Kreatur mit den Fingernägeln durchs Gesicht, riss das gummiartige Fleisch auf und zerstörte so das Schlangenbild.

Die Kreatur fing an zu schreien und ließ von dem blutüberströmten, geschlagenen Bentone ab. Angel stürzte sich auf sie und riss sie zu Boden. Sie machte keinen Versuch, sich zu verteidigen, sondern rollte sich zitternd zusammen und legte schützend die Hand auf die Wunde in ihrem Gesicht.

Der mit der Träne starrte Angel einen Augenblick an – falls ein Wesen ohne Augen das überhaupt konnte – und eilte dann seinem schluchzenden Kameraden zu Hilfe.

Angel trat zu Doyle, der vor Bentone kniete und dessen Verletzungen untersuchte. Hinter seinem Kopf war eine Delle in der Wand, und blutverschmierte Putzstücke lagen um ihn herum auf dem Boden.

»Wie schlimm ist es?«, fragte Angel.

Doyle runzelte die Stirn. »Ziemlich schlimm. Wir rufen besser einen Krankenwagen.«

Angel suchte nach dem Telefon, aber das war bei dem Kampf kaputtgegangen. Unterdessen half die Kreatur mit der Träne im Gesicht ihren weinenden Brüdern zur Tür.

»Wo wollt ihr denn hin, Jungs?«, fragte Angel.

»Der mit den Ohrringen«, rief Doyle, »der hat das Fläschchen!«

Angel streckte die Hand aus. »Gib es her!«

Die Kreaturen wichen einen weiteren Schritt Richtung Tür zurück.

»Unser Meister wird uns vernichten, wenn wir ihm nicht das Gefäß bringen«, sagte der mit der Schlange. Er hielt sich immer noch die Hand vors Gesicht.

Angel trat drohend näher. »Aber ich werde euch sofort vernichten, wenn du es mir nicht auf der Stelle gibst. Die Seele bleibt auf jeden Fall bei mir.«

Der mit den Ohrringen holte das eingepackte Fläschchen aus seiner Manteltasche. »Tu es nicht!«, zischte der mit der Träne und sah Schlangengesicht an, aber die verwundete Kreatur tastete sich nur mit den Händen in ihrem zerfetzen Gesicht umher.

»Gib es ihm!«, befahl Doyle.

Die Kreatur legte Angel das Päckchen in die ausgestreckte Hand. Angel spürte, wie er ruhiger wurde, nun, da die Seele in seinem Besitz war. Jetzt musste er sich nur noch überlegen, was er mit diesen drei Gestalten anfangen sollte. Sie waren keine Menschen, aber dennoch empfindungsfähig. Sie zu vernichten …

Plötzlich tauchte June Bentone hinter den drei Kreaturen im Türrahmen auf. Mit vor Schreck verzerrtem Gesicht starrte sie in die Wohnung.

»David?«, rief sie hilflos.

»June, verschwinden Sie von hier!«, befahl Angel und stürzte auf die Kreaturen los, die sich alle drei zu der Frau umgedreht hatten.

Natürlich hatte sie die drei auch gesehen, aber sie begriff das wahre Ausmaß der Gefahr nicht. Sie war vielmehr damit beschäftigt, Angel anzustarren; Angels Gesicht mit den stechenden Augen, der gewölbten Stirn und den bedrohlichen Reißzähnen …, das Antlitz eines Vampirs. Und sie fing an zu schreien.

Das Schlangengesicht ließ seine verletzte Wange los, packte June am Hals und drehte sich mit ihr als Schutzschild zu Angel um. »Ich reiße ihr den Kopf ab, wenn du näher kommst!«

Angel blieb wie angewurzelt stehen. Er spürte Junes Blick und sah, wie ihre Angst immer größer wurde.

»Ihr Gesicht … was … wer sind diese Leute? Oh, mein Gott, was ist hier los?«

»Sieht so aus, als wären wir wieder in Spielbesitz«, sagte Schlangengesicht mit gepresster, toter Stimme. Er würgte June, und sie rang keuchend nach Luft.

»*Ball*besitz, du blöder Depp!«, rief Doyle. »Eure Mannschaft ist wieder am Ball, heißt das!«

»Ja, das sind wir«, meinte das Schlangengesicht und sah Angel an.

Der andere, der seine Ohrringe mittlerweile wieder angelegt hatte, trat selbstbewusst vor und riss Angel das Päckchen aus der Hand.

»Ich werde es sehr bald zurückbekommen«, drohte Angel. »Darauf könnt ihr euch verlassen!«

Die Kreatur schlug ihm so fest ins Gesicht, dass er nach hinten stolperte. Mit dem Ärmel seines Mantels tupfte er sich das Blut weg, das ihm aus dem Mundwinkel lief.

»Lass sie gehen, Angel! Riskier nicht das Leben der Frau«, rief ihm Doyle zu. »Wir werden bald eine neue Gelegenheit bekommen.«

Angel drehte sich knurrend zu Doyle um. Er wusste, der Dämonen-Mischling hatte Recht, aber es brachte ihn fast um den Verstand, die Seele des Kindes aus der Hand zu geben.

Der mit der Träne öffnete die Tür, und die Kreaturen verließen langsam rückwärts mit June im Schlepptau die Wohnung. Das Schlangengesicht nahm alle Kraft zusammen, schulterte seine Geisel, hob sie hoch und schleuderte sie durch den Raum. Angel reagierte sofort. Er hechtete in ihre Flugbahn und krachte mit ihr zusammen. Explosionsartig wich die Luft aus Junes Lungen, als die beiden in einem Knäuel zu Boden stürzten.

»Sind Sie in Ordnung?«, fragte Angel und half ihr auf.

June sah ihn prüfend an, aber inzwischen waren seine Gesichtszüge wieder normal geworden. Stirnrunzelnd schüttelte sie den Kopf.

»Ich ... mir geht es gut«, sagte sie und sah an ihm vorbei zu Doyle und ihrem blutenden Ex-Ehemann.

»Was ist ihm widerfahren?« June rauschte an Angel vorbei und nahm ihren Ex in die Arme. »David? David, ich bin es, June! Kannst du mich hören?«

Angel beugte sich über sie, als die Lider des Mannes flackerten, und er die Augen aufschlug. Die Pupille von Bentones linkem Auge war extrem geweitet, während die rechte normal groß zu sein schien. Er blinzelte immer wieder, als könne er nicht gut sehen.

»Juney?« Seine Stimme klang schleppend. »Juney, Süße ... Ich ... ich hab' es schon wieder vermasselt.«

June hielt ihn ganz fest, und sein blutender Kopf ruhte an ihrer Brust. Klagend heulte eine Polizeisirene in der Ferne. Als June ihrem Ex-Mann über den Kopf strich, lief

Blut über ihre Finger. Sie drückte ihn an sich und wiegte ihn sanft.

»Ist schon gut. Ruh dich aus. Darüber reden wir später.«

Bentones Körper wurde von einem qualvollen Hustenanfall geschüttelt, der ihn zusammenzucken ließ. »Nein. Wir müssen reden ... sofort ... Nicht mehr viel Zeit ...«, keuchte er.

June sah in Davids ungleiche Augen. »Was ist denn?«

Bentone hustete wieder mit schmerzverzerrtem Gesicht. »Aubrey ..., ich ... habe es getan, Juney. Ich habe es getan.«

Die Frau schien verwirrt. Sie wusste ja immer noch nicht, was ihrer Tochter eigentlich fehlte. »Ich verstehe nicht, wie kannst du damit etwas zu tun haben?«

Er fasste sie mit seiner blutbeschmierten Hand am Arm. »Ich dachte ... ich dachte, es wäre der große Durchbruch. Ich hab doch nicht geglaubt ... Ich habe ihre Seele genommen ... Ich habe die Seele unserer Tochter geraubt, June. Ich habe sie verkauft.«

June sah zu auf Angel und dann wieder zu ihrem schwer verwundeten Ex-Mann. »Du redest Unsinn, David. Ruh dich jetzt aus!«

Er bekam einen neuerlichen Hustenanfall, öffnete seinen Mund ein letztes Mal zu einem stummen Schrei und brach schließlich zusammen. Die Streifenwagen rückten näher; sie waren nur noch Minuten vom Haus entfernt. Angel kniete sich neben die Frau, die den leblosen Körper Bentones mütterlich umarmte.

»June?«

Zunächst reagierte sie nicht, aber dann wandte sie ihm langsam ihren Blick zu. Angel erkannte die Angst in ihren Augen.

»Cordelia sagte, Sie seien anders. Sie sagte, dass Sie Dinge regeln könnten, von denen die meisten Leute nichts verstünden«, sagte sie zu ihm.

Angel nickte.

»Mein Mann … Mein Mann hat Aubreys Seele verkauft?«

»Und wenn ich sie zurückholen soll, müssen Sie sehr stark sein. Sie müssen uns vertrauen. Sie müssen uns unsere Arbeit tun lassen, June.«

Die Sirenen waren nun sehr deutlich zu hören; die Polizei fuhr bereits vor dem Haus vor.

»Angel, wir müssen weg«, drängte Doyle. Er sah nervös aus dem Fenster auf die Straße.

Angel fasste June sanft an der Schulter, aber sie entzog sich ihm.

»Ich bleibe bei Dave«, sagte sie und betrachtete das blutverschmierte Gesicht ihres Mannes. »Gehen Sie nur. Ich werde der Polizei erzählen, was geschehen ist.«

Angel stand auf und ging mit Doyle zur Tür. Dann drehte er sich noch einmal um. »Ich werde Aubreys Seele finden«, sagte er. »Das verspreche ich Ihnen.«

June sah ihn an. Aus ihren Augen sprach großer Schmerz. »Bitte tun Sie das!«

Sie bettete Davids blutüberströmten Hinterkopf an ihre Brust und wiegte sich hin und her.

Cordelia saß an ihrem Schreibtisch und hielt einen Notizblock auf Armeslänge vor sich. Mit zusammengekniffenen Augen versuchte sie, die Notiz zu entziffern. Sie wusste, dass Doyle eine furchtbare Klaue hatte, aber dieses Gekritzel übertraf ihre schlimmsten Erwartungen.

Vielleicht sollte sie den Zettel auf den Kopf drehen, überlegte sie und probierte es aus. Aber auch dadurch wurde die Botschaft nicht klarer.

Sie hatte den Großteil des Tages geschlafen, nachdem sie erst in den frühen Morgenstunden aus dem Krankenhaus nach Hause gekommen war. Für heute Abend hatte sie keine Pläne, und so war sie auf die Idee gekommen, im Büro vorbeizuschauen, um zu sehen, wie es mit dem Bentone-Fall vorwärts ging.

Sie war erfreut gewesen, das Büro leer vorzufinden. Das bedeutete, dass sie ungestört einiges ordnen, aufräumen und in Ruhe eine Akte zu dem Fall zusammenstellen konnte. Als sie jedoch an ihren Schreibtisch getreten war, hatte sie sich entsetzt die Bescherung angesehen.

Ihr Schreibtisch war gewissermaßen entweiht worden. Und das Chaos trug einen Namen: Doyle. Die Bleistifte lagen im Kugelschreiberfach, die Büroklammern waren alle aneinandergehakt, gruselige Bücher aus Angels Bibliothek bildeten einen Stapel in der einen Ecke und Zettel mit handschriftlichen Notizen, die nicht mal Giles entziffern könnte, lagen überall verstreut. Da niemand im Büro war, an dem sie ihren Zorn hätte auslassen können, sah sie sich gezwungen, ihre Wut konstruktiv zu nutzen: Sie räumte ihren Schreibtisch auf und versuchte, Ordnung in Doyles Aufzeichnungen zu bringen.

Schließlich setzte sie sich, um die markierten Stellen in einem Buch durchzusehen und Fragmente von Doyles Kritzeleien zu übersetzen. Nach einer Weile hatte sie die Puzzleteile zusammengefügt und die Wahrheit darüber erfahren, was Aubrey Bentone zugestoßen war.

Dem kleinen Mädchen war die Seele geraubt worden!

Wie ist das wohl, wenn einem so etwas Wichtiges geraubt wird?, fragte sie sich und bekam am ganzen Körper eine Gänsehaut.

Sie versuchte, eigene Erfahrungen zum Vergleich heranzuziehen. Einmal hatte sie eine sehr teure Designer-Handtasche in der Umkleidekabine eines exklusiven Bekleidungsgeschäfts in Sunnydale stehen lassen. Als sie zurückkehrte, um sie zu holen, war sie bereits verschwunden. Das war sehr schrecklich gewesen, wie sich Cordelia erinnerte. Sie hatte diese Tasche geliebt, aber immerhin war es nur eine Handtasche gewesen.

Viel schlimmer hatte sie später die Erkenntnis getroffen, dass ihre Familie plötzlich mittellos dastand – als das Finanzamt sich von ihrem Vater das jahrelang unterschlagene Geld zurückholte. Cordelia hatte sich so sehr geschämt. Vorbei war es mit dem Wohlstand gewesen und mit der Arroganz, die damit einherging.

Aber Aubrey Bentone hatte ihre Seele verloren.

Ihre Seele!

Das war viel schlimmer als alles, was Cordelia je erlebt hatte. Diejenigen, die Aubrey liebten, mussten unvorstellbare Qualen erleiden. Cordelia konnte die Schwere eines solchen Verlustes überhaupt nicht ermessen.

Allerdings lag der Verdacht nahe, dass sie sich so etwas in ihrem tiefsten Innern auch gar nicht erst vorstellen wollte.

Cordelia verbannte die Gedanken an Verluste und Schmerzen aus ihrem Kopf und nahm ein anderes, in Leder gebundenes Buch zur Hand. Auf der Suche nach weiteren Informationen blätterte sie durch die alte Schrift.

Da flog die Tür zum Büro auf, und Angel kam mit Doyle hereingefegt.

Cordelia wollte sie schon mit den üblichen Tiraden begrüßen, als sie Angels Gesichtsausdruck bemerkte. Der war ihr weiß Gott nicht fremd und bedeutete übersetzt im Grunde nichts anderes als: Wenn du zu den Bösen gehörst, dann such dir einen neuen Job! In der Lebensmittelbranche zum Beispiel.

Cordelia beobachtete, wie er seinen Mantel an den Haken hängte und etwas aus der Tasche holte. Er sah aus, als hätte er eine Schlägerei hinter sich.

Doyle trat an ihren Schreibtisch. Auch er wirkte reichlich mitgenommen.

»Schwerer Abend?«, fragte sie in dem Versuch, das beklemmende Schweigen zu brechen.

»Ziemlich«, knurrte Angel. Ohne sich auch nur noch einmal umzuwenden, ging er in sein Büro.

Doyle wollte etwas sagen, aber Cordelia hielt nur abwehrend die Hand hoch.

»Wenn du noch einmal meinen Schreibtisch so unordentlich hinterlässt, sehe ich mich gezwungen, dir derart wehzutun, dass auch der eifrigste Masochist ›Autsch‹ schreien würde. Habe ich mich deutlich genug ausgedrückt?«

Doyle war verblüfft. »Wie ... woher weißt du das? Ich habe doch ... ich hab ja nicht mal ...«

Cordelia ignorierte sein Gestotter und sah in Angels Büro. Er hatte nicht einmal das Licht eingeschaltet.

»Warum ist unser großer, dunkler Grübler denn heute noch verdrossener als sonst?«

Doyle setzte sich vorsichtig auf die Schreibtischkante und beugte sich vor. »Wir haben Aubreys Vater gefunden und mit ihm ihre verschwundene Seele«, berichtete er leise.

»Also hat *er* sie ihr geraubt? Willst du mir damit etwa sagen, dass ein mieser kleiner Dieb mit einem riesengroßen Glücksspielproblem irgendwie die schwarzen Künste geknackt und die Seele seiner eigenen Tochter geraubt hat? – Ja, gibt es denn dafür eine frei erhältliche Gebrauchsanleitung?«

Doyle setzte Cordelia über Bentones Wettschulden in Kenntnis und über den Deal, den er abgeschlossen hatte, um die Schulden loszuwerden. Cordelia hatte das Gefühl, sie müsse sich übergeben.

Sie nahm eine Büroklammer und bog sie auseinander. »Jetzt verstehe ich, warum die Ehe nicht gehalten hat.«

Doyle rieb sich die Augen. »Wir nehmen an, dass Meskal eine Art Zauberer ist. Er hat Bentone das Gerät, den so genannten Kollektor, gegeben, mit dem er die Seele geraubt hat. Bentone sollte es ihm heute Abend an der Bushaltestelle aushändigen.«

Cordelia hatte begonnen, sich ein paar Notizen zu machen. »Und da der grimmigste Mann der Welt da hinten in seinem Büro im Dunkeln hockt, konntet ihr Aubreys Seele vermutlich nicht retten?«

Doyle sprang seufzend von der Tischkante und fing an, durchs Büro zu schlurfen. »Anscheinend hat Bentone versucht, den Deal nachträglich zu verändern. Meskal hat ein paar gesichtslose Schläger auf ihn gehetzt, die ihm die Seele beschaffen und Bentone eine Lektion erteilen sollten. Sie hatten nicht mit uns gerechnet. Die Situation eskalierte, Bentone wurde dabei getötet.«

»Nicht gut«, sagte Cordelia. »Eine weitere Tragödie, mit der June fertig werden muss.«

»Das Schlimmste ist, wir hatten die Seele schon, aber dann platzte die Mutter des Mädchens herein und wurde als Geisel genommen. Wir mussten die Seele gegen ihr Leben eintauschen.« Doyle seufzte.

»June ist bei ihrem Ex aufgetaucht? Sie hat mir doch gesagt, dass sie nicht wüsste, wo er wohnt«, fuhr Cordelia verärgert auf. Sie notierte wieder etwas und sprach dabei. »Randbemerkung: Man darf Informationen aus dem Mund von Klienten niemals wörtlich nehmen.« Sie sah Doyle an. »Und was jetzt?«

»Wir werden Anton Meskal ausfindig machen. Dann finden wir ganz bestimmt auch Aubreys Seele.«

Angel rief die beiden in sein Büro. Cordelia ging als Erste hinein, knipste das Licht an und stieß einen spitzen Schrei aus. Auf Angels Schreibtisch lag etwas sehr Unheimliches.

»Das hast du doch wohl nicht hier gefunden?«

Sie beobachtete angeekelt, wie Angel das zerbrechlich wirkende Ding in die Hand nahm und es näher untersuchte.

»Nein, ich habe es mitgebracht. Damit wurde Aubrey ihre Seele geraubt. Man nennt es Kollektor.«

»Und ich nenne es ungeheuerlich«, entgegnete Cordelia aufgebracht.

Angel nahm eines der Glasgefäße und steckte es an die Unterseite des Geräts. »Wäre es nicht im Kampf kaputtgegangen, könnte ich dir damit die Seele aus dem Körper holen und sie in dieses Glas fließen lassen.« Er setzte sich wieder auf den Schreibtisch.

Doyle kam zu ihm und betrachtete den Kollektor genauer. »Sieht nicht aus, als hätte den jemand gebaut. Ich würde vermuten, das ekelige Ding wurde gezüchtet.«

Angel betastete die knochigen Fortsätze an der Seite der Waffe. »Du hast wahrscheinlich Recht. Gezüchtet wie das gesichtslose Trio, gegen das wir gekämpft haben. Ich bin nicht sofort drauf gekommen, aber wenn ich das hier ansehe, vermute ich, diese Kreaturen waren Homunkuli – künstliche Lebensformen, die mit Magie und einer Mischung aus Fleisch, Blut und – das könnt ihr ruhig glauben – Pferdeäpfeln erschaffen werden.«

Cordy hielt sich die Nase zu. »Und jetzt alle: Igittigitt!«

Angel lehnte sich zurück, aber seine dunklen Augen ließen den Kollektor nicht eine Minute aus dem Blick. Angel wirkte müde, erschöpft. »Wir brauchen alles, was es an Informationen über den mysteriösen Anton Meskal gibt.« Er sah Cordelia an. »Cordy, ich möchte, dass du die Datenbanken der Magier durchsiehst, ob Meskal vielleicht …«

Cordelia unterbrach ihn mit einem Gähnen. Sie versuchte, es sich zu verkneifen, aber es ging nicht. »Tut mir Leid, Angel, was hast du gesagt?«

Angel drückte die Handflächen gegen die Augen. »In diesem Zustand sind wir niemandem eine Hilfe. Ich glaube, wir brauchen alle etwas Schlaf.«

Doyle hatte bereits den Kopf auf Angels Schreibtisch gelegt. Er öffnete nicht einmal die Augen. »Das ist eine brillante Idee! Ich war ja heute schon sehr zeitig auf und habe mich mit dem organisierten Verbrechen befasst. Lasst uns lieber morgen früh ganz frisch anfangen.«

Angel legte die Stirn in Falten. »Wir waren schon so dicht dran!«

»Das schaffen wir auch wieder«, tröstete ihn Cordelia. »Erst mal ein bisschen schlafen und dann gehe ich morgen gleich als Erstes ins Internet.«

Sie sammelte ihre Sachen zusammen und wünschte Doyle eine gute Nacht, als er zur Tür hinausschlich. Angel hatte sein Büro noch nicht verlassen, und so trat sie an die Tür, um sich zu verabschieden.

Angel hatte das Licht wieder ausgeschaltet und saß im Dunkeln.

»Es wird bald hell draußen. Gehst du nach unten?«, fragte Cordelia.

»Nein«, antwortete er gedehnt. »Ich schlafe in der letzten Zeit nicht sehr gut. Ich glaube, ich bleibe noch hier, bis ich wirklich müde bin.«

Der Kollektor lag immer noch auf Angels Schreibtisch.

»Wir sind zwar hier nicht bei Oprah in der Talkshow, aber … gibt es vielleicht etwas, über das du reden möchtest?«, fragte sie.

Wieder gab es eine Pause, bevor er antwortete.

»Gute Nacht, Cordelia.«

Sie spürte, dass er allein sein wollte. »Gute Nacht, Angel«, sagte sie leise und überließ ihn der Dunkelheit.

Nicht lange, nachdem Cordelia fort war, ging Angel in seine Wohnung. Er machte sich eine Tasse Earl Grey, bei der er sich entspannen wollte. Mit einem Lyrikband aus seiner Bibliothek, den *Liedern der Unschuld und Erfahrung* von William Blake, legte er sich aufs Bett und versuchte abzuschalten. Aber die große, innere Unruhe, die ihn befallen hatte, ließ ihn nicht los. Er konnte an nichts anderes als an Aubreys Seele denken und daran, wie schön sie war. Er fragte sich, ob seine befleckte Seele je eine solche Schönheit vorweisen könnte.

Eine Stunde verging, und Angel fand immer noch keinen Schlaf. Er legte das Buch neben der leeren Teetasse auf dem Nachtschränkchen ab und schloss die Augen.

Bunte Farben tanzten auf der Innenseite seiner Lider: leuchtendes Rot und Grün, gedecktes Gelb und Explosionen von silbrigem Weiß – ganz ähnlich der Farben, die er in dem Glasfläschchen gesehen hatte. Es war ein unvergleichliches Schauspiel. Er hatte Recht gehabt, als er vor zwei Jahrhunderten die Frage seiner kleinen Schwester nach dem Aussehen der Seele beantwortet hatte.

»Das Hübscheste, was du je gesehen hast«, hatte er ihr damals gesagt.

Nun sah er das Fläschchen vor sich, wie es durch die Dunkelheit segelte. Er spürte, dass er sich allmählich entspannte.

»Sie ist aus allen Farben des Regenbogens gemacht und noch vielen anderen, die bislang kein Mensch je gesehen hat.«

Ein gasförmiges, nebeliges Weiß. Kleine Farbexplosionen zeigten sich in den Schwaden.

»Wenn du eine Seele siehst, wirst du aus purer Freude über ihre Schönheit anfangen zu weinen.«

Und dann begannen der Nebel und die Farbtupfer sich zu vermischen. Der Inhalt des Fläschchens wurde flüssig.

Flüssig wie Blut.

Und die Seele, die darin gefangen war, schrie nach Befreiung.

Angel konnte sich zwar nicht erinnern, wie er auf den alten Friedhof gelangt war, aber er wusste nur zu gut, wo er sich befand.

Hier war seine Familie zwei Jahrhunderte zuvor zur letzten Ruhe gebettet worden.

Unter seinen bloßen Füßen knisterten trockene Blätter, als er zwischen den Grabsteinen umherwanderte. Eine kühle Herbstbrise wehte über das Gelände, Angel bekam eine Gänsehaut auf der nackten Brust.

Was mache ich hier?, fragte er sich. Er versuchte, die Namen auf den Grabsteinen zu entziffern, aber es gelang ihm nicht. Es war ungewöhnlich dunkel, und viele der Namen waren von dicken Ranken bedeckt, die über die Grabsteine wucherten.

Zuerst hielt er es für das Rascheln des Windes, aber dann hörte er genauer hin. Es war nicht der Wind, sondern eine Kinderstimme.

»Hallo?«, rief sie. »Ist da jemand?«

Als die dichte Wolkenbank, die sich vor den Mond geschoben hatte, weiterzog, erhellten seine kalten Strahlen den Ort der Toten.

Da sah Angel sie. Eine kleine Gestalt, die vor einem Grab kniete. Das Kind sprach, aber er konnte die Worte nicht verstehen. Langsam kam er näher.

Das kleine Mädchen befreite emsig den Grabstein von den grünen, blattreichen Ranken. Es kniete mit dem Rücken zu ihm, aber Angel sah, dass es ein rosafarbenes Krankenhaus-Nachthemd trug.

Plötzlich konnte er hören, was die Kleine sagte, und er merkte, dass sie mit ihm sprach. »Ich bin schon eine ganze Weile hier, und sie hat einiges erzählt. Sie war wirklich außer sich vor Trauer, als du auf einmal tot warst, weißt du das?«

Das Mädchen griff mit den kleinen Fingern nach einem Bündel Ranken auf dem Stein und riss sie aus der Erde.

Angel kam noch näher. Bevor er jedoch den nun sichtbar gewordenen Namen lesen konnte, wusste er bereits, vor wessen Grab er stand.

Das kleine Mädchen plapperte weiter. »Und dann bist du wiedergekommen, und sie war so glücklich. Sie dachte, du bist ein Engel, wusstest du das? Das hat sie mir erzählt.« Es lehnte sich zurück, um seine Arbeit zu begutachten. »Aber du bist gar kein Engel!«

Ein kräftiger Wind kam auf und zerzauste der Kleinen das lange, lockige schwarze Haar.

Angel las den Namen auf dem Grabstein immer und immer wieder, dann das Geburts- und das Sterbedatum. Er erinnerte sich an den Tag ihrer Geburt. Auf Drängen seiner Mutter hatte er widerwillig die Neugeborene in den Arm genommen. Von diesem Augenblick an hatte sich zwischen ihm und seiner kleinen Schwester Katherine eine ganz besondere Beziehung entwickelt.

»Du warst ein Monster, und du hast sie getötet«, sagte das kleine Mädchen.

Angel fiel auf die Knie, überwältigt von der entsetzlichen Flut der Erinnerungen an den Tag, als diese besondere Beziehung zu seiner kleinen Schwester in blutige Fetzen ging. Er erinnerte sich daran, wie er sie umgebracht hatte, an die panische Angst in ihrem unschuldigen Gesicht, als sie begriff, dass der, den sie für einen Engel hielt, sich über sie hermachte.

Sie hatte sich nur kurz gewehrt, als er seine Zähne in das weiche Fleisch ihres Halses gebohrt hatte. Mit erschütternder Klarheit erinnerte er sich an die Enttäuschung, die das Monster, zu dem er geworden war, verspürt hatte, als sie nicht länger durchhielt.

»Sie will, dass du mir hilfst, Angel«, sagte das kleine Mädchen jetzt und legte die Hand auf den kühlen, verwitterten Stein.

Angel hob den Kopf, und die quälenden Bilder der Vergangenheit verblichen, aber die Erinnerung blieb schmerzhaft wach.

»Wer bist du?« Er streckte eine zitternde Hand nach dem kleinen Mädchen aus.

Es drehte sich zu ihm um. Es war nicht älter als fünf, und seine blasse Haut stand in starkem Kontrast zu den schwarzen Haaren. Dicke Wattepads waren über die Augen geklebt, damit sie nicht austrockneten. Ein Infusionsschlauch hing aus einem Arm herab und ringelte sich zwischen dem vertrockneten Laub.

Aubrey Bentone sah Angel an und ergriff erneut das Wort.

»Du hast die Seele deiner Schwester geraubt, und nun musst du mir helfen, meine wiederzuerlangen.«

Angel beobachtete, wie sie langsam in der Erde des Grabes seiner Schwester versank.

»Ich muss jetzt gehen, aber du hast noch viel Arbeit vor dir!«

Aubrey steckte nun schon bis zum Hals in der fruchtbaren schwarzen Erde.

»Ich sage deiner Schwester, dass du hier warst.«

Und damit war sie auch schon verschwunden. Das hungrige Grab hatte sie verschluckt.

8

Meskal saß in einem schwarzen Ledersessel mit hoher Rückenlehne hinter einem Schreibtisch aus Chrom und Glas. Darauf standen nur ein elegantes Telefon und eine alte Holzschatulle, die in einem merkwürdigen Kontrast zu dem nüchternen, modernen Möbelstück stand. Meskal trug eine scharlachrote Seidenrobe und kratzte sich nachdenklich am Kinn.

Der Homunkulus mit dem Schlangentattoo zog den Hut und enthüllte sein zerfetztes Gesicht. In Ehrfurcht vor seinem Schöpfer verneigte er den Kopf. »Es war ein Vampir. Sie nannten ihn Angel. Er hatte noch einen Helfer bei sich.« Er fasste sich an den Fleischfetzen, der von der Wunde in seinem Gesicht herunterhing.

Die anderen beiden schwiegen. Sie standen weiter hinten und ließen Schlangengesicht erklären, was in Bentones Wohnung geschehen war. Auch sie hatten ihre Hüte gezogen und den Blick gesenkt.

»Und dieser Vampir, dieser Angel … der wollte euch daran hindern, mein Eigentum abzuholen? Das ärgert mich über die Maßen!«

Als das Schlangengesicht aufsah, schlabberte der Hautlappen an seinem Gesicht widerlich hin und her. »Er wollte das Gefäß, Meister!«

Meskal beugte sich im Stuhl vor und strich mit der Hand über die kalte Oberfläche des Schreibtischs. Er hatte schon von Angel, dem Vampir, gehört, ihn aber immer für einen Mythos der Stadt gehalten, für das Dämonen-Pendant des Schwarzen Mannes oder so. Er stellte sich vor, wie Dämonenmütter mit ihren Klauenfingern den Kindern drohten: *Esst jetzt euer Fleisch schön auf, sonst kommt euch Angel holen!*

»Warum? Warum dieses plötzliche Interesse an meinen Geschäften? Niemand hat es bisher gewagt, sich in meine Angelegenheiten einzumischen. Und nun taucht aus heiterem Himmel dieser Angel auf und steckt seine Nase in Sachen, die ihn nicht das Geringste angehen.«

Das Schlangengesicht antwortete nicht und versuchte, die Hautfetzen in seinem zerstörten Gesicht wieder zurechtzuschieben.

Meskal entging dies nicht, und sein Zorn wuchs. »Was tust du da?«

Schlangengesicht ließ schnell die Hand fallen. »Mein … mein Gesicht ist im Kampf beschädigt worden, ich wollte nur …«

Meskal schnaubte. »Ich weiß ganz genau, was du tun wolltest! Du hast versucht, deine lächerliche *Identität* wieder zusammenzukleben. Ich weiß, was dir dieses alberne Zeichen bedeutet. Mir sind deine kleinen Bemühungen um Individualität nicht entgangen!« Er zeigte auf die beiden anderen. »Du auch, mit deinen blöden Ohrringen und du … du mit deiner blutigen Träne.«

Der Meister schlug auf die Glasplatte.

»Nichts von dem, was ihr tut, entgeht mir. Habt ihr das etwa schon wieder vergessen? Ihr seid von meinem Blut, von meinem Fleisch. Und ich bin derjenige, der euch zu dem gemacht hat, was ihr seid.« Er lehnte sich in seinem Sessel zurück und fing an, sich hin und her zu drehen. »Diener, Sklaven, Erfüllungsgehilfen – ihr seid, was ich euch befehle zu sein. Nicht mehr und nicht weniger.«

Die Homunkuli gingen vor den harschen Worten des Meisters in Deckung.

»Die Alten haben immer davor gewarnt, dass die Wesen, die durch Zauberei geschaffen werden, dazu tendieren, sich des Geschenks ihres Lebens zu sicher zu sein. Lasst sie zu lange leben, und sie vergessen, was sie eigentlich sind – das haben die Alten behauptet.« Meskal schloss die Augen und seufzte. »Von allen meinen Homunkuli habt ihr drei mir am eifrigsten und längsten gedient. Was kann es schon schaden, dachte ich, wenn ihr euch mit dem Konzept des Ichs beschäftigt. Schmuck und Tattoos. Was bedeutet das schon? Nichts!«

Meskal schlug die Augen auf und starrte die drei böse an. »Bis zu diesem Zeitpunkt! Bis es anfängt, sich auf meine Geschäfte auszuwirken. Ich glaube allmählich, die Alten hatten mit ihren Warnungen Recht.«

Schlangengesicht zerdrückte vor Nervosität fast seinen Hut, den er in den Händen hielt. »Aber Meister, wir haben unsere Aufgabe doch erfüllt!«

Der Homunkulus drehte sich zu seinem Kollegen mit den Ohrringen um und streckte die Hand aus. Der schmucktragende Homunkulus griff in die Manteltasche, holte das Gefäß mit Aubreys Seele hervor und händigte es ihm aus. Der mit der Schlange im Gesicht reichte das Gefäß an den Meister weiter; eine Opfergabe zur Besänftigung des Gottes, der sie erschaffen hatte.

»Seht doch, Meister! Wir haben das Gefäß, und David Bentone ist tot. Ich habe seinen Schädel wie eine Eierschale zertrümmert.«

Meskal bewegte sich nicht und starrte den Homunkulus aus seinen stechend blauen Augen an. Das Schlangengesicht kam zögernd näher und stellte das Fläschchen behutsam auf den Schreibtisch. Dann trat er rasch wieder zu seinen Kollegen zurück.

Meskal sah das Gefäß eine Weile an. »Ein wertvolles Stück! Die Reinheit der Kinderseele macht es so begehrenswert. Aber das ist noch keine Erklärung dafür, warum Angel es mir stehlen wollte.«

Sein Ärger verrauchte allmählich, und er lächelte seine Diener an. »Seit ich Kabbarat losgeworden bin, bin ich der einzige Seelenhändler in der Stadt. Was will Angel nur? Mir diese Seele stehlen und versuchen, sie weiterzuverkaufen? Nicht einmal ein Vampir kann so blöd sein!« Er lachte leise. »Gebt mir den Kollektor und verschwindet! Ich bin plötzlich barmherzig gestimmt.«

Das Schlangengesicht drehte sich zu seinen Brüdern um. Der mit den Ohrringen schüttelte den Kopf, und der mit der Träne bedeckte sein Gesicht mit dem Handschuh. Schlangengesicht drehte sich wieder zu Meskal um.

»Wir … wir haben den Kollektor nicht, barmherziger Meister. Wir haben das Gerät gar nicht gesehen, als wir reinkamen und …«

Der Hexer fuhr auf, als hätte man hunderttausend Volt durch seinen Körper gejagt. »Sag mir, dass das nur ein Versuch ist, Persönlichkeit zu beweisen! Willst du dich als Witzbold oder als Spaßvogel profilieren?«

Das Schlangengesicht knetete den Hut in seinen Fingern. »Nein, Herr, das ist kein Witz. Wir haben den Seelenkollektor nicht mitgebracht. Vielleicht sollten wir noch einmal in die Wohnung zurück. Wir finden ihn bestimmt irgendwo zwischen den Sachen des Mannes.«

Meskal erhob sich und kam um den Schreibtisch herum. Sein eisiger blauer Blick war noch heller geworden – noch kälter. »Wisst ihr, wie lange es dauert, einen ordentlichen Kollektor zu züchten? Wisst ihr das?«

Die Homunkuli starrten betreten schweigend zu Boden.

»Zehnmal so lange wie es dauert, solche wertlosen Idioten wie euch zu züchten!«

Meskal baute sich vor dem Schlangengesicht auf, und sein Körper schien vor unterdrückter Spannung zu knistern. Der Homunkulus hob langsam den Blick.

»Wir haben doch die Seele geholt. Ist das denn gar nichts wert?«

Meskal schüttelte sich, als hätte man ihn angespuckt. Er hob die rechte Hand und fing an, in einer alten, für die meisten schon lange vergessenen Sprache zu reden. Es klang wie das wütende Summen einer Wespe hinter einer Fensterscheibe.

Seine Hand fing an zu leuchten, kurze Zeit später brannte sie regelrecht. Grellorange leuchtende Flammen sprangen von seinen Fingerspitzen und tanzten in der Luft, als seien sie lebendige Wesen.

Meskal riss dem Homunkulus mit der Schlange den Hautlappen von der Wange. Die Kreatur stieß ein Mitleid erregendes Wimmern aus, und ihre Hände flogen an die offene Wunde.

Der Hexer hielt das Stück tätowierte Haut in seiner lodernden Hand und sah zu, wie es zusammenschrumpfte und verbrannte. Es war, als würde sich die Schlange tatsächlich in sich selbst zusammenrollen. Der fettige Gestank von brennendem Homunkulus-Fleisch gemischt mit dem intensiven Geruch umgegrabener Erde wehte durch den Wohnraum des Hexers.

»Ich werde euch jetzt mal zeigen, was eure Impertinenz wert ist!«

Er griff in das Gesicht des Homunkulus. Die Flammen sprangen gierig auf den Kopf der Kreatur über, als hätte man ihn mit Benzin übergossen. Meskal ließ wieder los und trat einen Schritt zurück.

Seine Kreatur schrie und schlug mit den Händen nach dem unnatürlichen Feuer auf ihrem Kopf. Aber auch seine Hände fingen an zu brennen, und die Flammen breiteten sich auf Armen und Oberkörper aus. Das Schlangengesicht fiel auf die Knie, und seine Mitleid erregenden Versuche, gegen den Tod anzukämpfen, wurden immer schwächer.

Die anderen beiden sahen schweigend zu, wie das übernatürliche Feuer ihren Bruder verschlang.

»Ich habe ihm sein Leben gegeben und nun nehme ich es ihm wieder.« Meskal blickte auf die schwarze Asche auf dem Holzboden, die gerade noch ein Homunkulus gewesen war. »Dazu habe ich als Schöpfer das Recht.«

Mit immer noch brennender Hand richtete der Hexer seine Aufmerksamkeit auf die beiden anderen. »Die Geister der Alten würden mir nun ganz bestimmt raten, euch das Schicksal eures Bruders teilen zu lassen.«

Meskal hielt die Hand vor das Gesicht des Homunkulus

mit den Ohrringen, der verschreckt zurückwich. »Und ich müsste ihnen beipflichten. Aber da das Geschäft gerade boomt und ich ohnehin schon knapp an Personal bin, werde ich euch beide weiterleben lassen.«

Er streckte die brennende Hand aus und umfasste den Metallring im Ohr des Homunkulus. Die Kreatur schrie gellend auf, als das Schmuckstück mit seinem Kopf verschmolz. Meskal sah den mit der Träne an. Er drückte mit dem lodernden Finger auf die rote Träne und beobachtete, wie das Fleisch zu brutzeln anfing.

»Nun tragt ihr beide ein Merkmal, das euch als Individuen ausweist, euch gleichzeitig aber auch vereint. Jeder von euch trägt nun ein Zeichen als Hinweis darauf, dass ihr mein Missfallen erregt habt. Wenn ihr mich noch einmal enttäuscht, werde ich keine Sekunde zögern, euer wertloses Leben auszulöschen!«

Meskal blies auf seine Hand, und die magischen Flammen erloschen.

»Und jetzt habt ihr noch eine Menge zu tun. Fahrt zum Club und holt die Uforia-Einnahmen des Abends ab!« Er entließ die beiden mit einem Winken und ging zu seiner Bar, die in einer Ecke des Raumes aufgebaut war.

Die beiden Homunkuli liefen erleichtert zur Treppe. Sie hatten es sehr eilig zu verschwinden, denn ihr zorniger Schöpfer konnte jeden Augenblick auf die Idee kommen, seine Meinung zu ändern.

Meskal stellte sein Glas auf die Bar und nahm eine goldene Zange zur Hand, um für seinen Drink ein paar Eisstücke aus dem Kühler zu holen. Aber sie fiel ihm aus der Hand, als wie aus heiterem Himmel ein fürchterlicher Schmerz durch seinen rechten Arm schoss.

Keuchend hob er die Hand, um sie zu untersuchen, und stellte entsetzt fest, dass sie um Jahre gealtert war. Wütend rieb er sich den Arm, um die pochenden Schmerzen zu vertreiben. Er kannte diese Schmerzen, aber so stark waren sie noch nie zuvor gewesen.

Mit weit aufgerissenen Augen beobachtete er, wie an

seiner Hand dunkle, braune Leberflecken auftauchten. Die Haut wurde dünner, fast durchsichtig, und die blauen Adern traten deutlich hervor.

»Verdammt!«, fluchte er und stürzte an seinen Schreibtisch. »Es hat Zeiten gegeben, da hätte mich der Trick mit der brennenden Hand nicht mal einen Schweißtropfen gekostet.« Auch die andere Hand fing an, steif zu werden, als er nach der alten Holzschatulle griff. »Und nun bringt er mich fast um!«, schimpfte er mit zusammengebissenen Zähnen.

Es dauerte eine Weile, bis er den Deckel des Kästchens aufbekam. Wann hatte ich zum letzten Mal eine Injektion gebraucht?, fragte er sich. Es ist noch nicht lange her, eine Woche höchstens.

Er schleppte sich um den Schreibtisch und ließ sich in den Ledersessel fallen, denn er konnte sich kaum noch bewegen. Die Gelenke seiner Beine wurden sekündlich steifer. Verzweifelt schüttete der Hexer das Kästchen aus. Zahlreiche Ampullen mit einer leuchtend grünen Flüssigkeit und eine Spritze fielen auf die Glasplatte des Schreibtischs.

Er griff mit seinen knotigen Fingern nach einer der Ampullen und der Spritze. So vorsichtig es ging, stach er die Nadel in die Ampulle und zog die grüne Flüssigkeit in der Spritze auf.

Er schmeckte Blut in seinem Mund, als sein Zahnfleisch anfing, sich zurückzuschieben. Rasch streckte er den Arm aus. Seine Haut war ungesund blass und schlaff geworden. Aufmerksam suchte er zwischen den Spuren der vorangegangenen Injektionen nach einer günstigen Stelle.

Als er die Nadel in die alternde Haut gestochen hatte, spritzte er sich langsam die Flüssigkeit ins Fleisch. Der leuchtende Inhalt der Spritze raste wie ein Lauffeuer durch seine Blutgefäße. Er zog die Nadel heraus, warf sie auf den Schreibtisch und verspürte bereits eine erste Wirkung. Sein Atem kam nun in kurzen Stößen, und sein Körper wurde von schmerzhaften Krämpfen geschüttelt.

Meskal lehnte sich zurück und beobachtete, wie die Altersflecken langsam von seinen Händen verschwanden. Er bewegte seine Finger, um die Steifheit zu vertreiben. »Hat ja hervorragend funktioniert«, sagte er.

Aber die Häufigkeit der Anfälle beunruhigte ihn. Wie er immer befürchtet hatte, gewöhnte sich sein Körper an die Droge der Langlebigkeit. Dass es so rasch geschehen würde, hatte er jedoch nicht vermutet.

Ihm blieben noch vier Ampullen. Er musste die Produktion der Droge steigern, worauf er allerdings nicht sonderlich erpicht war. Ihre Herstellung war ein aufwändiger und zeitraubender Prozess. Man brauchte eine erstaunlich hohe Zahl frischer Seelen, um nur eine einzige Ampulle mit dem lebensverlängernden Elixier zu füllen. Er musste seine Zauberei einschränken, wenn er noch ein Weilchen leben wollte.

Er legte die Ampullen und die Spritze in die Holzschatulle zurück und schloss den Deckel. Die quälenden Nebenwirkungen der Droge vergingen, und er kehrte an die Bar zurück, um sich den Scotch zu holen, den er hatte trinken wollen, bevor er den Altersschub bekam.

Meskal nahm seinen Drink und trat an eines der vom Boden bis zur Decke reichenden Rauchglasfenster, die ihm einen wunderbaren Ausblick auf Los Angeles boten. Er erinnerte sich noch an die Zeit, als vor seinem Fenster nichts als Wüste gewesen war – und nun dies! Die ganze Stadt schien im Nu aus dem Boden gestampft worden zu sein.

In seine Träumerei mischten sich jäh Gedanken an seine Geschäfte und an den Vampir, der versucht hatte, ihm sein Eigentum zu rauben.

Mit dem Drink in der Hand ging er an den Schreibtisch. Das Fläschchen stand immer noch da. Er stellte sein Glas ab und untersuchte die Qualität der Kinderseele in dem Gefäß. Warum ausgerechnet diese Seele?, fragte er sich, besah das Ding von allen Seiten und bewunderte seine Schönheit.

Er nahm das Telefon und tippte eine Nummer ein.

Beim dritten Klingeln antwortete jemand.

»Julien? Hier ist Anton.« Meskal nahm einen raschen Schluck. »Ich brauche ein paar Informationen.« Er machte eine Pause, bevor er fortfuhr, um die Wichtigkeit seiner Anfrage zu unterstreichen.

»Finde so viel wie möglich über einen Vampir namens Angel heraus!«

Steven Doherty war von Gefühlen überwältigt; er dachte schon, er müsse weinen. Er trat aus dem dichten Wäldchen und sah ehrfürchtig zu den hohen schmiedeeisernen Toren auf, die ihn nur noch von dem Ort trennten, den er sich schon immer hatte ansehen wollen.

Das Horrorhaus stand ganz oben an der Straße, die sich von dem Eisentor hinaufschlängelte, und Steven konnte seine Aufregung kaum noch im Zaum halten.

Das geräumige Herrenhaus, das in den frühen 1930ern von dem großen Horrorfilmstar Graham Sunderland erbaut worden war, lag, vor den neugierigen Blicken der Öffentlichkeit verborgen, hoch oben in den Bergen von Hollywood. Das Haus im gotischen Stil war eine Kopie des mittelalterlichen Schlosses aus Sunderlands erstem Filmhit *Schloss der Finsternis*. Ecktürme, ein großes Eisentor, das Besuchern den direkten Zugang zu einer unterirdischen Garage ermöglichte, Wasserspeier an den Dachrinnen ... um nur einige der zahlreichen Details zu nennen, die der Schauspieler sich gewünscht hatte.

Das Innere des Hauses war Gerüchten zufolge ebenso beeindruckend. Während das Äußere eher an eine Festung aus vergangenen Zeiten erinnerte, bestach das Innere durch allen erdenklichen modernen Komfort. Nach seiner Fertigstellung wurde das Horrorhaus von Sunderland, wie es schon bald darauf genannt wurde, eine ganze Zeit lang zu *dem* architektonischen Wunder der Region.

Steven sah noch einmal über die Schulter, um sich zu vergewissern, dass ihn niemand beobachtete und fing an, den Zaun hochzuklettern.

Seit seinem zehnten Lebensjahr war er nun schon ein Fan der Horrorlegende. Damals hatte er zum ersten Mal *Tote plaudern nichts mehr aus* spät in der Nacht im Fernsehen gesehen. Im Laufe der folgenden zwanzig Jahre sah er sich immer wieder alle neunundfünfzig Filme des Schauspielers an und las alles, was über das Horrorhaus und den berüchtigten Star, der dort gelebt hatte, geschrieben wurde. Es war wie ein Traum für ihn, dem Objekt seiner Obsession nun so nahe zu sein.

Er hielt sich in den dunklen Schatten seitlich der Straße verborgen und bewegte sich langsam auf das Haus zu.

An seinem dreißigsten Geburtstag hatte er, als er sich seine DVD-Sonderausgabe des Graham Sunderland-Schockers *Im Schutz der Dunkelheit* ansah, den Entschluss gefasst, dem Horrorhaus höchstpersönlich einen Besuch abzustatten. Auf der DVD war auch eine Dokumentation über Sunderland und das Haus, das er in den Bergen von Hollywood gebaut hatte. Und als Steven sich den Film zum fünfzigsten Mal ansah, hatte es ihn wie ein Blitz aus heiterem Himmel getroffen: Er musste hinfahren! Er musste sich das Haus ansehen, in dem der legendäre Schauspieler gelebt hatte und gestorben war.

Was für Elvis-Fans Graceland war, war für Steven das Horrorhaus.

Als er am Ende der Straße ankam, breitete sich ein Grinsen auf seinem Gesicht aus, und er sah zu dem schaurig schönen Horrorhaus auf. Es war, wie er erwartet hatte, nur noch viel großartiger.

Es hatte immer Gerüchte über wilde Partys und seltsame Begebenheiten in Sunderlands Horrorhaus gegeben; so etwas erwartete die Öffentlichkeit nun mal von einem Star. Die meisten Leute schrieben derlei jedoch nur dem Lebenswandel einer exzentrischen Berühmtheit zu und machten sich keine weiteren Gedanken.

Aber nicht lange nach *Nacht der Tausend Schreie* im Jahre 1942 führte ein Hinweis im Fall eines vermissten Mädchens die Polizei in Sunderlands Haus. Was die Beamten dort in jener verhängnisvollen Nacht vorfanden, machte den Schauspieler zu einer der verrufensten Gestalten im Pantheon des alten Hollywood.

Steven saugte mit den Augen jedes Detail der Fassade auf wie ein Schwamm und ging dann auf die Rückseite des Hauses. Dort, im Pool-Haus, hatte *es* sich zugetragen.

Steven betrat den eingefriedeten Garten des Horrorhauses durch ein mit aufwändigen Schnitzereien verziertes Holztor, dessen Riegel abgebrochen war. Ein Weg aus Marmorplatten führte durch die Anlage, die einst ein fantastischer Garten gewesen sein musste. Grasbüschel wuchsen zwischen den zersprungenen weißen Steinplatten, und das Ganze glich nun eher einem dichten Dschungel aus Gräsern mit ein paar wilden Blumen als Farbtupfern dazwischen. Steven war empört. Wie konnte man ein so prachtvolles Anwesen dermaßen herunterkommen lassen? Er schüttelte den Kopf und folgte dem Weg zu einem kunstvollen Gebäude, das an die Rückseite des Herrenhauses angebaut war. Das Pool-Haus.

Steven jubelte innerlich. Vielleicht kann ich ja den ganzen Tag auf dem Anwesen verbringen, überlegte er und griff nach dem Knauf einer Seitentür.

Es war wie die Erhörung seiner Gebete. Der Knauf drehte sich. Steven stieß die Tür auf und betrat den dunklen, feuchten Raum, in dem sich ein moderiger Geruch ausgebreitet hatte. Steven sah sich um, blickte in die Höhe und stellte fest, dass die Oberlichter mit Planen bedeckt waren.

Vielleicht hat man ja doch endlich mit der Renovierung begonnen, sinnierte er, als er sich dem Schwimmbecken olympischen Ausmaßes näherte. Das Wasser darin war abgestanden und trübe. Er blieb an der Beckenkante stehen und sah sich die Halle ganz genau an.

Hier, genau hier, ist am Ende das ganze Imperium zusammengebrochen, schoss es ihm durch den Kopf, und er stellte sich vor, wie großartig die Schwimmhalle im Jahre 1942 ausgesehen haben musste.

Die Polizei von Hollywood war während einer von Sunderlands häufigen Partys zur Razzia aufgekreuzt. Die Beamten waren Zeugen eines bizarren, satanischen Rituals geworden, bei dem das vermisste Mädchen von einem Dolch schwingenden Sunderland geopfert werden sollte.

Den Aussagen zufolge, hatte der Schauspieler ausgesehen wie im Film: gekleidet in blutrote Seide, das Gesicht mit seltsamen Zeichen bemalt, auf dem Kopf die Hörner eines Widders und in der Hand ein Messer mit einer Klinge von fast einem halben Meter Länge.

In dieser Nacht war es um mehr gegangen als um betrunkenes Rowdytum oder eine Rauferei mit Paparazzi. Sunderland musste gewusst haben, dass sein Studio keine Chance hatte, ihn aus dieser Sache rauszuhauen. Also floh er, die Polizisten hinter ihm her.

Steven schloss die Augen. Wo er nun stand, am Beckenrand, hat er gestanden ...

Die Polizisten hatten Sunderland in der Schwimmhalle eingekesselt. Er hatte das Messer fallen gelassen, aber unterwegs irgendwo eine Pistole aufgelesen. Die Polizisten kamen mit den Waffen im Anschlag näher. Als sie ihm befahlen, die Waffe fallen zu lassen, hatte sich Sunderland nur lächelnd die Kanone unters Kinn gehalten, abgedrückt und sich das Hirn aus dem Kopf gepustet.

Steven stellte sich vor, wie sein Idol rückwärts ins Wasser gefallen war.

»Tragisch«, murmelte er und blickte ins Wasser.

Plötzlich stiegen Luftblasen an die Oberfläche. Erschreckt sprang Steven vom Beckenrand zurück.

Irgendwo in der Dunkelheit bewegte sich etwas. Es war ein flatterndes Geräusch, wie Flügelschläge.

Er blinzelte in die Dunkelheit.

Wahrscheinlich ein Vogel.

Am anderen Ende der Halle flog etwas von einer dunklen Ecke in die andere. Steven konnte hören, wie kleine Klauen über den Fliesenboden kratzten, als es landete.

Irgendwie beschlich ihn das Gefühl, dass es sich doch nicht um einen Vogel handelte.

Vorsichtig wich er in Richtung Tür zurück.

Nun kamen von überall her zischende Geräusche, und er hörte ein Scharren auf dem Boden.

Steven stürzte zur Tür.

Etwas schnitt ihm den Weg ab.

Überrascht schrie er auf, als er eine große Gestalt mit Fedora und Trenchcoat vor der Tür stehen sah.

Die Gestalt hat kein Gesicht, bemerkte Steven, und seine Gedanken rasten, während er zurückwich. Sie hat überhaupt kein Gesicht!

Steven wusste nicht, ob er lachen oder weinen sollte. Er hatte sich die Frage schon so oft gestellt, zu Hause vor seinem Fernseher: Was würde er tun, wenn er in eine solche Situation geriet?

»Ich bin ... Ich bin ein Fan von ... von Graham Sunderland ... der größte«, stammelte er.

Der gesichtslose Mann erwiderte nichts.

Etwas wischte ihm übers Gesicht, und Steven schrie auf. Er schlug mit den Armen um sich und wich zurück. Dabei trat er auf etwas, das unter seinem Sneaker zerplatzte. Er stieß einen markerschütternden Schrei aus, dessen Echo wieder und wieder durch die Schwimmhalle tönte.

Nadelspitze Zähne bohrten sich in seine Waden. Steven brüllte auf und schlug nach dem Ding. Das Fleisch des Tieres war kalt und ledrig. Als er es berührte, fing es gefährlich an zu knurren.

Ein weiteres Tier landete auf seinem Rücken, und seine Klauen zerschnitten ihm durch sein *Nacht des Blutmonsters*-T-Shirt die Haut.

Er spürte, wie das Tier an seinen Waden langsam das Hosenbein hinaufkletterte.

Steven drehte sich zu dem Mann in der Tür um. »Helfen

Sie mir, um Himmels willen! Rufen Sie die Polizei! Tun Sie doch etwas!« Seine Stimme überschlug sich.

Das Wesen reagierte nicht.

Zwei weitere Tiere landeten jetzt auf Stevens Rücken. Eins bohrte seine Reißzähne in seine Wirbelsäule. Wieder schrie er schmerzerfüllt auf und schlug wild um sich. Dabei verlor er das Gleichgewicht, rutschte aus und stürzte zu Boden. Eines der kleinen Wesen stieß einen Schmerzensschrei aus, als er auf ihm aufprallte.

Er spürte, wie ihm das Blut in kleinen Rinnsalen über den ganzen Körper lief.

Lederne Flügel schlugen über ihm in der Luft. Er versuchte, sie zu verscheuchen, aber sie kamen immer wieder. Was sind das für Viecher?, fragte er sich verzweifelt. Oh, Gott, sie fressen mich auf!

Er erinnerte sich an das Schwimmbecken, an das schmutzige, ekelhafte Wasser, das nach Kloake roch und weiß der Teufel wonach sonst noch. Steven drehte sich auf den Bauch und robbte auf den Beckenrand zu. Eines der Tiere saß auf seinem Kopf und nagte an seinem Skalp. Blut lief ihm in die Augen. Er schlug sich auf den Kopf und das Tier …, war es eine Fledermaus?, … schnappte nach seinen Fingern. Steven kroch so schnell er konnte.

Das Wasser schien seine Rettung sein zu können. Er musste im Wasser untertauchen, dann würden die Biester loslassen. Er wusste noch nicht genau, was er danach tun würde, aber das Dringendste war zunächst, die Beißer loszuwerden und mit ihnen auch die fürchterlichen Schmerzen.

Er rutschte, fast schon besinnungslos, schlapp auf den Rand des Beckens zu und ließ seinen von Schmerzen gepeinigten Körper in das überraschend warme Wasser gleiten. Rasch tauchte er unter, um seinen Angreifern zu entkommen. Er öffnete im seltsam dunklen Wasser die Augen und beobachtete, wie die merkwürdigen Kreaturen auf die Oberfläche zuschwebten.

Die Bisse und Kratzer, von denen sein ganzer Körper

bedeckt war, brannten in dem verschmutzten Wasser. Bestimmt muss ich Antibiotika nehmen, wenn ich hier herauskomme, dachte Steven, vielleicht bekomme ich sogar eine Tollwut-Impfung …

Stevens Lungen drohten zu platzen; er musste schnellstens an die Oberfläche, ob die Biester nun verschwunden waren oder nicht.

Er strebte der Wasseroberfläche entgegen, als er plötzlich mit eisernem Griff am Fußgelenk gepackt wurde. In Panik spähte er in die Tiefe und riss sein Bein hin und her. Aber er konnte nichts außer seinem Bein erkennen, das in der tintigen Schwärze verschwand.

Farbexplosionen zündeten vor seinen Augen, als sein Gehirn an dem Sauerstoffmangel zu leiden begann. Er wehrte sich jetzt mit Leibeskräften, aber ohne Erfolg. Es gelang ihm nicht, seinen Fuß zu befreien.

Als das faulige Wasser in seine Lungen strömte und seine Kräfte versagten, sah Steven das erste und letzte Mal die Schatten, die ihn fest umklammerten.

Er entdeckte, dass die Dunkelheit am Grund des Schwimmbeckens zwei runde gelbe Augen hatte und ein riesiges Grinsen mit spitzen Zähnen.

Es erinnerte ihn an ein Monster, das er mal in einem Film gesehen hatte.

Allerdings war das Wesen in diesem Becken echt.

Der Kurgarru-Dämon namens Shugg tauchte anmutig, trotz seines wuchtigen Körpers, durchs Wasser. Mit seiner riesigen Pranke hielt er noch immer den Knöchel von Steven Doherty fest umklammert. Wie ein Kind, das einen Luftballon am Seil hält, zog er den Körper hinter sich her und bewegte sich auf das flache Ende des Beckens zu.

Dann brach der Dämon durch die Wasseroberfläche. Seine dunkle, ölige Haut glitzerte in dem schwachen Licht, das an den Rändern der mit Folie bedeckten Oberlichter hereindrang, in allen Regenbogenfarben.

Shugg blinzelte mit seinen großen, hervortretenden Augen, um sich an das Licht im Raum zu gewöhnen. Zu dem Homunkulus an der Tür hatten sich vier weitere gesellt. Langsam bewegten sie sich auf den Rand des Schwimmbeckens zu.

Wasserfontänen spritzten auf, als Shugg den Körper des toten Mannes wie ein Spielzeug aus dem Becken schleuderte. Er landete als groteskes Häufchen Mensch hinter den Homunkuli, neben einem Stapel rostiger Gartenstühle.

»Für meine Schätzchen«, knurrte Shugg, watete an den Beckenrand und stemmte seinen riesigen Körper aus dem Wasser. Die Homunkuli eilten geschäftig um ihn herum und versuchten, ihm beim Rausklettern behilflich zu sein. Sturzbäche fauligen Wassers strömten von seinem Körper herab.

Der Dämon schien sich trockenen Fußes nicht recht wohl zu fühlen und schwankte auf seinen dicken Beinen hin und her. Die Homunkuli rieben ihn emsig mit dicken, weißen Handtüchern trocken und achteten darauf, dass der schwankende Dämon nicht umkippte. Shugg ließ sich bereitwillig umsorgen, kümmerte sich aber ansonsten nicht weiter um die gesichtslosen Diener. Seine Aufmerksamkeit war auf die eine Ecke der Halle gerichtet, in die er die Leiche des Eindringlings geworfen hatte.

Shugg sprach in die Dunkelheit: »Da habt ihr was Feines, meine Teuren! Es ist ein ganz besonderer Leckerbissen, nur für euch!«

Aus der Dunkelheit tauchten die kleinen Kreaturen auf, die Steven in das Schwimmbecken getrieben hatten. Manche krabbelten über den Boden, andere glitten im Flug aus ihren Verstecken unter der Decke. Zuerst schnüffelten und zupften sie nur an dem leblosen Körper. Als sie jedoch keine Gegenwehr verspürten, fingen sie gierig an, ihn zu verschlingen.

Der Dämon beobachtete seine kostbaren Tierchen mit Wohlwollen bei ihrem Mal und hob die Arme hob, damit ihn seine gesichtslosen Diener auch unter den Achseln abtrocknen konnten.

»Meine Schätzchen hatten wirklich Hunger, ja, ja«, gurrte der Dämon liebenswürdig in Richtung der haarlosen, fledermausähnlichen Tiere, die geräuschvoll in der Ecke der Schwimmhalle die Leiche verputzten. Die schmatzenden Geräusche herausgerissener, heruntergewürgter Fleischstücke und das Knirschen zermalmter Knochen hallten durch den Raum. Das Beobachten der Durgi, wie die Tiere genannt wurden, bereitete dem Dämon ein immenses Vergnügen. Es war gut für sie, ab und zu mal einen besonderen Leckerbissen zu bekommen, fand Shugg. Es rief ihnen in Erinnerung, wie sehr er sie liebte und schätzte.

Shugg fühlte sich in seiner Ruhe gestört, als ihm das Telefonat mit Anton Meskal wieder einfiel. Nach dem Besorgnis erregenden Anruf seines Geschäftspartners hatte er versucht, bei einem Bad Entspannung zu finden.

Angel hatte angefangen, sich für ihre Geschäfte zu interessieren!

Seit der Seelenhandel derart boomte, war Shugg klar, dass der Vampir, der auf der Seite des Lichts kämpfte, früher oder später auf sie aufmerksam werden würde.

Zwei der Homunkuli halfen dem Dämon in einen riesengroßen Frotteebademantel.

Die Durgi krabbelten immer noch in dem Blut und fraßen die letzten Eingeweide, die sie in ihrer Fressorgie um sich geschleudert hatten. Außer zerfetzten Kleidungsresten und Knochensplittern blieb von Steven nichts mehr übrig. Shugg hielt seinen Bademantel auf und entblößte die glänzende Haut seiner riesigen Brust und seines Bauchs. Sofort kamen die Durgi auf ihn zu, breiteten die blutbekleckerten Flügel aus und hüpften einer nach dem anderen in die Luft.

Der Dämon schloss genießerisch die Augen, als die Durgi auf seinen Körper trafen und sich mit ihren Mündern an seinem Fleisch festsaugten.

»Aaaaahhh, so ist es schön, meine Lieblinge!«, lobte Shugg die possierlichen Zeitgenossen, die sich nun an ihm festbissen, die Flügel zusammenlegten und sich von seinem kräftigen Körper hängen ließen.

Sehr ähnlich der Putzerfische, die am Leib größerer Meerestiere ihre Nahrung suchten, hingen die Durgi an Shuggs Körper und saugten die Unreinheiten weg, die den Blutkreislauf des Dämons verschmutzten. Die beiden Rassen hatten eine symbiotische Beziehung. Shugg beschaffte den Durgi ihre Nahrung, und die Durgi ihrerseits dienten ihm als lebendige Dialysemaschinen und zugleich als gierige Bodyguards, die sein Privatleben und seinen Besitz schützten.

Der Dämon streichelte zärtlich über die haarlosen Rücken der Kreaturen.

»Willkommen bei Papa!«, gurrte er.

Schnaufend verlagerte er sein immenses Gewicht von einem Bein aufs andere. »Bringt mir meine Krücken!«, befahl er den Homunkuli.

Zwei kamen sofort herbeigeeilt und trugen jeweils einen, mit komplizierten Schnitzereien versehenen, langen Stock aus dunklem, poliertem Holz.

Shugg nahm die Krücken und trottete auf die Doppeltür zu, um die Schwimmhalle zu verlassen. Sein Kopf war nach dem Bad und der kleinen Metzelei ein wenig klarer. Nun fühlte er sich den Problemen gewachsen, die vor ihm lagen.

»Ich bin hungrig!«, sagte er. »Bringt mir etwas zu essen ins Wohnzimmer!«

»Aber Meister«, sagte einer der Homunkuli vorsichtig, der sich Augenbrauen ins Gesicht gemalt hatte, »Ihr habt heute Morgen schon zweimal gegessen, und Meister Meskal sagte, Ihr müsst Euren Appetit zügeln, sonst ...«

Der Dämon stampfte wütend mit dem Stock auf.

»Meskal hat mir nicht zu sagen, wann ich essen darf und wann nicht«, schäumte der Dämon. »Und jetzt bringt mir sofort etwas zu essen, sonst hetze ich euch die Durgi auf den Hals!« Die kleinen Kreaturen schlugen mit den ledernen Flügeln und knurrten grollend und bedrohlich.

Shugg setzte schnaufend seinen Weg ins Haus fort. Als wäre das Problem mit Angel nicht schon genug! Jetzt wollte ihm Meskal auch noch diktieren, wie viel er essen durfte.

Sein Wohnzimmer war ein dunkler, höhlenähnlicher Raum mit einem riesigen Kamin auf der einen Seite, der aussah, wie der Kopf eines brüllenden Löwen. Ein kleines Feuer schwelte noch in dem Maul der Großkatze. Auf der anderen Seite stand der ganze Stolz des Dämons: ein Fernseher mit einem einsvierzig breiten Bildschirm.

Aber nicht einmal der konnte ihn heute von seinen Problemen ablenken. Er ging zu dem großen Sessel, der dem Fernseher gegenüberstand. Er war eigens für seinen massigen Körper angefertigt worden. Seufzend ließ er sich nieder und lehnte seine Krücken an den Sessel.

»Könnt ihr es merken, meine Schätzchen? Spürt ihr, dass mich etwas belastet?«

Die Durgi schmiegten sich an ihn, als er über ihre Rücken strich.

»Angel wird versuchen, alles zu zerstören, was ich mir über die Jahrhunderte so mühsam aufgebaut habe.«

Die Durgi ließen ein merkwürdiges Trillern ertönen, als er sie streichelte, gleich dem Schnurren einer zufriedenen Hauskatze.

»Und dann ist da natürlich noch Meskal. Immer Meskal.«

Shugg spürte, wie er sich wieder verspannte. Sein Magen knurrte. »Wo bleibt mein Essen?«, brüllte er wütend.

Ein Homunkulus stürzte in den Raum und brachte ein silbernes Tablett herein, auf dem sich zahlreiche Seelenfläschchen türmten.

»Vielleicht ist es an der Zeit, Meskal zu bitten, mir ein paar neue Helfer zu züchten«, knurrte der Dämon.

Das Glas klirrte, als der Homunkulus sanft das Tablett auf dem kleinen Tisch neben Shuggs Sessel absetzte.

»Vorsichtig, du gesichtsloser Idiot! Diese Fläschchen sind höchst zerbrechlich und ihr Inhalt kostbarer als Tausende von euch.«

»Braucht Ihr sonst noch etwas, Meister Shugg?«, fragte der Diener und verneigte sich leicht.

Der Dämon griff knurrend nach dem obersten Fläschchen auf dem Stapel. »Wenn ich etwas brauche, werde ich es dich wissen lassen.«

Der gesichtslose Diener zog sich zurück.

Shugg warf das Fläschchen in sein riesiges Maul und biss zu. Das Glas splitterte, und sein Mund füllte sich mit der köstlichen Seelenessenz. Der Dämon hielt sorgfältig das Maul geschlossen. Kein einziger Tropfen der kostbaren Lebensenergie sollte verschwendet werden.

Die tiefen Falten auf seinem Hals und der Brust begannen zu leuchten, als die Seele, zusammen mit den Glasscherben, seine Kehle hinunterglitt.

Shugg stöhnte in Ekstase, als die Durgi begannen, rhythmisch die Unreinheiten der Seele abzusaugen. Es wurde immer schwieriger, reine Seelen zu finden, und wenn sich das Gift befleckter Seelen in seinem Körper ansammelte, konnte es ihn am Ende sogar töten.

Er war hungriger als er gedacht hatte und griff sich hemmungslos eine ganze Hand voll Fläschchen, die er sich in sein Maul warf. Gierig zerkaute er sie, und die Ausschüttung der Seelenenergie in seinem Körper war schier überwältigend. Er musste aufpassen, durfte es nicht übertreiben. Eine Überdosis der ätherischen Frucht konnte gefährlich werden –, und er wollte auch auf keinen Fall ein Loch in Meskals Profite reißen.

Der Kurgarru warf den Kopf in den Nacken und ließ die Seelenenergie durch seinen Körper pulsieren. Wie er es oft in stressigen Zeiten zu tun pflegte, rief er sich die vielen Widrigkeiten in Erinnerung, die er in seinem Leben bereits gemeistert hatte.

Shugg gedachte mit Schwermut seiner Heimatdimension, der blühenden Städte und des einst so erhabenen, großen Kurgarru-Imperiums. Es hätte weiter existieren können, wenn sie nicht angefangen hätten, übereinander herzufallen, und sich die Gattung nicht zu Seelenfressern entwickelt hätte. Shugg war der erste gewesen, der damit angefangen hatte … und der einzige Überlebende.

Er aß noch mehr Seelenfläschchen und stocherte mit dem Finger in seinem Mund herum, um zwischen den Zähnen sitzende Glassplitter zu lösen. Er schluckte sie herunter und war für den Augenblick gesättigt. Die Durgi saugten weiter an ihm, und ihre schlanken Körper wurden immer dicker. Sie hatten wieder angefangen zu trillern, denn auch sie waren zufrieden mit ihrer Nahrung.

Für den Augenblick wenigstens.

9

»Du hast Nerven, hier aufzukreuzen!«, knurrte Verna empört.
Sie sah Doyle böse an, der gerade im *Cup O'Joe* auf einem Barhocker an der Theke Platz nahm. Giftige Stacheln begannen, aus Vernas Haut hervorzusprießen. Doyle trug eine unschuldige Miene zur Schau.

»Hey, hör mal! Vielleicht will ich ja nur in Ruhe einen Kaffee trinken und einen Donut essen! Ich weiß gar nicht, warum du dich so aufregst.«

Verna scheuerte wütend mit einem Lappen einen Kaffeefleck von der Theke. »Du weißt doch, dass ich hier arbeite. Allein aus Höflichkeit hättest du fernbleiben sollen.«

Sein Auftritt in diesem Lokal war nicht gerade eine Meisterleistung an Einfühlungsvermögen, das wusste Doyle. Schließlich war er sich darüber im Klaren, welche Gefühle Verna für ihn hegte und wie er sie behandelt hatte.

»Du hast mich nicht mal nach meiner Nummer gefragt, bevor du zu deinem Date mit Angel losgezogen bist – oder wie die hieß.« Sie warf den schmutzigen Lappen auf die Theke und stemmte die Hände in die Hüften.

»Aber mit der hat es wohl nicht geklappt, und da hast du wohl gedacht, du probierst es bei mir noch mal! Also, ich will dir mal was sagen, Doyle, du kannst ...«

Doyle hob beschwichtigend die Hände, um Verna zum Schweigen zu bringen, die jedoch mächtig in Fahrt war.

»Das war doch gar kein Date, Darling. Angel ist mein Boss, wirklich!«

Sie verschränkte die Arme vor der Brust.

»Du musst das verstehen! Ich hatte nicht auf die Uhrzeit geachtet«, fuhr Doyle fort, »und ihn in einer schwierigen Situation allein gelassen. Es tut mir Leid wegen deiner Nummer, aber ich war so sehr in Eile, dass …«

Verna drehte sich um, holte eine Tasse aus dem Regal und schenkte Kaffee ein. »Deine Ausreden kannst du für dich behalten!«, sagte sie und stellte ihm die Tasse hin. »Ich bin fertig mit dir.«

Doyle wusste nicht, was er noch sagen sollte, und entschied sich, erst einmal einen Schluck Kaffee zu trinken. Als er die Tasse abstellte, bemerkte er Vernas abwartenden Blick. »Verna, wenn ich deine Gefühle verletzt habe, tut es mir wirklich sehr Leid. Ich wollte dich nicht täuschen oder so.«

Verna knurrte, aber dann erschien ein widerwilliges Lächeln auf ihrem Gesicht. »Ist schon in Ordnung. Wie ich bereits sagte: Ich bin fertig mit dir.«

»Gut, also dann: Prost!« Er hob die Kaffeetasse.

»Was willst du eigentlich hier, Doyle?«, fragte Verna und ging an die Vitrine mit den Donuts. »Du bist doch nicht hergekommen, um dich dafür zu entschuldigen, meine Gefühle verletzt zu haben.« Sie hob den Glasdeckel und holte einen Donut für Doyle heraus.

Lächelnd nahm er ihn auf einem kleinen Teller in Empfang. »Ich suche nach einem Bekannten von mir, der sich in diesem Viertel herumtreibt. Ein großer dämonischer Typ mit einer Hautfarbe wie Pepperoni-Pizza. Er nennt sich Margus. Hast du ihn in letzter Zeit gesehen?«

Verna runzelte die Stirn und wischte weiter die Theke ab. »Ich will nichts mit jemandem zu tun haben, der mit diesem Abfall zu tun hat. Vielleicht solltest du dir besser neue Freunde suchen!«

»Er ist ein Bekannter, kein Freund! Er hat mir in der Vergangenheit öfters mal Informationen zukommen lassen. Genau deshalb brauche ich ihn auch jetzt.«

Verna warf den Lappen in die Spüle und wusch ihn aus. »Ich weiß ja nicht, wann du deinen Kumpel Margus zuletzt gesehen hast. Mich würde es allerdings wirklich sehr überraschen, wenn er dir heute irgendetwas Wertvolles mitzuteilen hätte.« Sie ließ den ausgewrungenen Lappen am Waschbecken liegen und drehte sich wieder zu Doyle um.

Der hatte seinen Donut inzwischen aufgegessen und wischte die Krümel von seinen Händen in die Kaffeetasse. »Du hast ihn gesehen?«

Verna blickte ihn einen Moment nachdenklich an, nahm dann die Tasse und schenkte noch einmal nach. »Ich sehe ihn fast jeden Abend. Leider! Wenn dieser Laden mir gehören würde, dann bekäme Margus sofort Hausverbot.«

»Zu welcher Zeit kreuzt er denn meistens auf?«

»Wenn die Bars zumachen. Er ist die reinste Plage, meistens total zugedröhnt mit wer weiß was. Seine tropfende Haut ist eigentlich schon abstoßend genug, aber obendrein ist er auch noch absolut unausstehlich. Ein richtiges Ekel!«

Doyle dachte über das eben Gehörte nach und nahm einen Schluck Kaffee. Er wusste, Margus nahm gern einmal einen Drink – aber Drogen? Das war ihm neu. »Na ja, wenigstens weiß ich jetzt, dass er noch lebt«, sagte er schließlich zu Verna gewandt und rutschte von dem Barhocker. Er griff in die Tasche, zählte ein paar Dollar ab und warf sie auf die Theke. »Ich komme heute Abend wieder, wenn du nichts dagegen hast.«

Die Dämonin schüttelte den Kopf und nahm das Geld. »Überhaupt nicht. Solange du nicht den Laden auseinander nimmst.«

Doyle blieb noch kurz an der Theke stehen. »Dann sehen wir uns vielleicht später.«

Verna nickte und setzte ein schiefes Lächeln auf. »Ist wirklich schade mit uns beiden«, sagte sie. »Ich könnte dich sehr glücklich machen.«

Doyle ging rückwärts zur Tür. »Da irrst du dich, Darling«, sagte er und schob mit dem Rücken die Tür auf. »Ich würde dir nur das Herz brechen.«

Kurz nach zwei Uhr morgens kehrte Doyle ins *Cup O'Joe* zurück. Verna versorgte gerade ein paar Taxifahrer mit ihrer Dosis Koffein, als er zur Tür hereinkam. Als sie ihn erblickte, winkte sie ihn mit der dampfenden Kanne in der Hand nach hinten ins Lokal.

Margus saß dort über einer Tasse Kaffee. Er trug dunkle Hosen, ein Kapuzenshirt und schien fast einzuschlafen. Doyle zog den Stuhl ihm gegenüber unter dem Tisch hervor und setzte sich. Margus hob benommen den Kopf und blinzelte mit seinen goldgesprenkelten Augen, um die Müdigkeit zu vertreiben.

»Margus!«, rief Doyle fröhlich, »lange nichts von dir gehört!«

Wie an den gefleckten Gesichtszügen des Dämons zu erkennen war, dämmerte ihm allmählich, wen er vor sich hatte.

»Doyle«, sagte er langsam. Er tastete nach seiner Tasse und führte sie an den Mund.

Als Margus trank, bemerkte Doyle, dass seine Hände zitterten.

»Verschwinde!«, zischte der Dämon, beugte sich noch tiefer über seine Tasse und zog die Kapuze über den Kopf. »Ich will nicht mit dir reden!«

Doyle schlug die Beine übereinander und lehnte sich lässig zurück. »Doch, doch, ganz bestimmt willst du das! Wie ich höre, nimmst du Drogen. Ist das wahr, Margus?«

Der Dämon hob den Kopf und sah Doyle an. Sein Blick verriet nichts Gutes. Gier lag darin, Rohheit und Brutalität. »Wenn du nicht auf der Stelle verschwindest, passiert hier etwas sehr Unangenehmes.«

Doyle drehte sich zu Verna um, die weiter vorn im Lokal beschäftigt war.

»Denk dran, was ich gesagt habe!«, rief sie ihm zu.

Doyle winkte ihr beschwichtigend zu und drehte sich wieder zu Margus um. »Wo waren wir stehen geblieben?«

Margus fing an, heftiger zu atmen. Seine Gesichtshaut hatte begonnen, Blasen zu schlagen, kleine Rinnsale einer milchigen Flüssigkeit liefen über sein Gesicht. Das Wissen darüber, dass dieses Phänomen im Zustand der Aufregung bei seiner Spezies ganz normal war, änderte nichts daran, dass es absolut ekelhaft war.

Doyle pflückte ein paar Papierservietten aus dem Spender und warf sie dem tropfenden Dämon zu. »Wisch dir mal das Gesicht ab, Mann, bevor du dir die Klamotten bekleckerst!«

Margus erhob sich abrupt, sein Stuhl kippte krachend nach hinten.

»Wo kaufst du deine Drogen, Margus?«, fragte Doyle leise. »Woher bekommst du das Uforia?«

»Ich hab' dir nichts zu sagen«, knurrte Margus.

Der Dämon starrte Doyle einen Augenblick lang hasserfüllt an und drehte sich dann zum Gehen um. Aber er kam nicht weit, denn jemand blockierte ihm den Weg.

»Wurde aber auch Zeit, dass du kommst!«, sagte Doyle mit einem Blick auf die Uhr.

Angel schob Margus sanft an den Tisch zurück. »Heb deinen Stuhl auf und setz dich! Wir sind noch nicht fertig.«

Margus tat wie ihm geheißen. Mit seinen heftig zitternden Händen griff er nach der Kaffeetasse und fing an, nervös zu schlürfen.

Als Angel sich einen Stuhl an den Tisch holte, sah Doyle ihn neugierig an.

»Tut mir Leid, dass ich so spät dran bin«, entschuldigte sich der Vampir. »Aber die Dämonen hier in der Ecke spucken nicht gern aus, wo sie ihre Drogen kaufen.« Er sah Margus durchdringend an. »Ich musste erst ein wenig grob werden.«

Margus blickte stumm vom einen zum anderen und sah aus, als wolle er gleich anfangen zu weinen.

»Ach, du kommst gerade rechtzeitig!«, sagte Doyle zu Angel. »Margus wollte mir nämlich alles über seinen Uforia-Dealer verraten. Nicht wahr, Margus?«

Der Dämon schien sich etwas abzuregen, seine Aggressivität ebbte ab und mit ihr die Ausschüttung seiner Körpersekrete. »Ihr glaubt ja wohl nicht, dass ich das umsonst tue!«

Doyle faltete seine Beine auseinander und beugte sich vor, um sich mit den Ellbogen auf dem Tisch abzustützen. »Du wirst schon eine Entschädigung bekommen. Also, wo holst du dir das Zeug?«

Der Dämon rutschte unruhig hin und her. »Ich hole es mir hinter diesem Club auf dem Danforth Drive, *Night School* heißt er.« Er leerte seine Kaffeetasse. »Angesagter Laden für alle Möchtegern-Zauberer. Kunden wie ich werden allerdings dort nicht sehr gut behandelt. Sie lassen uns in der Gasse auf das Zeug warten.«

Der Dämon regte sich wieder auf, und sein Gesicht fing von Neuem an zu tropfen. Er nahm ein paar Servietten und tupfte sich ab. »Der Manager des Clubs hat das Zeug. Angeblich arbeitet er für einen großen Hexer.«

Doyle wollte gerade die Frage aller Fragen stellen, als Angel ihm schon zuvorkam: »Und wie heißt dieser Hexer?«

Margus zuckte vor Angel zurück. »Masztal ... nein, Meskal. So heißt er! Sein Name ist Meskal, aber mit ihm direkt habe ich nichts zu tun. Der Typ, mit dem ich immer spreche, heißt Julien.«

Doyle sah Angel an. »Schon wieder Meskal! Was für ein Zufall!«

Angel griff in seine Manteltasche und holte ein paar gefaltete Geldscheine und eine Visitenkarte hervor. Beides warf er vor Margus auf den Tisch. »Für deine Zeit«, sagte er. »Und wenn du noch was hörst, ruf uns an!«

Der Dämon schnappte sich die Karte, las sie und stopfte sie in seine Sweatshirt-Tasche. Dann widmete er sich dem Geld und zählte es gierig grinsend durch.

Angel stand auf und ging zur Tür.

Doyle blieb noch am Tisch stehen und sah sich den Dämon an. Er verspürte Mitleid. »Ich will dir noch einen guten Rat geben«, sagte er.

Margus sah lächelnd vom Geldzählen auf.

»An deiner Stelle würde ich nicht mehr in diesen Club gehen.« Doyle wies auf das Geld und nickte ihm aufmunternd zu. »Damit kannst du einen neuen Anfang machen!«

Er drehte sich um und ging.

»Hey, Doyle!«, rief Margus ihm hinterher. »Du weißt nicht, wie das ist … in meiner Haut zu stecken. Sicher, du bist zur Hälfte ein Dämon, aber sieh dich an – und dann sieh mich an! Das Uforia hilft mir, damit klarzukommen, wer ich bin. Verstehst du, was ich meine?«

Doyle antwortete nicht. Er wusste ganz genau, wovon Margus sprach. Er selbst hatte unzählige Tage im Vollrausch zugebracht, als er die Wahrheit über sein eigenes Wesen erfahren und versucht hatte, damit klarzukommen.

Margus ergriff erneut das Wort. »Dieser Meskal, der Hexer … Die Leute erzählen, er hat er einen Geschäftspartner. Einen Dämon. Wirklich alt und richtig ekelig. Vielleicht interessiert euch das ja.« Er hielt das Geld hoch und steckte es in die Tasche. »Danke für den neuen Anfang.«

Angel wartete vor der Tür auf Doyle.

»Unser spritziger Freund hat mir gerade noch eine kleine Bonus-Information gegeben«, rief Doyle ihm zu und wies mit dem Daumen Richtung Lokal. »Er sagte, dieser Meskal habe einen Dämon als Partner. Einen sehr alten Dämon. Denkst du dasselbe wie ich?«

Angel blickte mit grimmigem Blick ins Leere. »Du hast doch in den Büchern nachgeschlagen. Wie heißen sie noch, diese Seelenfresser?«

Doyle nickte. »Kurgarru. Aber wie in dem Buch zu lesen stand, sind sie ausgestorben.«

»Möglicherweise auch nicht. Cordelia kümmert sich um die Computerrecherche zu Meskal und seinem Nachtclub, aber wir werden zusätzlich noch detailliertere Informationen über die Kurgarru brauchen.«

Doyle nickte. »Da hast du Recht. Vielleicht solltest du mal diesen Engländer in Sunnydale anrufen, wie hieß der noch gleich? Geeves?«

»Giles«, korrigierte Angel. »Aber ich will niemanden anrufen, wenn es nicht zwingend notwendig ist. Abgesehen davon, gibt es noch jemanden ganz in der Nähe, der ebenso viel Fachwissen hat, und mit dieser Person würde ich gern reden.«

Doyle war verwirrt. Wen kannten er und Angel, der Informationen über eine alte Dämonenrasse hatte, die sich von Menschenseelen ernährte? Dann dämmerte es ihm. »Du willst doch wohl nicht mit Harry Kontakt aufnehmen?«

Doyles Ex-Frau war so gut über die verschiedenen Dämonenrassen informiert wie man nur sein konnte. Das war ihr Fachgebiet. Und um die Wahrheit zu sagen, waren ihre Begeisterung für Dämonen und die Tatsache, dass sie die Spezies voll akzeptierte, auch Gründe dafür gewesen, warum ihre Ehe zerbrochen war.

»Ich glaube, das ist im Augenblick das Beste, was wir tun können«, sagte Angel.

Das schmeckte Doyle zwar ganz und gar nicht, aber er wusste, Angel hatte Recht. Harry war diejenige, mit der sie sprechen mussten.

»Geht das für dich in Ordnung?«, fragte Angel.

Doyle griff in die Tasche und suchte ein paar Münzen zusammen. »Sicher«, sagte er nur und sah das Geld in seiner Hand durch. »Ich werde sie gleich mal anrufen.«

Meskal beobachtete angewidert, wie Julien eine Erdnuss aufknackte und sich den Inhalt in den Mund warf. Er fegte die Krümel von seinem schwarzen Seidenhemd und griff noch einmal in die braune Papiertüte auf seinem Schoß. »Wie viel Uhr ist es überhaupt, Meskal? Ich war noch nicht mal im Bett, als du angerufen hast. Im Club war gestern Nacht der Teufel los!«

Meskal blickte durch die getönten Scheiben seiner Limousine, mit der sie am frühen Morgen durch das Zentrum von Los Angeles fuhren. Sie waren auf dem Weg in die Berge, zum Haus seines Geschäftspartners Shugg. »Es ist noch früh, Julien«, erwiderte Meskal. »Und jetzt sag mir, was du erfahren hast.«

Meskal kochte innerlich vor Wut, als Julien eine Erdnussschale auf den Boden des Wagens spuckte, bevor er antwortete.

»Ich wünschte wirklich, ich hätte bessere Nachrichten für dich, Anton. Dieser Angel, mein Lieber, ist wirklich der größte anzunehmende Störfall.«

Meskal starrte aus dem Fenster. Der Mann machte ihn krank, aber er erfüllte seinen Zweck. »Was soll das heißen? Red nicht um den heißen Brei herum!«

Julien Cresh war der Manager des *Night School,* einem Szene-Club im Zentrum. Meskal hatte den Jungen kennen gelernt, als er ihn eines Nachts beim Verlassen des Clubs hatte ausrauben wollen. Es war etwas an der Ausstrahlung des dünnen Straßenjungen gewesen, sein wilder Blick vielleicht, der ihm gesagt hatte, dass dieser Junge in der Lage war, die magische Welt zu verstehen, in der er operierte. Also ging Meskal das Risiko ein, schenkte dem Jungen das Leben und bot ihm einen Job an. Und sein Gefühl hatte ihn nicht getäuscht. Nach nur zwei Monaten war Cresh bereits Manager von Meskals größtem Club und hatte seine Profite mehr als verdoppelt.

»Der Typ ist ein Vampir«, sagte Julien mit dem Mund voller Nüsse. »Aber was diesen Angel von allen anderen Blutsaugern unterscheidet, ist, dass er sich für einen von den Guten hält.«

Cresh erwies sich auch in einer weiteren sehr wichtigen Funktion als sehr nützlich. Die Leute mochten den schlaksigen Jungen mit dem blonden Haar und der unbekümmerten Einstellung. Und wenn die Leute jemanden mochten, dann redeten sie, und Anton Meskal erfuhr dadurch alles.

Julien zupfte sich lässig ein paar Schalenreste von der Zunge und fuhr mit seinem Bericht fort. »Wie ich höre, ist dieser Typ eine echte Naturgewalt, wenn du weißt, was ich meine.«

Meskal sah ihn genervt an. »Nein, ich weiß nicht, was du meinst.«

Julien hob seinen Hintern hoch und versuchte, die Krümel wegzufegen, die sich auf dem Sitz gesammelt hatten. »Mein Gott, ich veranstalte hier ja eine Riesensauerei!«

Meskal nahm sich vor, den Wagen am Nachmittag sorgfältig reinigen zu lassen.

»Also, dann gebe ich dir mal ein Beispiel«, fuhr Julien fort. Er stocherte mit dem Zeigefinger in seinem Mund und lutschte dann von ihm ab, was er gefunden hatte. »Da gab es doch dieses Lager von Drakkazi-Dämonen, drüben auf dem Fairfax Boulevard. Die haben sich mit ihrer Muskelkraft in den Dienst einer anderen Dämonengang gestellt.«

Julien griff wieder in die Tüte zwischen seinen Beinen und förderte eine weitere Hand voll Nüsse zu Tage. »Ja, und bevor die Drakkazi überhaupt wussten, was los war, tauchte aus heiterem Himmel dieser Angel auf und tötete sie alle. Ohne Hallo oder Auf Wiedersehen, ratz fatz, vorbei. Toter als die Karriere eines Stummfilm-Schauspielers.« Er schob sich ein paar Erdnüsse in den Mund. »Das hab' ich mit Naturgewalt gemeint.«

Meskal schloss die Augen und kniff sich in die Nasenwurzel. Er war drauf und dran, Kopfschmerzen zu bekommen. »Warum gerade jetzt?«, wunderte er sich laut. »Warum hat er just in diesem Augenblick beschlossen, mir das Leben schwer zu machen?«

Julien hatte auch darauf eine Antwort. »Er ist noch nicht so lange in Los Angeles. Erst vor etwa einem Jahr ist er hierher gekommen. Aus einem Nest namens Sunnydale. Den Gerüchten zufolge hatte er dort eine Liebesbeziehung zu der derzeitigen Jägerin.« Er verzog das Gesicht und schmiss eine Hand voll geknackter Nussschalen zurück in die Tüte. »Aber ob man das glauben soll? Ein Vampir und eine Jägerin?«

Meskal öffnete die Augen, als Julien die Papiertüte endlich zudrehte und sie neben sich auf den Sitz stellte. Der Clubmanager wurde plötzlich sehr ernst, als er sich zu Meskal beugte: »Weißt du, wenn er hinter dir her ist, solltest du dir vielleicht überlegen, die Aktivitäten eine Weile etwas runterzuschrauben.«

Mit einem missbilligenden Schnauben legte Meskal die Beine übereinander und rückte die Bügelfalte seiner dunklen, eleganten Hose zurecht. »Runterschrauben steht überhaupt nicht zur Debatte!«

»Du bist der Boss«, entgegnete Julien. Er zuckte mit den Schultern und sah aus dem Fenster. Dann griff er wieder nach dem Beutel mit den Nüssen. »Diese Dinger machen echt süchtig!«

Meskal öffnete ein kleines Fach in der gepolsterten Armlehne und holte eine Flasche Mineralwasser und ein Glas heraus. »Wenn ich mich mit Shugg besprochen habe, werden wir entscheiden, wie wir vorgehen.« Er schraubte die Flasche auf und schenkte sich von dem sprudelnden Wasser ein.

Julien schüttelte kichernd den Kopf. »Shugg – was genau tut er eigentlich für dich?«

Meskal nippte an seinem Glas, und die Kohlensäure kitzelte an seiner Oberlippe. Er bedachte Julien mit einem strengen Blick. »Mister Shugg und ich kennen uns schon viele Jahre.«

»Ja, das weiß ich, aber was tut er heute für die Partnerschaft? Was genau steuert er bei? Das würde ich doch wirklich gern mal wissen.«

Meskal schwieg angewidert. Er konnte nicht glauben, dass dieser unverschämte Wicht die Frechheit hatte, ihn so plump-vertraulich anzumachen.

Mit der Hand in der Erdnusstüte fuhr Julien fort. »Er ist doch mittlerweile ein richtiger Einsiedler, oder? Hat sich in sein Spukhaus in den Bergen zurückgezogen. Mir ist schon klar, dass Loyalität 'ne wichtige Sache ist und so, aber mir scheint, wir reden hier über einen Haufen Totgewicht.«

Julien zeigte auf Meskals Glas. »Kann ich auch ein Wasser haben? Erdnüsse machen einen Riesendurst!«

Der Hexer griff in das offene Fach und reichte dem Mann eine Flasche. Julien schraubte sie auf und trank.

»Es ist doch sonnenklar, dass du der Kopf dieser Operation bist!« Er unterdrückte einen Rülpser.

Meskal beobachtete, wie Julien die Flasche zwischen seinen Füßen abstellte und sich vorbeugte. Er rieb sich die Hände, als setze er sich zu einem leckeren Essen an den Tisch. Wie eine hungrige Fliege auf einem Misthaufen, fand Meskal.

»Denk doch mal nach! Wer ist denn verantwortlich für den Club? Und wer ist verantwortlich für das Uforia? Wäre es eine Lüge, wenn ich sagte, das bist alles alleine du?« Julien warf ihm ein verschwörerisches Grinsen zu. Er lehnte sich wieder zurück und lümmelte sich mit geschlossenen Augen in den Sitz.

»Mann, bin ich fertig«, sagte er und gähnte laut. »Ich sag' dir die Wahrheit, Anton. Ich bin ehrlich gesagt überrascht, dass du mit Shugg über diese Sache sprechen willst. Warum versuchst du nicht, das allein zu regeln?«

Der Hexer setzte das Glas ab und blickte auf den Boden seiner Limousine. Zahlreiche Erdnussschalen verunreinigten den dunkelgrauen Teppich um Juliens Füße herum.

»Weißt du, was ich an deiner Stelle tun würde?«, fragte Julien. »Ich würde einen Weg finden, Shugg loszuwerden und dann den ganzen Laden übernehmen.«

Er knautschte den Nüssebeutel wieder zu und hielt ihn Meskal hin. »Ich bin damit fertig, willst du welche?«

Meskal formte mit den Lippen ein lautloses »Nein« und machte eine abwehrende kleine Geste mit perfekt manikürter Hand. »Julien, Shugg loszuwerden wäre Betrug. Mit Betrug hast du also keine Probleme?«

»Betrug ist ein sehr hartes Wort dafür, findest du nicht? So läuft nun mal das Geschäft. Und wenn du dich doch meiner Meinung anschließt und ins Auge fasst, Shuggy abzuschießen, dann würde es mir überhaupt nichts ausmachen, deine Nummer zwei zu werden«, antwortete Julien mit einem breiten, idiotischen Grinsen in seinem verwahrlosten und doch gut aussehenden Gesicht. Er zeigte dem Hexer zwei aufgerichtete Daumen. »Ich und du, Anton, wir würden die ganze Stadt zum Beben bringen!«

»Das glaube ich nicht«, sagte Meskal, machte eine Handbewegung und begann, in einer kehligen, unverständlichen Sprache zu sprechen.

Cresh war verwirrt. »Was soll das …«, setzte er an. Dann fing er an zu husten.

Der Manager des *Night School* warf sich von Krämpfen geschüttelt nach vorn, griff sich an den Hals und hustete heftig. Er hustete und hustete, bis sein Gesicht dunkelrot anlief. Hilfe suchend streckte Julien die Hände in einer stummen Bitte nach Meskal aus, der sich jedoch tief in seinen Sitz drückte.

»Warum sollte ich meinen Partner, mit dem ich schon siebenhundert Jahre zufrieden bin, für dich umbringen?«, fragte Meskal.

Juliens Körper krampfte sich erneut und noch fester zusammen und aus seinem Mund stieß eruptionsartig schaumiger gelber Speichel, den er in seine Hände spuckte. Und noch etwas anderes wurde durch die Krämpfe nach draußen befördert.

Erdnüsse. Ganze Erdnüsse samt Schale.

Julien starrte Meskal mit angstgeweiteten Augen an und dann wieder seine Hände, bevor er von einem weiteren Hustenanfall geschüttelt wurde. Er rutschte vom Sitz.

Meskal beugte sich über ihn und sah zu.

»Du machst dir ja keine Vorstellung, was Shugg und ich schon alles gemeinsam durchgestanden haben!«

Julien hatte sich zusammengerollt und hustete immer weitere Erdnüsse aus.

»Den Schwarzen Tod, zwei Weltkriege … sogar das Disko-Fieber!«

Der Körper des hustenden Mannes verkrampfte sich, schrie nach Sauerstoff, aber immer mehr Erdnüsse kamen hervor und verstopften ihm die Luftröhre.

Meskal hatte genug gesehen. Er lehnte sich in seinem Sitz zurück und lauschte dem letzten Todesröcheln von Julien Cresh. Dann nahm er sein Glas und trank einen kleinen Schluck.

Der Hexer war zufrieden, wenn auch ein wenig müde. Natürlich musste er mit seinen Kräften haushalten, aber er hatte nicht widerstehen können, das Leben dieses kleinen, verräterischen Angestellten auszupusten. Wenn er nicht sorgsam mit der Magie umging, würde er einen teuren Preis für den Spaß bezahlen müssen.

Die Scheibe, die den rückwärtigen Teil des Wagens von den Vordersitzen trennte, glitt herab und offenbarte hinter dem Steuerrad des Luxusgefährts einen Homunkulus.

»Ist alles in Ordnung, Meister Meskal?«, fragte der gesichtslose Fahrer.

Juliens Körper zuckte ein letztes Mal und blieb dann reglos liegen.

»Alles in Ordnung«, entgegnete Meskal, »aber wir haben eine kleine Planänderung. Mister Cresh fährt nicht weiter mit uns. Wir müssen ihn unterwegs rauslassen.« Meskal machte eine Pause und blickte auf den toten Körper hinunter. »Vorzugsweise an einem Ort, an dem eine Leiche eine ganze Weile nicht auffällt.«

»Sehr wohl, Meister Meskal«, antwortete der Homunkulus geflissentlich, die Scheibe fuhr wieder nach oben und der Meister war erneut mit sich alleine.

Meskal balancierte sein Glas auf den Knien und schaute aus dem Fenster. Der Verkehr auf dem Freeway wurde dichter. Immer mehr Menschen waren nun auf dem Weg zu ihrer täglichen Plackerei.

Er dachte über Juliens verräterische Worte nach.

Geschäfte machen ohne Shugg. Er müsste lügen, wenn

er sagte, dieser Gedanke wäre ihm noch nie gekommen, besonders in jüngster Zeit.

Meskal sah auf seine Rolex. Es war kurz nach sieben Uhr morgens.

Seufzend schloss er die müden Augen. Von all den Dämonen, die er als Partner hätte wählen können, hatte er sich ausgerechnet einen Frühaufsteher ausgesucht.

In den Katakomben von Rom, 1214

Meskal setzte sich eine einfache Brille aus gefärbtem Glas und Leder auf die wässrigen Augen. Erwartungsvoll blickte er direkt in den wirbelnden Strudel des Dimensionenportals, das er heraufbeschworen hatte.

Der Eingang zu einem anderen Universum pulsierte, verzog sich wie das Maul einer riesigen, zahnlosen Bestie und spuckte bunte Funken überirdischen Lichts in das feuchte Katakombengewölbe. Verankert mit einem Rahmen aus Menschenknochen, geöffnet mit Hilfe des Blutes eines unschuldigen Wesens und eines alten sumerischen Zauberspruchs, gähnte das Portal hungrig mitten in dem geheimen Laboratorium.

»Zieht, ihr erbärmlichen Kreaturen!«, schrie der Hexer drei primitive Homunkuli an. Sie versuchten, ein großes Netz einzuholen, das sie in die andere Dimension ausgeworfen hatten. Jede der missgestalteten Kreaturen war mit dicken Ledergurten an einen im Boden verankerten Metallring geschnürt, damit sie nicht in das übernatürliche Maul gezogen werden konnte.

»Wenn ihr versagt, wandert ihr wieder ins Fass!«, drohte der verwitterte, alternde Hexer.

Die Mitleid erregenden Kreaturen trugen grobe Gewänder aus braunem Sackleinen. Sie waren seine ersten Versuche gewesen, Leben zu erschaffen, aber beileibe nicht die letzten. Die Homunkuli zogen so fest sie konnten an dem Netz und stemmten sich heftig gegen die kraftvollen Strömungen im interdimensionalen Raum.

Es war das vierte Portal, das er diese Woche zum Fischen geöffnet hatte. Er hoffte, dass dieses Mal fruchtbarere Resultate dabei herauskamen als bei den vorhergegangenen Versuchen.

Seit der Zeit, als Kaiser Konstantin der Erste das Christentum anerkannt hatte, hatte sich der Hexer unter der großen Stadt Rom versteckt, um der Verfolgung durch diejenigen zu entgehen, die sein Gebiet der Wissenschaft als Ketzerei gegen den einzig wahren Gott ansahen. Die Katakomben lagen tief unter der Stadt, waren weit verzweigt wie ein Labyrinth und boten ihm die perfekte Umgebung zur Durchführung seiner Experimente.

Ein ängstliches Wimmern lenkte seinen Blick von der Schönheit des Portals ab. Er drehte sich um und sah die drei Kinder an, die sich in dem mit Stroh ausgelegten Käfig hinter ihm aneinander kauerten.

»Fürchtet euch nicht, Kinder Gottes! Ihr erlebt ein wahrhaftiges Wunder.« Meskal deutete mit einem seiner langen, knotigen Finger auf den Dimensionen-Whirlpool. »Das ist Gott, ihr Kleinen!«

Er studierte ihre angsterfüllten Gesichter durch seine grün getönte Brille. Das unbefleckte Blut eines ihrer Brüder war vergossen worden, um das Portal zu öffnen. Drei weitere Kinder hatte er bereits zuvor geopfert. Ihnen musste klar sein, dass es nur eine Frage der Zeit war, bevor auch sie geopfert wurden.

Meskal hatte die sieben Kinder von einem ägyptischen Sklavenhändler auf dem Schwarzmarkt erworben. Sie waren die Überreste eines Kinderkreuzzugs, mit dem die Ungläubigen aus dem Heiligen Land vertrieben werden sollten. Sie glaubten, Gott habe ihnen befohlen, ihre Häuser und Familien zu verlassen und über das Land nach Jerusalem zu wandern. Als er die Kinder in dem Käfig betrachtete, das älteste unter ihnen nicht älter als zehn, bekam der Hexer fast Mitleid.

Was für ein Gott ist das, der zulässt, dass mir solche unschuldigen kleinen Kinder in die Hände fallen?, überlegte er amüsiert. Vielleicht ist der Gott der Christen letztlich doch auf meiner Seite!

Er musste angesichts dieser Vorstellung laut loslachen, widmete seine Aufmerksamkeit dann aber wieder dem Portal, vor dem seine Homunkuli weiter an dem Netz arbeiteten. Der Hexer konnte seine Aufregung kaum im Zaum halten. In den letzten vier Jahren hatte er in den Myriaden von Dimensionen nach allem gefischt, was seinen gierigen Appetit nach überirdischem Wissen stillen konnte. Beweise für Lebensformen, die jenseits des Vorhangs existierten; Pflanzen und Tiere, die die diesseitige Welt noch nie gesehen hatte. Für Meskal war dies der unendlich kostbare Schatz, auf den er aus war und für den er seine Netze in den Dimensionen-Ozeanen des weiten Raumes auswarf.

Die Homunkuli zogen und kämpften mit Leibeskräften. Offenbar hatte sich auf der anderen Seite des pulsierenden Spalts etwas im Netz verfangen.

So schnell er konnte, steuerte Meskal auf seinen vom Alter gebeugten Beinen durch das Laboratorium auf einen Tisch gegenüber dem Knochenrahmen zu. Der Hexer beugte sich über eine verzierte Metallkiste, die auf dem Tisch stand, und ließ die Schlösser aufschnappen. Der Deckel sprang hoch, und es zeigte sich der mumifizierte Kopf eines Mannes. Die nackte Haut, die den Schädel umspannte, hatte die Farbe und die Textur von gegerbtem Leder. Hier und da staken Büschel schneeweißen Haars hervor. Der dünnlippige, zahnlose Mund war eingefallen.

Meskal schlug mit der Hand gegen die Kiste. »Wach auf, Dommicus! Jetzt ist nicht die richtige Zeit für ein Nickerchen!«

Der Kopf namens Dommicus öffnete langsam die milchig grünen Augen und sah sich im Raum um. Sein Blick fiel auf das neue Portal.

»Ach, das schon wieder«, stöhnte er.

»Diesmal ist es wirklich etwas Besonderes, Dommicus! Ich spüre es in meinen alten Knochen«, sagte der Hexer glücklich.

Dommicus schloss traurig die Augen und schürzte die ledernen Lippen. »Du spürst gar nichts, du Emporkömmling, außer der Feuchtigkeit dieser verdammten Katakomben.«

Die Homunkuli schienen Fortschritte zu machen. Meskal lauschte auf ihr angestrengtes Ächzen, als sie den Fang heranzogen.

»Wie lange versuchst du schon, die Leere zu durchbrechen, Dommicus? Könnte es sein, dass dein Neid auf meine überragenden Fähigkeiten deine Worte färbt?«

»Du machst dieselben Fehler, die du schon als mein Lehrling gemacht hast. Du spielst mit Mächten herum, die du niemals verstehen wirst. Lass frei, was immer du gefangen hast, es gehört nicht hierher!«

Meskal schlug kräftig mit der Faust auf die Metallkiste. »Niemals!«

Erneut richtete er seinen Blick auf das Portal. »Du hast mich vieles gelehrt, Dommicus. Und dafür danke ich dir, aber nun habe ich dich überholt. Ich will noch mehr wissen.«

»Du hast schon viel zu viel gelernt!«, widersprach ihm Dommicus mit vor Wut zitternder Stimme.

Meskal musste über die Gefühlsaufwallung des Kopfes lachen. Er griff in die Kiste und strich seinem ehemaligen Meister über die flaumigen weichen Haarbüschel. Dommicus öffnete sein altes Maul und versuchte, nach ihm zu schnappen. Mit einem irren Kichern zog der Hexer immer wieder seine Hand zurück.

»Du bist immer noch wütend, weil es mir gelungen ist, dich mit meinen Tränken und Zauberformeln zurück aus dem Totenreich zu holen.«

Als Dommicus nicht gleich antwortete, wandte Meskal sich ab, um zu sehen, was die Aufmerksamkeit des Kopfes beanspruchte. Die Homunkuli holten den Fang ein.

»Was wird es diesmal sein, Dommicus? Ein Tier? Eine Frucht? Ein Mineral? Auf jeden Fall wird es mein Leben für immer verändern.«

Mit einem letzten Ruck zogen die Homunkuli ihren Fang aus dem Dimensionenportal. Es war ein großer Brocken, seine Haut war so schwarz wie Tinte. Zusammengerollt lag er auf dem Boden, immer noch verstrickt in das Netz.

Das Portal flackerte und schloss sich schließlich hinter Meskals Beute. Der Zauberspruch war verwirkt. Der Hexer nahm die Brille von den Augen. Welches Geschenk hat mir das Jenseits nun gewährt?, fragte er sich. Was für Wunder werden mir, dem großen Hexer und Alchemisten Meskal wohl heute beschert?

Ohne Vorwarnung bäumte sich die Beute plötzlich auf und befreite sich aus dem Netz. Wild brüllend holte das Wesen mit seinen scharfen Krallen aus und riss mit einem einzigen Schlag einem der Homunkulus-Diener den Kopf ab.

Meskal sah fassungslos schweigend zu. Die anderen Homunkuli wichen vor dem wilden Monster zurück und versuchten verzweifelt, sich von ihren Bodenverankerungen loszubinden. Erst nach geraumer Zeit gelang es ihnen. Sofort stürzten sie sich auf die Waffen, die an der Wand hingen, um die riesige Bestie in Schach zu halten.

»Was ist das, Dommicus?«, fragte Meskal flüsternd. »Es … es ist wunderschön in seiner Wildheit.«

Meskal sah erschreckt zu, wie der monströse Eindringling sich einen weiteren Homunkulus vornahm. Der arme, gesichtslose Teufel hatte das Monster mit einem Speer attackiert, um seinen Meister zu beschützen. Mit einem wilden Knurren riss die Kreatur ihm den Speer aus der Hand, stieß ihm die Waffe in den Leib und pinnte ihn an die Katakombenwand.

»Es ist das, was ich befürchtet habe«, sagte Dommicus zu dem Hexer.

Die Kreatur schnappte sich den letzten von Meskals Dienern und riss ihm Arme und Beine ab. Mit seinen Furcht erregenden, gelben Augen blickte das schwarzhäutige Monster unruhig hierhin und dorthin, studierte seine neue Umgebung. Es war auffallend dünn, deutlich traten die Knochen unter der Haut hervor. Seltsame vertrocknete Triebe baumelten von seinem Oberkörper.

»Was ist das, Dommicus?«, fragte Meskal erneut. »Sag es mir, sonst wird dir das, was von deiner Existenz in dieser Welt noch übrig ist, wie eine Ewigkeit voller Schmerz und Leid erscheinen!«

Dommicus lachte. »Als wäre das, was ich bisher erdulden musste, angenehm gewesen!«

Das Monster widmete seine Aufmerksamkeit nun dem Homunkulus, den es an die Wand gepinnt hatte. Es streckte den Arm aus und zielte mit einem Gerät auf die hilflose Kreatur. Ein blauer Energiestrahl kam herausgeschossen.

»Ich glaube, es handelt sich um einen Kurgarru«, flüsterte der mumifizierte Kopf. »Ein Seelenfresser! Ich hatte angenommen, sie seien schon ausgestorben.«

Der Energiestrahl bohrte sich in den Brustkorb des aufgespießten Homunkulus. Dieser versuchte verzweifelt, sich von dem Speer zu befreien; sein Körper zuckte und zitterte, als würde er von innen heraus zerfetzt. Er stieß ein klagendes Geheul aus und ging kurz darauf in Flammen auf.

Meskal spürte, wie Panik in ihm aufstieg. »Seelenfresser? Was soll das heißen?«

»Das ist eine abscheuliche Dämonenart, die es gelernt hat, sich der menschlichen Seelenkraft zu bemächtigen. Sie ernährt sich von den Lebensenergien anderer Wesen. Die Kurgarru benutzen dazu einen so genannten Kollektor, mit dem sie ihrer Beute die Seele aussaugen. Deine künstlichen Diener sind nicht wirklich lebendig, sie haben keine Seelen und werden deshalb, wie wir gerade gesehen haben, einfach vernichtet.«

Plötzlich drehte sich der Dämon zu Meskal um. Gegenseitig taxierten sich die beiden. Der Dämon trat unruhig von einem Bein aufs andere und stieß ein tiefes Stöhnen aus.

»Was ist los mit ihm, Dommicus?«

»So wie es aussieht, würde ich sagen, er stirbt vor Hunger.«

Meskal näherte sich vorsichtig dem Kurgarru-Dämon und hielt die Hände hoch, um zu signalisieren, dass er in friedlicher Absicht kam.

»Eine Dämonenrasse, die gelernt hat, sich menschlicher Seelen zu bemächtigen. Faszinierend! Stell dir mal vor, was ich alles von ihm lernen kann, Dommicus.«

»Das Einzige, was du alter Mann von dem Kurgarru lernen wirst, ist, dass deine Zeit auf dieser Welt zu Ende geht!«, spuckte der alte Kopf.

Mit Argwohn beobachtete der Dämon Meskal. Er hob die Hände und zielte mit dem Seelenkollektor auf ihn. Die Spitze des merkwürdigen Gegenstandes wurde glühend heiß.

»Schnickschnack! Sieh ihm in die Augen, Dommicus! Da ist Wildheit drin, aber auch ein Funken Intelligenz. Er weiß, dass es seinen Interessen nicht dienlich ist, wenn er mich umbringt.«

»Die Kurgarru haben ihre eigene Rasse ausgerottet! Sie raubten sich, als sie die Seelen aller anderen Geschöpfe gefressen hatten, schließlich gegenseitig die Seelen, bis es überhaupt keine mehr gab. Das ist nicht besonders intelligent! Und wenn du schlau bist, versuchst du, ihn zu vernichten, bevor er sich eine Mahlzeit aus deiner Seele zubereitet«, warnte Dommicus.

Meskal kicherte spöttisch. »Auf meine verdorbene Seele pfeife ich!«

Der Hexer stellte sich vor den großen Dämon und blickte ihm in das dunkle, krötenähnliche Gesicht. Die Kreatur war über zweieinhalb Meter groß. Sie blinzelte immer wieder mit den Augen und schwankte auf wackeligen Beinen.

»Siehst du, er greift mich nicht an! Er weiß, dass ich ihm helfen kann.«

»So wie du mir geholfen hast, Meskal?«, fragte der Kopf. »Ich bin sicher, er wird so dankbar in deiner Schuld stehen, wie ich es tue.«

Der Kurgarru stieß einen schrillen Schrei aus und fiel auf seine unförmigen Knie. Nun war er praktisch in Augenhöhe mit dem Hexer. Aber immer noch richtete er mit schlaffen Armen den Seelenkollektor auf ihn.

»Geh nicht so nah an ihn ran, du Idiot«, warnte Dommicus aus seiner Kiste. »Er ist schwach vor Hunger. Er ist verwundbar. Erledige ihn und Schluss! Bestimmt erhältst du durch die Untersuchung der Leiche einige der perversen Informationen, auf die du aus bist.«

Meskal streckte eine Hand aus, legte sie auf den Kollektor, der sich warm anfühlte, und drückte ihn sanft nach unten.

»Nein, Dommicus. Dieses Prachtexemplar wird nicht vernichtet!«

Der Kurgarru konnte kaum noch den Kopf gerade halten.

Meskal lächelte und nahm das riesige Gesicht des Dämons in seine alten Hände. »Du weißt, dass ich dir nichts Böses tun will.«

Der Kurgarru gluckste, und die Anhängsel, die an seinem Körper hingen, zuckten und entfalteten die ledernen Flügel. Meskal schnappte nach Luft – es waren gar keine vertrockneten Triebe, sondern eine Art parasitäre Lebensform.

»Phantastisch, absolut phantastisch«, murmelte er und seine Aufregung wuchs.

»Töte ihn, Meskal!«, schrie Dommicus. »Töte ihn auf der Stelle, oder er macht diese Welt zu seinem Esszimmer.«

Meskal drehte den Kopf, um seinen ehemaligen Lehrer anzusehen. »Nur die Ruhe, Dommicus. Ich habe für diese Welt genauso viel übrig wie für sprechende Köpfe in

Kisten. Diese Kreatur verfügt über Wissen, das ich haben will, und sie wird es mir geben.«

Der Hexer sah wieder den Kurgarru an.

»Du sollst es bekommen«, sagte der Dämon.

Wieder schnappte Meskal nach Luft, und ein schiefes Lächeln breitete sich auf seinem Gesicht aus. »Du bist meiner Sprache mächtig?«

Die Kreatur nickte. »Jetzt ja.«

Die blauen Augen des Zauberers schimmerten feucht, als er sich die großartige Kreatur ansah, und er griff sich ehrfürchtig an die Brust. »Du wirst mir alles beibringen, was du über die Macht der Seele weißt.«

Der Kurgarru schloss seine Glotzaugen und schluckte. »Alles, was ich weiß, soll dir gehören, aber es hat auch einen Preis!«

Meskal trat zurück. »Du bist nicht in der Position, hier irgendwelche Forderungen zu stellen, Dämon. Du wirst mich lehren, was ich will, und ich werde sehen, was ich tun kann, um dich am Leben zu erhalten. Das ist ja wohl Bezahlung genug!«

Der hünenhafte Dämon begann zu lächeln. Ein breites Grinsen gab den Blick frei auf einen schleimigen, schwarzen Gaumen mit Unmengen von nadelspitzen Zähnen. Der Hexer bekam es mit der Angst zu tun, und bevor Meskal richtig mitbekam, was geschah, sprang der Kurgarru schon unerwartet auf die Beine und stürzte sich auf ihn. Er packte Meskal am Hals und drückte ihm die warme Spitze des Seelenkollektors unter das hängende Kinn. »Eine Hand wäscht die andere … oder ich hole mir auf der Stelle deine Seele, und dann lernst du gar nichts. Du hast die Wahl.«

Meskal wand sich unter dem eisernen Griff. »Du willst also eine Partnerschaft vorschlagen?«, röchelte er.

»Wenn du es so nennen möchtest, ja. Eine Partnerschaft.«

»Tu es nicht, Meskal!«, schrie Dommicus.

»Sag schon!«, krächzte Meskal und starrte auf den Seelenkollektor. »Was willst du?«

Der Kurgarru sah sich hungrig in dem unterirdischen Laboratorium um. Sein Blick blieb auf dem Käfig mit den drei Kindern hängen. Er leckte sich mit seiner riesigen schwarzen Zunge die Lippen und deutete mit seinen dicken Klauen auf sie. »Die Kleinen da ... gib sie mir!«

Die Kinder fingen an, Mitleid erregend zu wimmern, als sie erkannten, dass ihre Zeit nun gekommen war. Der Gott, für den sie ihre Familien verlassen hatten, dem sie ihre immer währende Treue geschworen hatten, überließ sie dem schlimmsten aller Übel.

»Nimm sie dir!«

»Ausgezeichnet!«, knurrte der Dämon und ließ den Hexer frei. »Und dann musst du mir von deiner Welt berichten. Es gibt bestimmt einiges, was ich wissen muss, wenn ich hier leben soll.«

Meskal beobachtete, wie der Dämon sich von ihm entfernte und vorsichtig zu der Metallkiste auf dem Tisch ging.

»Und dieser lärmende kleine ... Kopf hier, was bedeutet er dir?«

Meskal zuckte mit den Schultern. »Er gehörte einst zu dem Körper eines großen Zauberers, aber nun – es tut mir Leid, dies sagen zu müssen – ist er nicht mehr als das, was du sagtest: ein lärmender kleiner Kopf.«

Der Kurgarru lachte und griff nach dem Kopf in der Metallkiste.

»Ich dachte, deine Art sei ausgestorben«, flüsterte Dommicus.

»Alle bis auf mich«, sagte der Dämon und warf sich den Kopf in sein großes Maul.

»Alle bis auf Shugg«, bekräftigte er und fing an zu kauen. Seine kräftigen Kiefer verarbeiteten den Schädel zu verdaulichen Splittern.

Meskal erwachte abrupt, und das knirschende Geräusch zermalmter Schädelknochen hallte ihm noch in den

Ohren. Die Erinnerung an diesen schicksalsschweren Tag, als ihre Partnerschaft besiegelt wurde, dröhnte in seinem Kopf. Er hatte sich an die Abmachung gehalten, und dasselbe hatte der Kurgarru auch getan.

Viele Dinge hatte er von dem Dämon Shugg im Laufe der Jahrhunderte gelernt: die Perfektionierung der Homunkulus-Diener, das Züchten der Seelenkollektoren und das Destillieren einer Droge aus der menschlichen Seele, die ihn vor den Spuren der Zeit verschonte und zugleich ein Rauschgift war, das Dämonen hochgradig abhängig machte.

Die Limousine verlangsamte das Tempo, und Meskal spähte aus dem Fenster. Endlich waren sie am Ziel der Fahrt angekommen. Er lauschte auf das Heulen der Hydraulik, mit der die Tore vor Shuggs Anwesen langsam auseinander gingen und ihm die Zufahrt gewährten.

Der Hexer sah sich im Wagen um und bemerkte, dass Juliens Leiche offenbar entfernt worden war, während er geschlafen hatte. Der Geruch von Erdnüssen und plötzlichem Tod hing noch in der Luft.

Sein Fahrer kam zur Tür und hielt sie ihm auf. Meskal kletterte aus dem Wagen und setzte sich zum Schutz gegen das helle Licht des frühen Morgens eine Sonnenbrille auf. Der Dämon hatte ihm über die Jahre viel beigebracht, und im Gegenzug hatte ihn der Hexer mit einem unendlichen Quell von Seelen versorgt, um seinen schier unstillbaren Hunger zu befriedigen und ihm die Anonymität verschafft, die er brauchte, um in dieser Welt zu leben.

Und nun wollte dieser Angel alles zerstören. Eine Partnerschaft, die fast achthundert Jahre zuvor geschlossen wurde, sollte durch die Einmischung eines Vampirs gesprengt werden, der sich allen Ernstes einbildete, zu den Guten zu gehören!

Aber vielleicht wird aus diesem Problem letztlich doch etwas Positives erwachsen, sinnierte Meskal und ging entschlossen auf den Eingang des Horrorhauses zu.

10

»Viel habe ich nicht über den ominösen Anton Meskal herausfinden können«, erklärte Cordelia und öffnete die Datei, die sie für Angels Fall angelegt hatte. »Aber ich habe eine ziemlich interessante Leiche in seinem Keller gefunden.«

Mit einem Seitenblick prüfte sie, ob Angel bereits ungeduldig auf der Stuhlkante wippte und der Information entgegenfieberte, die sie ausgegraben hatte.

Aber das tat er nicht.

Der Vampir saß vor ihrem Schreibtisch auf einem Stuhl und bearbeitete einen gefährlich aussehenden Dolch mit einem Wetzstein.

»Was hast du denn herausgefunden?«, fragte er und fuhr mit dem Daumen prüfend über die Klinge.

So viel zum Thema Spannung, dachte Cordelia und sah wieder auf den Monitor.

»Ich vermute, Antons Daddy Clive war der Manager von … Bitte einen Trommelwirbel! … Graham Sunderland!«

Wieder schaute sie Angel erwartungsvoll an. Aber der Vampir blickte ihr nur ausdruckslos entgegen.

»Graham Sunderland!«, wiederholte sie. »Der Horrorfilmstar aus den vierziger Jahren! Erzähl mir nicht, du hast noch nie einen Gruselfilm gesehen!«

Angel schüttelte sich angewidert. »Für diesen ganzen Horrorkram habe nicht das Geringste übrig, gute Unterhaltung ist doch …«

Cordelia begann ungerührt, die Filmtitel an ihren Fingern abzuzählen: »*Schloss der Finsternis, Tote plaudern nichts mehr aus, Ein Sarg für zwei*, von dem übrigens, wie ich hörte, Wes Craven ein Remake drehen will – mit diesem Typen, der Johnny Depp so ähnlich sieht. Ich persönlich wäre ja dafür, dass der echte Johnny Depp …«

Angel hob beschwichtigend die Hand. »Was ist mit der Leiche, Cordy?«

Sie zuckte bedauernd mit den Schultern. »Sorry, wenn das Showbiz im Spiel ist, gehen vielleicht manchmal die Pferde mit mir durch.« Cordelia sah wieder auf ihren Computermonitor. »Okay, da du offenbar keine Ahnung von der Filmbranche hast … Graham Sunderland wurde zur Hollywood-Legende, als die Polizei herausbekam, dass er mit irgendeinem satanistischen Kult zu tun hatte. Er führte Opferrituale mit von zu Hause weggelaufenen Teenagern in seinem Domizil in den Bergen durch. Bevor man ihn festnehmen konnte, hat er sich eine Kugel in den Kopf gejagt. Und Antons Vater Clive soll mit ihm unter einer Decke gesteckt haben.«

Angel wischte die Dolchklinge mit einem Tuch ab. »Hat man es je beweisen können?«

Cordelia schüttelte den Kopf. »Nein. Es gab viele Verdachtsmomente, aber sie haben ihn nie endgültig festnageln können. 1945 ging er von Kalifornien nach Europa und ist nie wieder zurückgekehrt.«

Cordelia studierte den Gesichtsausdruck ihres Chefs. Es war ihm deutlich anzusehen, dass sich in seinem Kopf bereits die Rädchen drehten.

»Und wann ist Anton hier aufgetaucht?«

Cordelia blickte auf den Monitor. »Der Sonnyboy ist 1996 hier aufgetaucht und hat die Clubszene tüchtig auf den Kopf gestellt. Angeblich hat er mehr Geld als Gott und scheut sich nicht, es auszugeben.« Seufzend lehnte sie sich zurück und verschränkte die Hände hinter dem Kopf. »Wie kommt es nur, dass alle Männer, die eine gute Partie wären, wahlweise verheiratet, schwul oder böse, seelenraubende Hexer sind?«

Angel ignorierte ihre Frage. »Doyles Informant hat

gesagt, man könne Meskal in dem Club antreffen, den er aufgemacht hat. Wie heißt er noch? *Night School?*«

Cordelia stand auf, kam um den Schreibtisch herum und setzte sich auf die Kante. »Richtig, *Night School*, und er zieht die Leute mit seinem schlechten Ruf an. Wie der *Viper Room*, weißt du?«

Angel erhob sich von seinem Stuhl und ging zur Garderobe, um seinen Mantel zu holen. Den Dolch mit der frisch geschliffenen Klinge schob er in eine Innentasche.

»Du musst heute Abend für mich in diesen Club gehen und die Lage sondieren. Vielleicht kannst du Meskal ja zum Reden bringen.«

Cordelia verzog das Gesicht und zupfte an ihrem Pulli. »Würde ich ja gern, Boss, aber das *Night School* ist ein ziemlich exklusiver Club. Mit dem Gehalt, das du mir selten genug zahlst, kann ich mir nicht die Art von Garderobe leisten, die ich brauche, um eingelassen zu werden und erst recht nicht, um einen bösen Magier zu bezirzen.«

»Du willst also sagen, du brauchst neue Klamotten, bevor du diesen Laden betrittst.«

Cordelia trippelte aufgeregt auf Angel zu. »Und wenn sich die Leute nach mir umdrehen sollen, auch einen Besuch bei der Kosmetikerin und beim Friseur. Und da ich wohl besser entspannt da aufkreuze, würde eine Massage nicht schaden.«

»Wie viel kostet mich das?«, fragte Angel und zog ein Bündel Scheine aus der Hosentasche.

Cordelia riss ihm das Geld aus der Hand. »Wie überzeugend soll ich denn sein?«

Harry öffnete auf Doyles höfliches Klopfen im Frotteebademantel die Tür. Sie rubbelte sich gerade ihr aschblondes, schulterlanges Haar mit einem flauschigen, weißen Badetuch.

»Hallo Francis«, sagte sie.

Doyle blieb wie gebannt von ihrer Erscheinung im Türrahmen stehen. Er hatte sich immer wieder eingeredet, keine Gefühle mehr für seine Ex zu hegen. Vorbei ist vorbei, hatte er sich gesagt.

Aber das stimmte nicht.

»Willst du reinkommen oder willst du von der Tür aus mein Gehirn auf Kurgarru-Wissen überprüfen?«

Doyle betrat nervös das Apartment. Er schnappte den Duft von Harrys Shampoo auf, als er an ihr vorbeiging, und ihm stockte der Atem. Es roch so angenehm.

»Sorry, dass ich dich so früh angerufen habe«, sagte er. »Angel und ich sind nur gerade mittendrin in diesem Fall und …«

Sie schloss die Tür hinter ihm und ging an ihm vorbei zurück ins Badezimmer. »Ist schon in Ordnung. Ich wollte heute ohnehin früh aufstehen. Ich habe einen ziemlich voll gepackten Tag vor mir.«

Doyle sah sich in Harrys Apartment um, das bis auf die dämonischen Masken, die über einem reichlich beladenen, aber dennoch aufgeräumten Schreibtisch an der Wand hingen, sehr geschmackvoll eingerichtet war. Er trat näher und sah sich eine davon genauer an. Das Gesicht kam ihm bekannt vor, und er hatte das Gefühl, dieser Dämon schuldete ihm noch Geld.

»Dann läuft das ethnodämonologische Geschäft also gut?«

Harry kam mit schwarzen Jogginghosen und einem weiten T-Shirt bekleidet wieder aus dem Bad. »Ganz ordentlich. Ich arbeite an einem Buch über den Namarrgon-Dämonenstamm in Australien. Ziemlich interessant, wenn man mal einen Einblick gewonnen hat.«

»Oh, ganz bestimmt«, erwiderte Doyle höflich und ließ seinen Blick über die alten Bücher auf dem Schreibtisch schweifen.

Er drehte sich zu Harry um. »Schön hast du's hier. Lebst du allein?«

Harry grinste und verdrehte die Augen, als sie an ihm

vorbei an ihren Schreibtisch ging. »Was bezweckst du mit dieser Smalltalk-Frage? Siehst du hier irgendjemanden?«

Doyle kam ihr nach. »Dann hast du dich also nicht wieder mit diesem Ano-Movic-Dämon versöhnt. Wie hieß er noch? Richard?«

Harry setzte sich und ordnete einen Stoß Papiere. »Es bestand keine Chance auf Versöhnung, falls du nicht in der Zwischenzeit deine Meinung über dieses Ritual geändert hast, bei dem der neue Bräutigam das Gehirn seines Vorgängers essen muss.« Sie sah Doyle an. »Hast du doch nicht, oder?«

Doyle schüttelte den Kopf. »Nee, tut mir Leid, wirklich nicht. Entgegen der landläufigen Meinung brauche ich mein Gehirn nämlich noch.«

Harry sortierte weiter ihre Unterlagen. »Kein Problem. Es sollte eben nicht sein. Abgesehen davon bin ich sowieso im Moment für eine ernsthafte Beziehung viel zu beschäftigt.«

Harry sah wieder zu ihm auf, und Doyle schaute ihr wie hypnotisiert in die Augen. Seine Ex hatte alles, was er sich je von einer Frau erträumt hatte. Ihr machte nicht einmal sein dämonisches Erbe etwas aus – ganz im Gegenteil: Sie fand es sogar höchst interessant. Wenn er selbst nur ein so entspanntes Verhältnis zu seinem wahren Wesen hätte! »Das ist wirklich schade«, sagte er und sah ihr tief in die Augen.

Harry wandte ihren Blick ab und wechselte abrupt das Thema. »Okay, machen wir uns an die Arbeit, ja?«

Sie nahm ein schweres, in schwarzes Leder gebundenes Buch zur Hand. »Ich denke, hier drin wirst du finden, wonach du suchst. Du wolltest doch etwas über die Kurgarru, nicht wahr?« Vorsichtig blätterte sie in den vergilbten Seiten des alten Buches.

Doyle beobachtete sie, wie sie sich in die Arbeit stürzte, die sie so sehr liebte. Wenn Harry seine dämonische Seite akzeptieren konnte, warum dann nicht auch er selbst?

Aber es war nichts zu machen. Für sein dämonisches Erbe hatte er nur Verachtung übrig.

»Wusstest du, dass die Kurgarru angeblich mittlerweile ausgestorben sind?« Harry blätterte weiter.

In diesem Augenblick verspürte Doyle wieder die alte Wut. Die Wut, die schon in ihm hochgekocht war, als er sein wahres Wesen erkannt hatte, und dann wieder, als er gemerkt hatte, dass seine Ehe in die Brüche zu gehen drohte. »Wir haben den Verdacht, ein Exemplar könnte noch am Leben sein.«

Harry drehte sich ruckartig zu ihm um. Ihre Augen funkelten vor Begeisterung. »Das wäre ja großartig! Wir wissen so wenig über die Kurgarru. Sie waren eine der ältesten Dämonenrassen und entwickelten im Laufe der Zeit eine geheimnisvolle Technologie, mit der sie anderen Lebewesen die Lebensenergie – mit anderen Worten: die Seele – absaugten. Sie entwickelten eine echte Vorliebe für den Seelengeschmack und ernährten sich fast ausschließlich davon.«

Doyles Frustration wuchs. Wie konnte Harry nur für so etwas Abscheuliches so viel Begeisterung aufbringen?

»Sie löschten alles Leben in ihrer Welt aus und schließlich auch die eigene Gattung. Sie haben sich gegenseitig die Seelen aufgefressen, bis sie ausstarben«, erklärte Harry. »Aber nun sagst du, es lebt vielleicht noch einer von ihnen! Hast du eine Vorstellung, wie aufregend das ist? Stell dir mal vor, was er uns über sich und die Welt, in der er gelebt hat, erzählen könnte. Ich könnte …«

»Für den Anfang könntest du mir erst mal sagen, wie man so einen zur Strecke bringt«, entgegnete Doyle wütend.

An Harrys Gesicht war abzulesen, wie sehr sie seine herzlosen Worte schockierten.

Doyle stotterte verlegen herum. »Ich bin … Es tut mir Leid … Ich wollte dich nicht so anbellen. Dieser Fall geht mir nur ziemlich an die Nieren. Unserer Vermutung nach hat dieser Dämon die Seele eines Kindes geraubt und …«

Harry unterbrach ihn mit ernster Miene. »Hast du dir jetzt diese Methode ausgedacht, Francis? Du bringst Dämonen um, damit du dir menschlicher vorkommst?«

»Das stimmt doch gar nicht«, erwiderte Doyle und ging in Richtung Tür. »Es geht darum, Leben zu retten, Harry. Versteh doch, diese Dämonen sind schlimmer als Haie! Es sind keine Tiere, die es nicht besser wissen! Du kannst sie studieren, so viel du willst, aber sie schön zu reden, solltest du besser lassen.«

Harry erhob sich von ihrem Schreibtisch und kam zögernd auf ihn zu. »Doyle, ich …«

»Danke für die Informationen«, sagte er abrupt und öffnete die Tür. »Tut mir Leid, dich gestört zu haben.«

Er schloss die Tür vor ihrer Nase, wie er es Jahre zuvor schon getan hatte. Es war nicht einfacher geworden.

Meskal schob angewidert seinen Frühstücksteller von sich weg. »Die Eier sind ja kalt!«, schrie er. »Soll ich etwa kalte Eier essen?«

Ein Homunkulus in Kellneruniform verbeugte sich vor dem verdrossenen Hexer. »Ich kann aus der Küche neue bringen lassen, Meister Meskal.«

Meskal sah den gesichtslosen Diener an. »Ich hätte es vorgezogen, sie gleich beim ersten Mal vernünftig serviert zu bekommen, solange ich noch Appetit hatte.« Er stand abrupt auf und warf genervt die Leinenserviette auf den Tisch. »Ich habe es satt zu warten! Wo zum Teufel bleibt Shugg?«

Der Homunkulus räumte Meskals Frühstücksteller weg. »Meister Shugg hat seine Morgentoilette beendet und erwartet Sie im Wohnzimmer.«

Meskal stürmte an dem künstlichen Wesen vorbei. Er stieg die drei Stufen zu dem riesigen Wohnraum hinunter und ging nach rechts auf eine dunkle Holztür zu. Sie sah aus wie der Eingang zu einer mittelalterlichen Folterkammer.

Meskal klopfte an und betrat den Raum. »Shugg, wir müssen reden!«

Der Dämon saß nackt in seinem großen Sessel und hatte eine Schüssel voller Seelenfläschchen auf dem Schoß. Er verfolgte gebannt eine Quizshow auf dem großen Bildschirm seines Fernsehers.

»Sei bitte still, Anton«, knurrte der Dämon. »Diese Sendung ist überaus faszinierend. Hast du sie dir schon einmal angesehen?«

»Nein, habe ich nicht. Ich habe zu viel Arbeit und keine Zeit zum Fernsehen.«

Der Dämon lachte bellend und angelte sich eine Hand voll Fläschchen aus der Schüssel. »Ich habe alle Folgen aufgenommen. Du darfst dir die Kassetten ausleihen, wenn du willst.« Er ließ die Fläschchen in sein Maul fallen und begann zu kauen. Sobald sich die kraftvolle Seelenenergie in seinem Körper ausbreitete, fing sein Gesicht an zu leuchten.

»Damit wäre ich ein bisschen vorsichtiger«, warnte ihn Meskal. »Du weißt doch: Seelenenergien können tödlich sein, wenn man sie mischt.«

Shugg riss sich widerwillig von seiner Lieblingssendung los. Ihm fielen Glassplitter aus dem Maul, als er zu reden begann: »Du sprichst mit mir wie mit einem Kind, Anton. Ich bin mir sehr wohl der gefährlichen Kräfte von Seelen bewusst. Ich habe dich das alles schließlich gelehrt!«

Die Durgi bewegten sich und flatterten träge mit den Flügeln, während sie sich an den Unreinheiten der Seelen labten, die Shugg gerade geschluckt hatte. Der Hexer trat einen Schritt zurück. Er empfand diese Tiere als extrem schmutzig und zog es vor, so wenig Kontakt wie möglich mit ihnen zu haben.

»Wir müssen über Angel sprechen«, sagte Meskal und baute sich zwischen dem Dämon und dem Fernseher auf.

Der Dämon griff zu der Fernbedienung, die auf der Sessellehne lag, beugte sich zur Seite und stellte Fernseher und Videorekorder ab. »Warum quälst du mich heute so,

Anton? Angel ist nur ein geringfügiges Ärgernis. Er wird genauso mit dem Tod bestraft wie alle anderen, die im Laufe der Jahrhunderte versucht haben, uns das Geschäft kaputt zu machen.«

Meskal schritt vor dem schwarzen Fernsehbildschirm auf und ab. »Mein Gefühl sagt mir aber, dass sich Angel nicht so leicht vernichten lässt. Wie ich höre, ist er ein ziemlich gefährlicher Gegner.«

Shugg lächelte. »Sieh es doch mal als Herausforderung an! Wann hast du dich zum letzten Mal ein bisschen anstrengen müssen, um das zu verteidigen, was dir gehört?«

»Das Gleiche könnte ich dich auch fragen, Dämon«, knurrte Meskal.

Der Kurgarru lachte. »Dann werden wir dieser Herausforderung gemeinsam ins Auge sehen.« Meskal zog das eingewickelte Fläschchen mit Aubrey Bentones Seele aus seiner Hosentasche. Er holte es aus der Verpackung und hielt es dem Dämon hin. »Darauf ist er scharf! Auf die Seele eines kleinen Mädchens.«

Shugg leckte sich mit seiner muskulösen, schwarzen Zunge die Lippen.

»Und ich verstehe einfach nicht, warum. Nach all den Jahrhunderten, die wir schon im Geschäft sind, warum ausgerechnet jetzt? Warum diese Seele?«

Meskal reichte Shugg das Fläschchen. »Wir haben uns doch schon unzählige Kinderseelen geholt. Was ist an dieser so besonders, dass er aufmerksam wurde?«

Shugg betrachtete voller Bewunderung die Seele in dem Glasgefäß und sah begeistert zu, wie sie sich von einem leuchtenden Gelb zu einem öligen Braun verfärbte. »Vielleicht ist diesem Kind, von dem die Seele stammt, eine große Zukunft bestimmt«, mutmaßte der Dämon. »Vielleicht geht uns aber auch nur allmählich das Glück aus.«

»Das hat doch nichts mit Glück zu tun! Wir waren immer sehr vorsichtig!«, schimpfte Meskal.

»Offenbar nicht vorsichtig genug«, bemerkte Shugg. Er schnupperte an dem Fläschchen wie an einer teuren Zigarre. »Es gibt zwar nichts Profitableres als Kinderseelen auf dieser Welt, aber ich halte es für klug, diese hier vorläufig erst mal nicht zu verkaufen.«

»Eine ausgezeichnete Idee«, urteilte Meskal. »Wir sollten sie behalten, bis wir mit Angel fertig sind. Vielleicht brauchen wir etwas zum Verhandeln.«

Der Hexer verschränkte die Hände auf dem Rücken und begann erneut, auf- und abzumarschieren. »Wenn Angel so gerissen ist, wie ich befürchte, dann ist er mir schon verdammt dicht auf den Fersen.«

»Vielleicht sollten wir ihm eine Falle stellen mit dir als Köder? Wir lassen den Vampir einfach kommen ... und machen ihn glauben, er hätte dich.« Shugg lächelte. »Und dann schnappt die Falle zu, und er erfährt, warum wir Jahrhunderte lang unbehelligt geblieben sind.«

Meskal dachte über die Worte des Dämons nach. Ein leichtes Lächeln spielte über seine Züge. Manchmal kehrte der Kurgarru noch für wenige Augenblicke zu seiner alten, bösartigen Form zurück.

Dicker Sabber tropfte dem Dämon aus dem breiten Maul. »Den Gerüchten zufolge hat dieser Angel eine Seele.«

Meskal beobachtete, wie das zähflüssige Speichelrinnsal dem Dämon über das Doppel- und Dreifachkinn lief. Die Durgi flatterten verärgert mit den Flügeln, als sie nass wurden. »Ja, ein wahrhaft einzigartiges Stück! Stell dir mal vor, wie viel man dafür bekommt!«, meinte Meskal.

»Das spielt doch gar keine Rolle«, überlegte der Seelenfresser laut. Sein Blick wurde glasig. »Stell dir mal vor, wie lecker sie schmecken muss!«

11

Cordelia nahm den Limonenschnitz, der an ihrem Glas steckte, und presste den Saft in ihr Sodawasser. Sie spürte die bewundernden Blicke der Umstehenden, als sie sich cool im Tanzclub *Night School* an die Bar setzte.

Dass sie glotzten, konnte sie den Leuten wirklich nicht verdenken. An diesem Abend war sie ein absoluter Hingucker!

Haare und Nägel hatte sich Cordy in der *Veronique Boutique* machen lassen, ihr Kleid war von *Versace*: alles finanziert von ihrem sonnenempfindlichen Lieblingschef. Wäre es nicht ein so furchtbares Klischee, würde sie sich als atemberaubende Schönheit beschreiben.

Sie nippte an ihrem Drink, und ein kleines Stückchen Limonenfruchtfleisch blieb zwischen ihren Zähnen hängen.

Ach, zum Teufel, dachte sie und beugte sich den glasklaren Tatsachen. Ich bin wirklich eine atemberaubende Schönheit! Rasch entfernte sie das Fruchtfleisch mit einem ihrer rotbraun lackierten Fingernägel.

Dann ließ sie beiläufig den Blick über die Theke schweifen und tat so, als interessiere sie das kontrollierte Chaos ringsum kein bisschen. Ziemlich schnell war ihr klar geworden, dass das *Night School* kein klassischer Tanzclub war. Es gab einige reichlich ungewöhnliche Wesen auf der Tanzfläche. Und jede Menge Techno-Beat.

Wie erwartet, hatten die einsamen Wölfe ihre Witterung bereits aufgenommen und kamen aus den dunklen Ecken gekrochen, um bei ihr zu punkten. Gierig strömten sie zusammen und schlichen sich von links und rechts an die

Bar. Cordelia musste all ihre Willenskraft aufbringen, um nicht in ihre Designertasche zu greifen und das Pfefferspray herauszuholen, um sie alle aus Prinzip erst einmal blind zu machen.

Aber sie benahm sich. Für diesen Fall war es wichtig, erst einmal die Fassung zu wahren.

Ein großer, schlaksiger Typ mit mehr Styling-Gel als Haaren auf dem Kopf sprach sie als Erster an. Er trug eine schwarze Lederhose und ein weißes Seidenhemd. Sie spürte seinen Blick, als er sie von Kopf bis Fuß taxierte. Cordelia unterdrückte das Bedürfnis, ihm die Augen auszustechen. Sie wollte sich das neue Kleid nicht mit Augenschleim-Flecken ruinieren. Sie führte ihr Glas an die Lippen und achtete darauf, kein Fruchtfleisch mehr zwischen die Zähne zu kriegen. Aus dem Augenwinkel bemerkte sie, wie der Barkeeper sie beobachtete.

Der Gelkopf fuhr seinen Arm aus und berührte sie rasch an der Hand. »Ich wollte nur mal prüfen, ob du echt bist«, sagte er mit einem schiefen Lächeln im Gesicht. Dabei beugte er sich zu Cordelia vor, denn die pulsierende Musik war sehr laut.

Sie bekam mit, wie die anderen Wölfe auf ihre Reaktion lauerten und bereits an der eigenen Strategie feilten, falls es dem Gelkopf nicht gelang, bei ihr zu landen. Sie sah dem Mann in die Augen. Es war Zeit loszulegen. Allerdings erschien ihr der Versuch, so zu tun, als wolle sie allen Ernstes ihre wertvolle Zeit mit diesem Schleimer verschwenden, noch schwerer als ihre Darstellung der Frau mit dem mysteriösen Leiden im Krankenhaus.

Cordelia setzte ein Lächeln auf. Dies war nur ein Opfer von vielen, die sie für die Kunst bringen musste – und für ihren Boss, der ihr versprochen hatte, sie könne das Kleid behalten, wenn der Auftrag erledigt war.

Der Wolf erwiderte ihr Lächeln. Cordelia fielen seine außergewöhnlich kleinen Zähne auf.

Fast wie Reiskörner, dachte sie und starrte auf seinen Mund.

Er beugte sich wieder vor. »Ich hab' dich beobachtet, seit du reingekommen bist, und mir ist aufgefallen, dass du allein hier bist.«

Innerlich sagte Cordelia ihr Mantra auf: Nett sein, Cordy. Nett sein, Cordy …

»Wow, da bist du ganz ohne Hilfe drauf gekommen? Sehr gut beobachtet!«

Der Gelkopf grinste unsicher.

Hatte sie etwas Falsches gesagt? Cordy beschloss, vorsichtiger zu sein.

Aber der Gelkopf schüttelte rasch seine Unsicherheit ab und entschied sich, die Unterhaltung nun noch charmanter zu führen.

»Eine so hinreißende Frau wie du sollte wirklich nicht so allein rumlaufen.« Er lächelte wieder und vertraute darauf, dass dieses schwere Geschütz sie innerhalb kürzester Zeit in seine Arme oder wenigstens auf den Rücksitz seines Autos treiben würde.

»Ist dir schon mal aufgefallen, wie klein deine Zähne sind?«, fragte Cordy.

Ein kollektives Keuchen entfuhr den anderen einsamen Wölfen.

»Ist das ein gesundheitliches Leiden oder eine Art genetische Besonderheit?«

Es war das Einzige nicht Beleidigende, was Cordelia in diesem Augenblick einfiel. Aber die Mimik ihres Gegenübers verriet, dass seine Zähne offenbar ein empfindliches Thema waren. Sie hatte schon gepfählte Vampire mit weniger schmerzerfülltem Gesichtsausdruck gesehen.

»Ich meine, sie sehen ja nicht schlecht aus oder so – nur irgendwie anders«, fügte sie rasch hinzu.

Der Mann trat zurück und legte befangen die Hand vor den Mund. Er winkte ihr noch einmal nervös zu, stolperte von dannen und wurde dann von der wogenden Masse auf der Tanzfläche geschluckt. Cordelia sah sich nach einem weiteren möglichen Opfer um. Wer hatte noch

Lust auf Smalltalk und konnte ihr vielleicht ein paar Informationen geben?

Aber sie waren alle verschwunden.

Das ist genau das Problem mit einsamen Wölfen heutzutage, dachte sie. Ihnen fehlt der Sinn für die hohe Kunst der Konversation.

Der Barkeeper, der den Dialog aufmerksam beobachtet hatte, stellte ihr einen Drink vor die Nase.

»Von einem Bewunderer, der mich aus der Ferne anbetet?«, fragte sie und sah sich um.

Er schüttelte den Kopf. »Nein, von mir. Ich habe noch nie erlebt, dass jemand Larry so schnell und mühelos abserviert hat! Mitten in die Weichteile! Du bist wohl ein echter Profi!«

Cordelia lächelte. Sie war ehrlich geschmeichelt. »Oh, vielen Dank!«

Der Barkeeper streckte die Hand aus. »Ich bin Nick. Freut mich, dich kennen zu lernen …«

Sie reichte ihm die Hand. Ihr Gehirn arbeitete fieberhaft, um einen verführerisch klingenden Decknamen auszuspucken. »Vickie«, platzte sie schließlich heraus. »Vickie Vale.«

»Freut mich, Vickie«, sagte Nick und ließ ihre Hand wieder los.

Vickie Vale? Cordelia war zutiefst deprimiert über ihren Mangel an Einfallsreichtum.

»Und was führt dich in diesen Club, Vickie Vale?«

Cordelia sah sich um und betrachtete die ungewöhnlichen Gestalten. Hat der Typ dort gerade etwa einem Mädchen mit der Fingerspitze Feuer gegeben?

»Ich habe gehört, dass man hier herkommen muss, wenn man an …« Sie machte aus dramatischen Gründen eine Pause. »… wenn man bizarre Dinge kennen lernen will.«

Nick machte ein Gesicht, als hätte er keine Ahnung, wovon sie redete. »Bizarr? Warum denn bizarr? Ich glaube, ich verstehe nicht, was du meinst.«

Cordy nahm einen Schluck von ihrem Drink. »Bizarr, wie in Abrakadabra, meine ich.«

Nick lachte. »Ach so, das! Sieht so aus, als wärst du am richtigen Ort. Wir haben jeden Abend ein paar Neugierige hier. Die meisten bleiben allerdings nicht sehr lange.« Er musterte sie aufmerksam. »Und wie neugierig bist du, Vickie Vale?«

Offensichtlich wollte ihr Nick Angst einjagen. Aber Cordelia war schon mit Xander Harris ausgegangen. Da brauchte es mehr als einen gruseligen Barkeeper, damit sie eine Gänsehaut bekam.

»So neugierig, dass ich Anton Meskal kennen lernen will.«

Nicks Gesicht wurde todernst. »Wen?«, fragte er, wieder den Ahnungslosen spielend. »Soll das ein Stammgast sein?«

Cordelia schob ihr altes Glas beiseite und nahm sich den neuen Drink. »Tu doch nicht so! Ich weiß alles über Anton. Ihm gehört doch dieser Club. Wie ich höre, ist er ein ziemlich faszinierender Mann.«

Sie drückte den Limonenschnitz in ihr Glas und rief sich in Erinnerung, was sie über die Meskals und ihre schmutzige Vergangenheit gelesen hatte.

Nicks Blick verriet, dass er immer noch nicht überzeugt war.

»Ein flüchtiger Bekannter von mir – Margus heißt er wohl – sagte, ich könne Anton hier treffen. Was meinst du, Nick?« Sie nippte verführerisch an ihrem Glas. »Habe ich eine Chance?«

Sie spürte, wie er sie erneut kritisch unter die Lupe nahm. Dann ging Nick jedoch an das Telefon am anderen Ende der Bar, um ein Gespräch zu führen. Dabei wandte er ihr den Rücken zu.

Die Musik war noch lauter geworden, und Cordelia klingelten bereits die Ohren. Je aufmerksamer sie sich umsah, desto seltsamer gestaltete sich ihr die tanzende Menge. Sie war nicht hundertprozentig sicher, aber ihr drängte sich immer mehr der Eindruck auf, dass einige sehr unmenschliche Typen dort auf der Tanzfläche ihre Hufe schwangen.

Sie sah zu Nick hinüber. Er hatte das Telefonat beendet und redete nun mit einem kahl geschorenen Mädchen, das ein Drachen-Tattoo auf dem Schädel hatte. Cordelia versuchte, ihn auf sich aufmerksam zu machen, aber er wollte ganz offensichtlich nichts mehr mit ihr zu tun haben.

Es sah so aus, als hätte sie auch den zweiten Kandidaten abgeschossen.

Gute Arbeit! dachte Cordelia. Wenn ich nicht vollkommen davon überzeugt wäre, außergewöhnlich attraktiv und zudem eine faszinierende Persönlichkeit zu sein, würde ich glatt Komplexe bekommen.

Sie warf einen Blick auf ihre Uhr. Es war schon spät. Offenbar hatte Angel die teuren Klamotten ganz umsonst gekauft. Sie bezweifelte, dass er ihr noch ein Outfit für den nächsten Abend kaufen würde. Aber er würde hoffentlich auch nicht davon ausgehen, dass sie dasselbe Kleid zweimal tragen konnte.

»Ms. Vale?«, sagte plötzlich jemand hinter ihr.

Cordy reagierte nicht.

»Ms. Vickie Vale?«

Plötzlich fiel es Cordelia wieder siedend heiß ein. »Das bin ich!«, rief sie und wirbelte auf dem Barhocker herum. Vor ihr stand ein gut aussehender älterer Herr.

Er war seinem Vater wie aus dem Gesicht geschnitten. Der Mann verbeugte sich und gab ihr einen formvollendeten Handkuss. »Ich bin Anton Meskal. Ich höre, Sie haben nach mir gefragt?«

Er hat wirklich die merkwürdigsten blauen Augen, die ich je gesehen habe, dachte Cordelia, als sie langsam ihre Hand zurückzog.

»Neuigkeiten machen hier aber schnell die Runde«, sagte sie mit einem höflichen Lächeln und wischte sich verstohlen die Hand ab. »Hat Ihnen schon mal jemand gesagt, wie sehr Sie Ihrem Vater ähneln?«

Schlechte Themenwahl, registrierte Cordelia, als sie bemerkte, wie kalt der Blick des Mannes wurde.

»Mein Vater?«, fragte er, und nun trat sein Akzent deutlicher zu Tage. »Woher, wenn ich fragen darf, kennen Sie ihn?«

Seine Augen schienen immer blasser zu werden. Sie glichen gefrorenem Wasser in einem See.

Cordelia dachte fieberhaft nach. »Ich bin ein wirklich großer Hollywood-Fan ... In einigen der zahlreichen Filmbücher, die ich gelesen habe, ist er Seite an Seite mit anderen großen Stars auf Fotos zu sehen.«

Meskal lächelte. »Ach ja, natürlich! Wie aufmerksam von Ihnen! Ich habe wohl nie begriffen, was für eine Berühmtheit ... Dad war.«

Cordelia lächelte zurück. »Ich bin in der Tat ein sehr aufmerksamer Mensch! Die Ähnlichkeit ist wirklich verblüffend.«

»Darf ich Ihnen einen Drink bestellen?«

Sie nahm ihr Glas von der Theke. »Danke, nein, und bitte nennen Sie mich Vickie.«

Gleich wird mir übel, dachte sie.

Cordelia bemerkte, wie er sich im Club umschaute. Seine Augen schienen jedes kleine Detail zu registrieren. Die Musik war seit seiner Ankunft sanfter geworden – ganz so als hätte man hinter den Kulissen gewusst, dass er ein Gespräch mit ihr führen wollte. Scheinbar wollte man ihm ersparen, seine Stimmbänder überstrapazieren zu müssen.

Cordelia wurde langsam doch nervös. Da stand also der Typ vor ihr, der für den blühenden Seelenraub und -handel verantwortlich war. So jemand sollte möglichst nicht ahnen, dass sie für die Guten arbeitete.

Er schenkte ihr wieder seine volle Aufmerksamkeit. »Was hat dieser Margus Ihnen denn gesagt?«

Nick kam zu ihm und reichte ihm einen Drink, vermutlich Scotch mit Eis. »Bitte schön, Mister Meskal!«

»Danke, Nick«, entgegnete er, stellte das Glas auf eine Serviette und wartete auf ihre Antwort.

Cordelia machte ein ernstes Gesicht. »Er sagte, Sie sind der Mann, mit dem man sprechen muss, wenn man etwas über die Seele erfahren will.«

Meskal nahm sein Glas und trank einen Schluck. »Die Seele?«, fragte er. »Vielleicht hat er mich mit einem Pfarrer verwechselt.«

»Ein Pfarrer wird wohl kaum Uforia an Dämonen verkaufen, oder? Aber andererseits ist das hier natürlich ein ziemlich wildes Viertel«, sagte Cordelia und sah ihr Gegenüber aufmerksam an.

Meskal war unangenehm berührt. »Ich glaube, dieser Freund von Ihnen hat eine sehr große Klappe.«

Obwohl er amüsiert klang, spürte Cordelia die Drohung, die in seinen Worten mitschwang. Plötzlich tat ihr Margus Leid.

»Seien Sie nicht so streng mit ihm!«, erwiderte sie rasch. »Ich musste meinen ganzen Charme spielen lassen, um ihm diese Information zu entlocken.«

Ihren Charme spielen lassen gegenüber einem Dämon! Bei dieser Vorstellung rebellierte Cordelias Magen.

»Woher kennen Sie Margus überhaupt?«, fragte der Hexer. »Sie kommen doch bestimmt nicht aus derselben Ecke.«

»Er ist öfters in einer Bar, die ich auch gelegentlich aufsuche. Das *Ninth Level.* Und irgendwann sind wir ins Gespräch gekommen. Er hat mir alles über Sie erzählt.«

Sie warf ihm einen eindeutigen, verführerischen Blick zu, um seine Reaktion zu testen.

Meskal setzte sein Glas exakt in der Mitte der Serviette ab. »Dann sind Sie also an Seelenangelegenheiten interessiert?«

»Ich finde, Seelen sind 'ne heiße Sache.« Das klang zwar geistlos, schien aber bei dem Hexer anzukommen.

»Was halten Sie davon, wenn wir uns ein wenig zurückziehen?«, fragte er. »Ich verspreche Ihnen, ich bin sogar noch interessanter, als Ihr Freund Margus sich überhaupt vorstellen kann.«

Sein Lächeln hätte so charmant sein können, käme es nicht von jemandem, der kleinen Mädchen die Seelen raubte. Cordelia dachte nur noch an Haie.

»Ja, gerne.« Sie stellte ihr Glas auf die Bar und rutschte von ihrem Hocker.

Meskal winkte Nick herbei. »Ruf den Wagen«, sagte er, »und lass ihn hinten vorfahren!«

Der Barkeeper ging sofort ans Telefon.

Meskal nahm sie am Arm und führte sie um die Tanzfläche zu einer roten Tür, auf der PRIVAT stand. Cordelia klappte der Mund auf, als sie an einer jungen Frau vorbeigingen, die ganz in Schlangenhaut gekleidet war. Durch die rote Tür kamen sie in einen Lagerraum, in dem Stühle aufgestapelt waren.

»Wir werden zu mir fahren, wenn Ihnen das recht ist.« Meskal legte Cordelia den Arm um die Schulter und warf ihr erneut dieses Haifischlächeln zu. Cordelia hörte innerlich die Titelmelodie von *Der weiße Hai*.

»Das wäre wirklich … großartig«, sagte sie mit einem nervösen Lachen.

Meskal dirigierte sie durch den Raum auf eine andere Tür zu, die auf die Straße hinausführte.

Cordelia sah die Limousine langsam näher rollen. Nervös hielt sie nach ihrem Retter Ausschau. Er sollte doch den Club observieren – und sie natürlich auch.

Meskal bemerkte ihre plötzliche Unruhe. »Ist alles in Ordnung, Vickie?«

Die Art, wie er ihren Namen sagte. Die Art, wie er sie ansah … Cordy bekam allmählich den Eindruck, dass er es auf sie abgesehen hatte. Sie versuchte zurückzuweichen, aber Meskal hielt ihren Arm mit festem Griff.

»Wir werden uns sehr nett unterhalten, Sie und ich. Wer weiß, was wir alles voneinander lernen können.«

Der Tanz ist eröffnet, dachte Cordy. Sie wollte gerade erklären, dass ihr in Limousinen immer unglaublich übel wurde, als sie die Stimme hörte, auf die sie schon eine Weile gewartet hatte.

»Hey, Anton!«

Wird aber auch Zeit!, dachte sie erleichtert.

Da kam Angel auch schon durch die Gasse geschlendert, die Hände tief in die Manteltaschen vergraben.

Meskals Griff um ihren Arm wurde noch fester, und Cordelia zuckte zusammen. Das wird einen fetten blauen Fleck auf meinem Bizeps geben!

»Kenne ich dich?«, knurrte der Hexer.

Der Vampir trat in den Lichtkegel der nackten Glühbirne über der Hintertür des Nachtclubs.

Noch nicht, dachte Cordelia, aber du wirst ihn bald kennen lernen! Wenn sie an das dachte, was den Hexer erwartete, tat er ihr fast Leid.

So sieht also einer aus, der einen Vater mit Geld dazu bringt, die Seele seiner Tochter zu rauben, dachte Angel und taxierte den Mann, der mit Cordelia neben der Limousine stand. Er spürte, wie sein Gesicht sich veränderte. Seine vampirische Natur kam zum Vorschein.

»Wir beide haben etwas zu besprechen«, erklärte Angel und zeigte seine spitzen Zähne.

Der Seelenhändler gab sich völlig unbeeindruckt. »Ich vermute, wir werden unser nettes, kleines Gespräch ein andermal führen müssen«, sagte er zu Cordelia und ließ sie los.

Angel blickte sie an und nickte ihr kurz zu. Vorsichtig wich sie vor Meskal zurück und ging auf die andere Seite der Gasse. Angel wollte sie sicher aus der Gefahrenzone wissen, bevor er Meskal seine ganze Aufmerksamkeit schenkte.

»Ein wunderschönes Mädchen«, bemerkte Meskal. »Hat sich mit dem Namen Vickie Vale vorgestellt.« Er lachte und setzte ein grausames Lächeln auf. »Und wie wir beide wissen, stimmt das nicht.«

Angel hatte keine Ahnung, was Cordelia gesagt oder nicht gesagt hatte, aber diesen Mann vor sich zu haben, weckte eine grenzenlose Wut in ihm. »Du hast die Seele eines kleinen Mädchens genommen, Meskal, und ich bin gekommen, um sie zurückzuholen.«

Meskal legte in gespielter Ahnungslosigkeit den Kopf schräg. »Die Seele eines kleinen Mädchens? Moment mal …« Er klopfte sich nachdenklich mit dem Finger an die Wange. »Vor ein paar Wochen hatten wir die Seele eines Jungen aus Chicago, und vor ein paar Tagen habe ich von einem Mann aus Louisiana die Seele seiner frommen Großmutter bekommen.« Der Hexer zuckte mit den Schultern und warf die Hände in die Luft. »Also, mir werden so viele Seelen verkauft, da kann ich mich wirklich nicht an jede einzelne erinnern.«

Angel kam näher und knurrte: »Vielleicht kann ich ein wenig nachhelfen!«

Meskal warf einen prüfenden Blick auf seine Fingernägel. »Das wird nichts nützen.« Dann sah er Angel an. »Warum gehen wir das Ganze nicht mit Vernunft an? Wie viel muss ich dir geben, damit du mich in Ruhe lässt? Das scheint mir doch viel zivilisierter, als Drohungen und Gewalt zu sein, meinst du nicht auch?«

Angel packte Meskal am Kragen. »Ich will die Seele dieses Kindes, und ich will deinen Geschäften ein Ende machen!«

Meskal seufzte und schüttelte die Hände des Vampirs ab. Er schien enttäuscht. »Irgendwie habe ich schon befürchtet, dass du so etwas Dummes sagen würdest!«

Der Hexer klatschte in die Hände, und der Limousine entstiegen zwei Homunkuli. Angel erkannte beide wieder. Sie waren auch beim Kampf in Bentones Apartment dabei gewesen. Der eine trug Ohrringe, und der andere hatte eine Träne auf die Wange tätowiert.

Der mit den Ohrringen war näher und so beschloss Angel, ihn sich als Erstes vorzuknöpfen. Mit einem gezielten Tritt schloss er die Fahrertür und nagelte den Schmuck tragenden Homunkulus fest. Die Kreatur schlug wild mit den Armen um sich, als Angel ausholte.

Er legte seine ganze Kraft in den ersten Schlag. Der Kopf des Homunkulus' flog nach rechts. Ohne ihm eine Verschnaufpause zu gönnen, ließ der Vampir eine schnelle Serie Schläge auf das Gesicht des verblüfften übernatürlichen Wesens regnen. Er spürte, wie etwas Knochenähnliches unter dem künstlichen Fleisch zu splittern begann.

Der Homunkulus klappte zusammen. Angel trat zurück und ließ die bewusstlose Kreatur zu Boden rutschen.

»Ich hätte dich ebenso vernichten sollen wie deinen Bruder! Du bist nutzlos!«, grollte Meskal.

Der mit der Träne kam von hinten und umschlang Angel mit seinen Armen, um ihm das Leben aus dem Leib zu quetschen. Er hob den Vampir hoch und wirbelte ihn herum. Angel entwand sich seinem Griff ein wenig und schlug dem Gegner krachend den Ellbogen ins Gesicht und gleich noch einmal, sicherheitshalber.

Nun konnte sich Angel ganz aus der Umklammerung befreien und drehte sich um, als der Homunkulus zu einem unerwarteten Schlag ausholte. Angel war nicht schnell genug. Er steckte einen Treffer seitlich am Kopf ein und stolperte benommen rückwärts.

»So ist's richtig!«, freute sich Meskal. »Wenn du den Vampir erledigst, überlege ich mir vielleicht, ob ich dir ein eigenes Gesicht gebe.«

Die Aussicht auf eine Verbesserung seiner Identität schien das künstliche Wesen zu wildem Aktionismus anzutreiben. Mit einem schrillen Kreischen warf sich der Homunkulus auf Angel. Die behandschuhten Finger griffen nach seinem Gesicht und fingen an, daran herum zu quetschen und zu drücken.

»Vielleicht gibt mir der Meister ja *dein* Gesicht!«, schrie er wie von Sinnen. Sein Mund war nicht mehr als ein klaffender, feuchter Schlitz.

Angel hatte die Nase voll. Er griff in die Innentasche seines Mantels. Da er schon im Vorfeld befürchtet hatte, erneut mit diesen Kreaturen konfrontiert zu werden, wenn er auf ihren Meister Jagd machte, hatte er eine Waffe aus seinem privaten Bestand mitgebracht. Sie sollte für mehr Ausgewogenheit im Kampf sorgen.

Das Messer wurde Zahn des Turdakus genannt, und man konnte mit ihm angeblich durch Magie erwecktes Leben vernichten. Was für ein Zauber diese Homunkuli auch hatte lebendig werden lassen, die Klinge, hoffte Angel, würde ihn brechen können. Er stieß dem Homunkulus den Dolch in den Leib und drehte ihn brutal um.

»Mein Gesicht kannst du leider nicht haben«, sagte er und trieb die Klinge noch tiefer in die Eingeweide seines Widersachers, »das brauche ich nämlich noch.«

Die Kreatur taumelte rückwärts und versuchte, den plötzlichen Strom von Flüssigkeiten aus seinem Bauch mit den Händen zu stoppen. Ein verfaulter Geruch breitete sich in der Gasse aus.

Die Recherche hatte sich bezahlt gemacht. Angel zog die Klinge heraus und beobachtete fasziniert, wie der Homunkulus auf die Knie fiel und anfing, sich zu zersetzen.

Instinktiv sprang er zur Seite, als unversehens ein Strahl intensiver Hitze an seinem Gesicht vorbeistreifte. Dieser versengte seinen Mantel an der Schulter und, als er sich umdrehte, auch seine Wange. Da stand Meskal, und seine rechte Hand war umhüllt von einem magischen Feuer. »Es ist tatsächlich wahr. Wenn man will, dass etwas ordentlich erledigt wird, muss man es letztendlich doch selbst machen!« Ein weiterer Flammenstrahl schoss aus der ausgestreckten Hand des Hexers und traf auf die Stelle, an der Angel gerade noch gestanden hatte. Was von dem Homunkulus mit der Träne auf der Wange noch übrig war, fing an zu brutzeln und brennen.

Als Meskal schon die nächste Salve vorbereitete und die Flamme um seine Hand noch heller erstrahlte, zielte Angel und ließ den Dolch fliegen. Mit unglaublicher Geschwindigkeit pfiff er durch die Gasse. Der Griff der Waffe traf Meskal an der Stirn, direkt über der Nase. Benommen brach der Hexer neben der Limousine auf der Straße zusammen.

Angel holte sich den Dolch zurück, lief rasch zu Meskal und packte ihn am Kragen. Drohend drückte er ihm die Klinge gegen den Hals. »Warum gehen wir das Ganze nicht mit Vernunft an? Du sagst mir einfach, was ich wissen will, und ich muss keine Gewalt anwenden.« Angel kam dem Hexer ganz nah. »Und falls du es noch nicht weißt: In Sachen Gewalt bin ich sehr, sehr gut.«

Meskal führte seine Hand, die nun nicht mehr in Flammen stand, an die Stirn und betastete vorsichtig die Beule, die zwischen seinen Augenbrauen anschwoll. Angel drückte ihm den Dolch fest an den Hals.

»Ein erstaunlicher Wurf«, kommentierte Meskal. »Du hast ein bemerkenswertes Talent.«

»Ich will dir nichts vormachen. Eigentlich habe ich auf dein kaltes, schwarzes Herz gezielt!« Angel zog Meskal am Hemdkragen ganz dicht an sich heran, und die Spitze des Dolches bohrte sich in das Kinn des Hexers. »Und genau da werde ich dich auch treffen, wenn du mich nicht sofort zu der Seele des Kindes führst!«

Als Angel den Hexer genauer betrachtete, bemerkte er, wie sein äußeres Erscheinungsbild sich veränderte. Schwere Tränensäcke erschienen unter seinen Augen, und das Haar wurde grau. So alt hatte der Hexer bei ihrer ersten Begegnung gar nicht ausgesehen.

Meskal seufzte. »Selbst wenn ich wollte, wäre es sehr unwahrscheinlich, dass ich ausgerechnet diese eine Seele, die du so sehr suchst, wieder auftreiben kann.«

Angel nahm hinter seinem Rücken ein Schlurfen war, wirbelte sogleich um die eigene Achse und stach brutal mit dem Dolch zu. Die Klinge bohrte sich tief in das Gesicht des Homunkulus mit den Ohrringen, genau an die Stelle, wo das linke Auge gewesen wäre, hätte der Homunkulus eines besessen.

Die Kreatur stieß einen überraschten Schrei aus und betastete mit fahrigen Bewegungen den Dolch, der aus ihrem Gesicht ragte. Und dann fing sie auch schon an, vor Angels Augen zu verrotten.

Angel wischte seinen Dolch an der Anzugsjacke des Hexers ab. Meskal blickte erst auf den Fleck hinunter, dann auf das Messer, das nun direkt über seinem Herz ruhte.

»Entschuldige, was hast du eben gesagt?«, nahm Angel die Unterhaltung wieder auf.

Meskal versuchte, die fauligen Dämpfe, die von dem verwesenden Homunkulus aufstiegen, mit den Händen wegzuwedeln. »Ich sagte, ich glaube nicht, dass ich die Seele, die du willst, auftreiben kann.« Der Zauberer zeigte ein todernstes Lächeln. »Aber völlig ausgeschlossen ist es nicht.«

Angel schob ihn auf die Limousine zu. »Na, das nenne ich doch eine vernünftige Entscheidung!«

June Bentone beobachtete den Kampf aus ihrem Versteck in der Gasse. Sie hatte hinter einem Container Deckung gesucht, der von Kartons und Mülltüten überquoll.

Sie rief sich das Gespräch in Erinnerung, das sie mit Cordelia in der Krankenhaus-Cafeteria geführt hatte. *»Seine Fälle neigen ins Bizarre«*, hatte das Mädchen gesagt. Und bizarr war die Szene, die sich vor ihren Augen abgespielt hatte, wahrhaftig: gesichtslose Männer in Trenchcoats, ein Detektiv, der eigentlich ein Monster war, und ein Mann, der mit den Händen Feuer spucken konnte. June ging das alles über den Verstand.

Sie spähte über eine Kiste, die aus dem Container ragte, und sah, wie Angel dem Mann, der Cordelia hatte mitnehmen wollen, ein Messer an den Hals hielt. War er derjenige, der David dazu angetrieben hatte, seiner Tochter die Seele zu rauben?

Mit einem Anflug von Traurigkeit erinnerte sie sich wieder daran, dass ihr Ex-Mann tot war. Sie war bei seiner Leiche geblieben, bis die Polizei eintraf. Die Beamten hatten ihr alle möglichen Fragen gestellt, die sie nicht zu beantworten wusste. Sie hatte einfach lügen müssen, denn wenn sie die Wahrheit gesagt hätte, wäre sie mit Sicherheit in der Psychiatrie gelandet.

Sie war so dicht wie möglich an der Wahrheit geblieben, hatte von der Spielsucht ihres Mannes erzählt und von seinem Umgang mit einem kriminellen Element. Die Polizisten schienen zufrieden mit der Erklärung, dass Davids Tod offenbar etwas mit dem Mob zu tun hatte, und ließen sie gehen.

Sie war direkt zu ihrer Tochter ins Krankenhaus gefahren. Allein die Sorge um Aubreys Gesundheit verhinderte, dass sie auf der Stelle wahnsinnig wurde.

Ihrer Tochter war etwas Unnatürliches zugestoßen – zu dieser beunruhigenden Erkenntnis war June gelangt. Und wenn Aubrey gerettet werden sollte, musste man eben auch zu unnatürlichen Mitteln greifen.

Angel zwang den Mann mit dem Messer in die Limousine, und June rannte zu ihrem Wagen, den sie vor der Gasse abgestellt hatte.

Angel hatte gesagt, sie solle ihn einfach seine Arbeit tun lassen, aber sie konnte nicht dasitzen und nichts tun. Aubrey wurde täglich schwächer, und wenn es nur irgendetwas gab, was sie tun konnte, um ihrem kleinen Mädchen zu helfen, dann wollte sie die Gelegenheit nicht ungenutzt verstreichen lassen.

Die Limousine rollte aus der Gasse und bog nach rechts ab. June wartete ein Weilchen, behielt die Rücklichter im Auge und fuhr dann dem luxuriösen Wagen hinterher.

Früher am Abend war June Angel und Cordelia vom Büro zu dem Club gefolgt. Sie hatte beobachtet, wie Cordelia am Eingang ausstieg und Angel wegfuhr. Sie war hin und her gerissen gewesen: Wen sollte sie weiter beobachten? Ihr Gefühl riet ihr, Cordelia im Auge zu behalten, und genau das hatte sie auch getan.

Im Club hatte June aus sicherer Entfernung beobachtet, wie die hübsche junge Frau die Männer anzog wie die Fliegen. June hatte schon aufgeben wollen, weil sie annahm, die falsche Entscheidung getroffen zu haben, als sich plötzlich der gut gekleidete Mann Cordelia genähert hatte.

Etwas an seiner Ausstrahlung verriet ihr, dass er irgendwie mit dem zu tun hatte, was ihrer Tochter widerfahren war. Sie hatte beobachtet, wie die beiden sich unterhielten. Dann waren sie zur Hintertür gegangen, von der man, wie June vermutete, in die Seitengasse gelangte.

Sie war zu ihrem Auto gelaufen, um das Paar zu verfolgen, und da hatte sie schon Angel um die Ecke biegen sehen. June lief es kalt den Rücken hinunter, als sie sich das Gemetzel in Erinnerung rief, das sich dann entwickelte.

In sicherer Entfernung fuhr sie der Limousine hinterher. So, wie sie es schon oft in Krimis gesehen hatte. Dieser Teil von Los Angeles, durch den die Fahrt ging, war ihr unbekannt. Hier standen viele ausgebrannte Gebäudegerippe neben großen, leeren Lagerhallen.

Als die Bremslichter der Limousine vor einer solchen Lagerhalle aufleuchteten, fuhr June sofort an den Straßenrand. Sie verspürte das Bedürfnis, zu dem Wagen zu laufen, den Mann anzuschreien und irgendetwas zu unternehmen, aber sie hielt sich zurück. Sie wartete ab und beobachtete aus sicherer Entfernung das Geschehen. Die ganze Zeit über ging ihr ihre kleine Tochter, die krank in diesem riesigen Krankenhausbett lag, nicht aus dem Kopf.

June beschloss, es Angel zu überlassen, die Sache zu regeln. Und genau das tat er auch.

In der Zwischenzeit lag Doyle vornübergebeugt auf Cordelias Schreibtisch. Unter sich hatte er zahlreiche alte Bücher der Dämonologie und Zauberei begraben, in denen er gelesen hatte, als der Schlafmangel ihn übermannte.

»Francis?«, rief eine Stimme.

Ein Schauder lief durch seinen Körper, und er grunzte verschlafen.

»Hey, Doyle!«, rief die Stimme.

Allmählich wurde er wach. Er war völlig orientierungslos, und in seinem Kopf geisterten immer noch die Bilder von alten Dämonen mit einem unstillbaren Hunger auf Böses und Gewalt ..., und Bilder von einer wütenden Cordelia Chase, die ihm vorwarf, ihren Schreibtisch in Unordnung gebracht zu haben. In diesem Augenblick der Verwirrung tauchte Doyles blaue, stachelige Dämonenpersona für einen kurzen Augenblick auf, verschwand bald darauf aber auch wieder.

»Nein, nein, Cordelia, ich werde aufräumen, ich schwöre!«, murmelte er und rappelte sich mühsam auf.

Langsam tauchte er aus dem Nebel des Schlafes auf und sah sich um. Harry stand mit einer Reisetasche über der Schulter vor dem Schreibtisch. Sie schaute ihn überrascht an.

»Na, die scheint dich ja ganz schön in Aufregung zu versetzen!«

Doyle rieb sich den Schlaf aus den Augen. »Sie kann ziemlich sauer werden, wenn man ihren Schreibtisch in Unordnung bringt.«

Harry kam näher. »Über die Aufregung, die sie verursacht, weiß sie noch nichts?«

Doyle sah zu der Frau auf, der immer noch ein großer Teil seines Herzens gehörte, wie sehr er es auch zu leugnen versuchte. »Ich warte noch auf den richtigen Zeitpunkt.«

Harry strich ihm zärtlich über den Kopf. »Ich bin gekommen, um mich für das zu entschuldigen, was ich neulich zu dir gesagt habe.«

Doyle zuckte mit den Schultern. »Mach dir keine Gedanken darüber. Wahrscheinlich steckt ja auch ein Körnchen Wahrheit in deinen Worten.«

»Wann wirst du dir nur endlich Ruhe gönnen, Francis?«, fragte sie. »Wann wirst du erkennen, dass du ein guter Mensch bist, unabhängig von deinem Erbe?«

Doyle sah zur Seite. »Ich wünschte, es wäre so einfach, Darling. Es ist mein erster Gedanke, wenn ich morgens wach werde, und der letzte, wenn ich die Augen abends wieder schließe.« Deprimiert sah er Harry an. »Ich hasse diesen Teil von mir, und ich würde alles dafür tun, ihn loszuwerden.«

Harry fing an, ihm den Nacken zu massieren.

»Aber das steht ja nicht zur Debatte … also muss ich mich wohl irgendwie daran gewöhnen.«

Sie knetete seine verspannten Muskelstränge. »Vielleicht ist die Arbeit mit Angel … Vielleicht kann dir die Arbeit helfen, dich daran zu gewöhnen, und eines Tages wirst du sehen …«

Harry nahm ihre Hände von Doyles Schultern und ging zu der Tasche, die sie mitten im Büro stehen gelassen hatte, um sie zu öffnen. »Als du weggegangen bist, habe ich ein schlechtes Gewissen bekommen und noch weiter über die Kurgarru geforscht.«

Doyle beobachtete, wie sie in der Tasche kramte. »Hast du was herausgefunden?«

Sie holte einen Block aus der Tasche und zog den Reißverschluss wieder zu. »Viel Zeit habe ich nicht. In zwei Stunden geht mein Flieger nach Sydney. Ich muss ein paar Buschmänner für das Buch interviewen, von dem ich dir erzählt habe.«

Doyle nickte. »Ich kannte mal einen Ronny Bushman. Er war ein schrecklicher Kartenspieler! Wenn er ein gutes Blatt hatte, hat man das immer gemerkt, weil …«

»Ha, ha, sehr witzig«, unterbrach ihn Harry. »Du solltest wirklich eine eigene Show in Las Vegas haben. Im Ernst – um auf die Kurgarru zurückzukommen: Es ist erstaunlich, wie wenig wir über diese Spezies wissen, und was wir wissen, scheint alles aus einer einzigen Quelle zu stammen.«

Sie warf Doyle einen Blick zu, um sich zu vergewissern, ob er überhaupt zuhörte. Er tat es.

»Einige Schriften wurden bei archäologischen Grabungen in den Katakomben von Rom gefunden. Sie stammen ungefähr von 1200.« Harry reichte Doyle den Block. »Wir wissen nicht, wer der Schreiber ist, aber er schien die Kurgarru sehr gut zu kennen. Man bekommt den Eindruck, er habe die Informationen von den Dämonen selbst erhalten.«

Doyle überflog Harrys Notizen, aber sie waren – wie üblich – kaum zu entziffern.

»In den Aufzeichnungen ist davon die Rede, wie Hunderte Kurgarru vor Hunger starben, bevor sie auf die Idee kamen, ihr allerheiligstes Gesetz zu brechen – sich nicht von ihresgleichen zu ernähren.« Sie zeigte auf den Fuß der Seite. »Später ist in den Aufzeichnungen offenbar nur noch von einem einzigen Dämon die Rede, einem Krieger der höchsten Rangordnung, der darauf trainiert wurde, um jeden Preis zu überleben. Er war der Erste von ihnen, der das Verbotene tat. Kurz bevor er zu verhungern drohte, fraß er die Lebensenergien seiner Gefährtin und dann die seiner Kinder.«

»Sympathischer Kerl! Stand in diesen mysteriösen Schriften auch etwas Hilfreiches über die Schwächen dieser Spezies?«, fragte Doyle.

»Dazu gibt es nur eine Aussage des Verfassers, sinngemäß etwa: Die Kurgarru sind die bösartigsten Dämonenbestien, die mir je begegnet sind, aber ihre Gier wird eines Tages ihr Untergang sein.«

Doyle wiederholte die Worte seiner Ex und ließ sie sich durch den Kopf gehen. »Hast du eine Ahnung, was das bedeuten soll?«, fragte er dann.

Harry zuckte mit den Schultern. »Dass ihre Gier ihr Untergang sein wird. Mehr weiß ich leider auch nicht.« Sie sah auf die Uhr. »Hey, tut mir Leid, aber ich habe keine Zeit mehr. Ich muss zum Flughafen.«

Doyle kam um den Schreibtisch herum, als Harry ihre

Tasche in die Hand nahm. »Du hast uns sehr geholfen. Ich werde Angel deine Notizen zeigen. Vielleicht kann er ja etwas damit anfangen.«

Harry schwang sich die Tasche über die Schulter. »Ich rufe dich an, wenn ich wieder da bin, um nachzuhören, wie es läuft. Okay?«

Doyle ging an ihr vorbei und hielt ihr die Tür auf. »Mach das!«

Als sie in den Korridor trat, drehte sie sich zu ihm um. »Pass auf dich auf, Francis!«

»Du kennst mich doch.«

Lächelnd ging Harry zur Treppe.

»Hey, Harry«, rief Doyle hinter ihr her.

Sie drehte sich noch einmal um.

»Danke ... für alles«, sagte Doyle.

Sie winkte ihm wortlos zu und stieg die Treppe hinunter.

Doyle ging zurück ins Büro. Er nahm Harrys Notizen und versuchte zu entziffern, was sie aufgeschrieben hatte. »Du bist ein ziemlich ekeliger Kerl, nicht wahr, Mister Kurgarru!«

Als er ein Geräusch hinter sich hörte, drehte er sich um. Cordelia kam zur Tür herein. Sie sah absolut umwerfend aus, und Doyle musste ihr einfach ein Kompliment machen. »Cordelia, du siehst wunderbar aus!«

Sie schaute an sich herunter. »Nicht schlecht für einen Lockvogel, ich weiß, aber es ist einfach unglaublich! Erst hat Angel mir all diese schönen Dinge gekauft, weil er ganz genau weiß, dass ich ihnen nicht widerstehen kann. Dann musste ich mich in einen schäbigen Tanzclub setzen und mich den ganzen Abend anquatschen lassen, damit irgendein gruseliger Hexer versucht, mich abzuschleppen, und ...«

Da fiel ihr Blick auf den Schreibtisch. »Was ist denn hier passiert?«

»Wo ist Angel eigentlich?«, fragte Doyle rasch und hoffte, sie damit abzulenken.

Es schien auch zu funktionieren, denn Cordelias Wut

versiegte für den Augenblick. »Wir haben unseren Freund gefunden, und ich vermute, Angel unterhält sich gerade mit ihm.«

»Meskal?«, hakte Doyle nach. »Ihr habt Meskal tatsächlich gefunden?«

Cordelias Blick wanderte wieder über ihren Schreibtisch. »Ja, natürlich! Er hat versucht, mich im Club anzumachen. Wollte mich in seine Wohnung mitnehmen. Er hatte schon die Limousine vor der Tür.« Sie machte einen Schritt auf ihren Schreibtisch zu, und Doyle versuchte, ihr den Weg zu verstellen.

Cordelia schob ihn unsanft zur Seite. »Sieh dir das doch mal an! Er war in tadellosem Zustand, als ich gegangen bin.«

Doyle nahm rasch den Notizblock von Harry an sich, als sähe der Tisch weniger unordentlich aus, wenn er ein Teil entfernte. »Harry war hier. Sie hat uns ein paar Infos über die Kurgarru-Dämonen gebracht, die uns helfen könnten, falls Meskal wirklich mit so einem zu tun hat.«

Cordy wandte ihren Blick von dem Chaos auf ihrem Tisch ab. »Harry war hier?«

Doyle nickte. War da vielleicht ein Anflug von Eifersucht in Cordys Stimme gewesen? »Ja, sie wollte die Notizen vorbeibringen und sich verabschieden. Jetzt ist sie unterwegs nach Australien, um für ihr Buch zu recherchieren.«

»Harrys Internationaler Ratgeber für Dates mit Dämonen oder so was in der Art?«, fragte Cordelia mit einem trockenen Grinsen.

Doyle runzelte die Stirn, denn Cordelia hatte die Illusion der Eifersucht mit ihrer bissigen Bemerkung zerschlagen. »So ein hübsches Mädchen«, sagte er, »und so eine spitze Zunge!«

»Schön, dass dir das aufgefallen ist«, entgegnete sie und ging zu ihrem Stuhl. »Und sei bitte ab jetzt so gut und denk nie wieder an meine Zunge!« Sie starrte auf ihren

Schreibtisch und seufzte. »Wenn ich hier jemals wieder so etwas wie Ordnung herstellen will, sollte ich mich besser sofort an die Arbeit machen.«

Doyle stand einfach nur da. Er wusste nicht so recht, was er tun sollte. »Angel ist jetzt also bei Meskal?«

»Hm, hm.«

»Hat er vielleicht gesagt, was wir in der Zwischenzeit tun können?«

Cordelia hielt inne und sah Doyle an. »Er sagte, ich soll ins Büro fahren und warten, falls er sich Meskal schnappt.«

»Also warten wir, bis er zurückkommt?«

Cordelia gab keine Antwort und fing stattdessen an, die alten Bücher aus Angels Bibliothek auf einer Seite des Schreibtischs zu stapeln.

Doyle schlenderte eilfertig herbei, um ihr zu helfen. Er nahm ein paar kleinere Bücher und wollte sie gerade auf den Stapel legen, als ihn Cordelias Blick erstarren ließ.

»Was machst du da?«, herrschte sie ihn an.

Doyle legte die Bücher rasch zurück. »Also, ich hab ein schlechtes Gewissen, weil ich deinen Schreibtisch schon wieder in Unordnung gebracht habe, und ich wollte dir helfen ...«

Sie warf ihm wieder einen ihrer vernichtenden Blicke zu. »Findest du nicht, du hast mir schon genug geholfen, du Großmeister der Unordnung?«

Doyle wich ein paar Schritte zurück und beobachtete Cordelia aufmerksam, weil er befürchtete, jede Sekunde mit Laserblitzen aus ihren Augen getötet zu werden. Als er rückwärts gegen einen Stuhl stieß, ließ er sich auf ihn fallen.

»Würde es helfen, wenn ich sage, dass es mir sehr, sehr Leid tut?«

Sie nahm den Stapel Dämonenliteratur und Zauberbücher und setzte ihn mit einem lauten Knall hinter dem Schreibtisch ab.

Ihre Taten sagten mehr als tausend Worte.

Doyle warf sich gegen die Rückenlehne und schloss die Augen. Er wünschte, er wäre unsichtbar und sehnte sich Angels Rückkehr herbei.

12

Angel und Meskal hielten vor einer heruntergekommenen Lagerhalle an.

Angel sah gelassen zu, wie Meskal den Motor abstellte und die Hände in den Schoß legte. Als ihn der Hexer anschaute, bemerkte er, wie müde dessen blaue Augen mittlerweile wirkten.

»Wir sind da«, sagte Meskal mit einem Seitenblick auf den Dolch, den Angel immer noch drohend in der Hand hielt. »Soll ich dich hineinführen?«

Angel gab dem Mann einen leichten Stoß mit der antiken Waffe, um ihm in Erinnerung zu rufen, wer in dieser Situation das Sagen hatte. »Geh schon!«, befahl er und rutschte von seinem Ledersitz herüber, um nach Meskal aus dem Wagen auszusteigen.

Der Hexer setzte sich ungelenk in Bewegung, und Angel hörte die Rückenwirbel des Mannes knacken, als er sich mühsam aufrichtete. Meskal stemmte die Hände in die Seiten und lehnte sich zurück. Wieder knackte es in seiner Wirbelsäule.

»Gibt es ein Problem?«, fragte Angel, obwohl er ganz genau wusste, dass es eins gab. Der Mann schien auf der Fahrt um mindestens zehn Jahre gealtert zu sein.

»Man muss einen Preis bezahlen für die Magie, derer man sich bedient«, antwortete der Hexer. »Nun fordert das Alter ein, was ihm lange Zeit verwehrt wurde.«

»Dann sollten wir uns vielleicht ein wenig beeilen«, schlug Angel vor und knallte die Tür der Limousine zu. »Wir wollen doch nicht, dass die Jahre ihren Tribut fordern, bevor ich bekomme, was ich will.«

Meskal sah zu der dunklen Lagerhalle. »Wir werden sie da drin finden.«

Angel machte eine Geste mit dem Dolch. »Nach dir!«

Meskal reagierte mit einer leichten Verbeugung und schritt an Angel vorbei. Langsam ging er auf die graue Stahltür zu. Angel blieb ihm dicht auf den Fersen, um jederzeit mit dem Zahn des Turdakus zustechen zu können. Wie geschwächt Meskal auch wirkte, er vertraute ihm keine Sekunde lang.

Der Hexer zog einen Schlüsselbund aus der Tasche. »Ich muss dich etwas fragen, Vampir. Nach all den Jahren, in denen mein kleines Geschäft nun schon blüht – warum gerade jetzt?«

Er suchte den passenden Schlüssel und steckte ihn ins Schloss.

Angel warf ihm einen vernichtenden Blick zu. »Dein übles Treiben konnte nicht ewig unbemerkt bleiben.«

Das Schloss klickte, und Meskal schob die Tür auf. Dahinter war es stockdunkel. Wie Angel bemerkte, hatte man die Fensterscheiben schwarz angestrichen.

»Das stimmt vermutlich«, sagte Meskal und blieb auf der Schwelle zur Finsternis stehen. »Aber wenn man so lange gelebt hat wie ich, neigt man dazu, sich ein wenig zu überschätzen. Nichts kann einem etwas anhaben – denkt man zumindest.«

Ein moderiger Geruch wehte aus der verdunkelten Halle.

»Sieh dich vor!«, warnte noch Meskal, als er die Lagerhalle betrat und von den undurchdringlichen Schatten verschluckt wurde.

Angel folgte ihm mit einsatzbereitem Dolch. Als er in die Dunkelheit eintauchte, waren seine geschärften Sinne plötzlich hellwach und signalisierten ihm, dass hier etwas ganz und gar nicht in Ordnung war. Aber es gab kein Zurück mehr. Wenn er in dieser Halle Aubreys Seele finden konnte, dann musste er sich der Gefahr stellen – was auch immer der Hexer für ihn auf Lager hatte.

Er spürte einen ganz leichten Lufthauch im Gesicht und stach mit dem Zahn des Turdakus zu. Die Klinge traf irgendeinen Körper – ein unsichtbares Wesen stieß einen überraschten Schmerzensschrei aus und floh.

Das wilde Antlitz des Vampirs trat zum Vorschein. Angel bleckte vor Wut die Zähne und wirbelte kampfbereit auf dem Absatz herum. Nun kamen sie von allen Seiten. Sehen konnte er sie nicht, aber er spürte ihre scharfen Krallen, Tentakeln und Klauen an seinem Körper. Angel attackierte sie brutal, wild und lauschte mit perverser Freude ihren Schmerzensschreien. Aber sie ließen nicht nach. Sie stürzten sich auf ihn; einer Angriffswelle folgte die nächste. Obwohl er schon etliche abgeschlachtet hatte, kamen immer neue nach.

Die Deckenbeleuchtung ging an, vertrieb die Dunkelheit und offenbarte ihm seine Angreifer. Dämonen. Mindestens dreißig. Unterschiedlichste Rassen, und alle wollten ein Stück von ihm abhaben. Als Angel ihnen in die wilden Augen mit den geweiteten Pupillen blickte, war ihm klar, dass sie allesamt die Seelendroge Uforia nahmen.

Meskal lehnte mit dem Finger am Lichtschalter an einer Wand. Umringt von den drogenabhängigen Dämonen brüllte Angel seinen Namen.

Der Hexer lächelte milde. »Was habe ich vorhin über Selbstüberschätzung gesagt, Angel? Ich glaube, das betrifft auch dich.«

Angel versuchte nach Leibeskräften, sich von den Dämonen zu befreien, um eine Bresche zu dem Hexer schlagen zu können. Er wollte nur noch eins: dem Mann das arrogante Grinsen aus dem Gesicht reißen.

Durch das Gewirr aus Körpern beobachtete er, wie Meskal langsam zu einer Treppe schlich, die in den nächsten Stock führte. Er ging gebeugt und schien um weitere zehn Jahre gealtert zu sein.

»Da ich wusste, dass du hinter mir her bist, habe ich diese kleine Fallc vorbereitet!«, erklärte der Hexer.

Angel zuckte zusammen, als die Dämonen ihm den Zahn des Turdakus aus den Händen rissen. Er sah, wie Meskal mühsam die Treppe emporstieg. Die Bewegungen schienen ihm große Schmerzen zu bereiten. Angel stürzte mit einem animalischen Schrei los und schaffte es mit einer letzten Kraftanstrengung, ein paar Dämonen bei Seite zu fegen. Aber sie waren zu viele, und rasch war er wieder in ihrer Gewalt.

Ein Fyarl-Dämon mit geschwungenen schwarzen Hörnern und gierigem Blick schrie Meskal zu: »Was sollen wir mit ihm machen?«

Der Hexer blieb stehen und hielt sich am Geländer fest. Er sank immer mehr in sich zusammen. »Tötet ihn langsam und schmerzhaft!«, befahl er. »Wenn es euch gelingt, gehen die Vergnügungen des heutigen Abends aufs Haus!«

Die Worte des Hexers ließen die Dämonen kollektiv vor Ekstase erschaudern, und sie widmeten sich Angel mit noch größerem Eifer. Jeder einzelne war nun sehr erpicht darauf, den Vampir vor Schmerzen schreien zu hören. Jeder von ihnen wollte derjenige sein, der ihn am meisten leiden ließ und sein Leben beendete.

Aber diese Befriedigung wollte Angel ihnen nicht geben.

»Es ist noch lange nicht vorbei, Meskal!«, knurrte er, als die Dämonen sich daran machten, ihn zu Boden zu ringen.

Meskal schleppte seinen betagten Körper ans Ende der Treppe. »Oh, ich fürchte, es *ist* vorbei, Angel.«

Die Dämonen hatten Angel bereits mit ihrem kollektiven Gewicht niedergedrückt. Er war förmlich begraben unter den nach ihrer Droge lechzenden Kreaturen, er wehrte sich mit allem, was sein erschöpfter Körper noch hergab.

Aber es reichte nicht aus.

Ihm wurde schwarz vor Augen, als er das Bewusstsein verlor.

Meskal wurde von einem, mit einer dicken Goldkette geschmückten, Homunkulus in das Laboratorium geführt. Die anderen künstlichen Kreaturen, die emsig an den Labortischen arbeiteten, hoben die Köpfe, als sie eintraten.

»Was gibt es da zu gucken?«, kreischte der Hexer. »An die Arbeit, bevor ich euch alle vernichte!«

Sein Körper wurde von einer Reihe heftiger, krampfartiger Hustenanfälle geschüttelt. Der Kampf mit dem Vampir hatte ihn mehr Kraft gekostet, als er erwartet hatte, und er bekam es allmählich mit der Angst zu tun. Er konnte das Offensichtliche nicht länger leugnen: Jegliche magische Betätigung beschleunigte seinen Alterungsprozess und würde ihn am Ende töten, wenn er die lebensverlängernde Droge nicht regelmäßiger einnehmen würde.

Der Homunkulus führte ihn zu einem ledernen Ohrensessel in einer Ecke des Laboratoriums.

»Meine Medizin!«, krächzte Meskal, als er sich in den Sessel fallen ließ. »Bring sie sofort her!« Mit zitternden Händen zeigte er auf die Tür zu seinem Büro.

Der Homunkulus mit der Halskette eilte davon.

Meskal wand sich mittlerweile in immer heftigeren Krämpfen, die der unaufhaltsame Verfall seines Körpers verursachte. Die Schmerzen waren entsetzlich, viel schlimmer als beim letzten Anfall. Offenbar steigerten sie sich jedes Mal.

Da kann ich mich ja auf etwas freuen, dachte Meskal bitter und lehnte den Kopf in den Nacken.

»Aber noch kriegst du mich nicht!«, murmelte er dem Gespenst des Todes zu, das er schon glaubte, über sich schweben zu sehen.

Der kupferartige Geschmack von Blut füllte seinen Mund, als sich sein Zahnfleisch zurückzog. Er beugte sich über die Sessellehne und spuckte rot gefärbten Speichel auf den Boden. Ihm wurden die Augenlider schwer, und er hatte Mühe, sie offen zu halten. Um sich gegen die drohende Ohnmacht zu wehren, sah er sich in seinem Labor um und versuchte, sich auf die Beobachtung seiner arbeitenden Diener zu konzentrieren. Auf den zahlreichen langen Marmortischen waren alle möglichen merkwürdigen Apparate und Experimente aufgebaut. Hier konnte er glänzen; in diesem Labor offenbarte sich sein wahres Genie.

Auf einem der Tische mitten im Raum standen vier große Glasbehälter, in denen seine jüngste Generation Seelenkollektoren wuchs. Ein Homunkulus setzte vorsichtig wieder den Deckel auf einen der Behälter, nachdem er die Temperatur der Lösung darin gemessen hatte. Die jungen Kollektoren waren wunderschön anzusehen, wie sie in dem magischen Fruchtwasser schwebten. Über ihre zerbrechlichen Knochenstrukturen begann gerade erst eine dünne, schützende Hautschicht zu wachsen. Es dauerte mindestens noch sechs Monate, bevor man sie einsetzen konnte. Meskal lächelte stolz und versuchte weiter, sich dem Ruf des tiefen Schlafes zu widersetzen.

Auf zwei anderen Tischen standen Bechergläser unterschiedlichster Größe, die alle mit Gummischläuchen miteinander verbunden waren. In den Gefäßen blubberten verschiedenfarbige, zum Teil recht zähe Flüssigkeiten über Bunsenbrennern. Homunkuli hockten aufmerksam vor den Tischen und beobachteten die chemischen Abläufe, bevor sie sich wieder anderen Aufgaben widmeten.

Im Vergleich mit meinen drei persönlichen Assistenten sind diese Laborarbeiter ein sehr guter Wurf, fand Meskal. Hoffentlich wird die nächste Homunkuli-Ernte genauso gut!

Meskal schaute sich die vier Wandregale an, in denen jeweils sechs Hundert-Liter-Aquarien standen. Jedes davon beherbergte zwei mit fleischigem Inhalt gefüllte, durchsichtige Beutel. In jedem der Beutel reifte ein neuer Homunkulus heran.

Dem Hexer wurde der Kopf immer schwerer, und er hatte immer mehr Mühe, die ständig müder werdenden Augen auf den nächsten Marmortisch zu konzentrieren. Dieser stand im rechten Winkel zu den anderen ganz vorn im Raum, und auf ihm thronte sein ganzer Stolz: ein merkwürdiges Gerät, das gewisse Ähnlichkeiten mit den Seelenkollektoren aufwies. Eine Maschine, die aus Fleisch, Blut und Knochen, kombiniert mit Getrieben, Zahnrädern und Sprungfedern bestand. Sie hockte mitten auf dem Tisch und sah aus wie ein monströses, körperunabhängig funktionierendes inneres Organ. Sie schnurrte, gurgelte und zitterte, während sie fleißig die Funktion ausübte, für die sie geschaffen worden war.

Der graue Star trübte bereits Meskals Blick, als er beobachtete, wie ein Diener, aus einem durchsichtigen Behälter, Seelengefäße in eine pulsierende Öffnung auf dem Rücken der lebendigen Maschine füllte. Die Seelen wurden langsam aus den Fläschchen in das Gerät gesaugt, wo sie zu Meskals kostbarer, lebensverlängernder Droge verarbeitet und destilliert wurden. Die hochgradig abhängig machende Dämonendroge Uforia war lediglich ein Nebenprodukt dieses Prozesses.

Der Hexer kicherte und beugte sich geschwächt vor. Ihm fiel ein, wie herablassend Shugg sich damals geäußert hatte, als er begann, die Droge zum Verkauf unter den niederen Dämonenrassen zu entwickeln.

»Du verschwendest deine Zeit, Hexer!«, hatte er gesagt. *»Kein Dämon, der halbwegs bei Verstand ist, verunreinigt für einen flüchtigen Moment der Ekstase seinen Körper auf derartige Weise.«*

Meskal hatte dem alten Kurgarru das Gegenteil bewiesen. Das Uforia-Geschäft war zunächst sehr schleppend angelaufen. Im Laufe der Jahre aber florierte es erheblich. In diesem Jahr machten die Drogeneinkünfte bereits über die Hälfte ihres Nettoeinkommens aus. Das war mehr, als die Nachtclubs und der Handel mit Seelen einbrachte.

Die Dämonen unterschieden sich in gewisser Hinsicht nur sehr wenig von den Menschen. Viele von ihnen suchten nach einer Möglichkeit, der stumpfsinnigen Monotonie ihres täglichen Lebens zu entkommen. Und Meskal schätzte sich mehr als glücklich, ihnen die Mittel für diese Alltagsflucht bereitstellen zu können.

»Wo bleibt meine Medizin?«, schrie er mit letzter Kraft. Er hustete und rang nach Luft. Seine Lungen begannen, sich zu verschließen.

Endlich kehrte der Homunkulus mit einer Spritze und den vier restlichen Ampullen zurück.

»Du ... du musst mir die Injektion setzen«, keuchte Meskal und zog die Luft in seine mit Flüssigkeit gefüllten Lungen. »Schnell!« Mittlerweile rann ihm bereits Blut aus den Mundwinkeln und befleckte sein weißes Hemd.

Er sah aufmerksam zu, wie der Homunkulus sich neben den Sessel kniete und den Inhalt einer Ampulle in die Spritze aufzog. Er nahm den schlaffen, knochigen Arm seines Meisters und krempelte Jacken- und Hemdärmel hoch. Dunkelblaue Adern flatterten unter dem dünnen, bleichen Fleisch. Der Homunkulus legte die Aderpresse an, stach mit der Nadel in eine Vene in der Armbeuge und spritzte die Flüssigkeit hinein.

Meskals Mund öffnete sich zu einem stummen Schmerzensschrei, als die Droge in seinen Blutkreislauf gelangte und mit magischer Kraft seinen alternden Körper bearbeitete.

Der gesichtslose Diener zog die Nadel heraus und trat zurück. Meskal warf sich in dem Ledersessel hin und her. Sein Atem kam in kurzen Stößen. Obwohl der Prozess zunächst körperlich und mental erschöpfend war, tat die Injektion doch nach wenigen Augenblicken ihre Wirkung. Der Hexer war wieder jung und voller Lebensenergie.

Angeekelt blickte er auf seine Anzugjacke und das blutbefleckte Hemd hinab. »Sieh sich das einer mal an!«, murmelte er.

Er sprang aus dem Sessel, zog rasch die verschmutzten Kleidungsstücke aus, rollte sie zu einer Kugel zusammen und warf sie dem Homunkulus zu. »Verbrenn das alles und bring mir neue Sachen!« Meskal ging durch das Labor zu seinem kostbarsten Gerät. Eine zähflüssige, blassgrüne Flüssigkeit tropfte durch ein geschwungenes Rohr, das aus der lebendigen Maschine austrat, auf einen Keramikteller. Sofort verdickte sie sich zu einer Paste mit der Konsistenz von Haferschleim: Uforia im Rohzustand.

Meskal beugte sich vor und nahm sorgfältig eine Kupferröhre unter die Lupe, die vorn aus dem Gerät herausragte. Das war es, worauf es wirklich ankam. Was aus dieser Röhre kam, brauchte er, um am Leben zu bleiben – die Verjüngungsdroge.

Er beobachtete, wie sie heraustropfte. Eine kleine Menge der grün schillernden Flüssigkeit hatte sich bereits auf dem Boden eines mit Runen bedeckten Becherglases angesammelt. Die Produktion dieser kleinen Menge hatte über ein Jahr gedauert und mehr als zwanzig Seelen gekostet. Meskal starrte auf den Tropfen, der sich am Ende der Kupferröhre formte. Er musste eine Methode finden, mit der er das Elixier schneller herstellen konnte.

Nachdem ihm Shugg gezeigt hatte, wie man die lebensverlängernde Droge aus Menschenseelen gewann, war Meskal davon überzeugt gewesen, alle Zeit der Welt zu besitzen. Aber nun befürchtete er allmählich, dass dieser Luxus ihm nicht mehr lange zur Verfügung stand.

Der Homunkulus brachte Meskal ein frisches weißes Hemd, und der Hexer reichte seinem Diener die Spritze und die drei übrig gebliebenen Ampullen.

»Bring es dorthin zurück, wo du es hergeholt hast!«

Er nahm das Hemd und zog es über. Wenn Angel erst einmal ausgeschaltet ist, nehmen die Dinge wieder ihren gewohnten Gang, dachte er, als er aus dem Labor in seine Wohnung ging und sich dabei das Hemd zuknöpfte. Aber irgendwie beschlich ihn auch eine dunkle Vorahnung, dass seine Probleme noch längst nicht ausgestanden waren. Nachdem er sich das Hemd in die Hose gesteckt hatte, ging er an die Bar, um sich einen Drink zu mixen. Angel hatte Freunde. Meskal erinnerte sich an die dunkelhaarige Schönheit, die er im Club kennen gelernt hatte, und den Partner, von dem seine Homunkuli gesprochen hatten, als sie das Debakel in Bentones Apartment zu erklären versucht hatten.

Stirnrunzelnd leerte er sein Glas und schenkte noch einmal nach. Dieser Angel durfte auf gar keinen Fall sein Geschäft in Gefahr bringen. Aber die Entscheidung, die er nun treffen musste, fiel ihm nicht leicht.

Vor langer Zeit, als er und Shugg von den Soldaten des Papstes Innozenz III. aus den römischen Katakomben vertrieben wurden, hatte er sich geschworen, nie wieder vor etwas wegzulaufen. Er dachte an seine Wut und das Gefühl der Hilflosigkeit, als er alles, was ihm etwas bedeutete, zurücklassen musste. Seine Werkzeuge, seine Bücher … seine Schriften. Er hatte damals gegen die päpstlichen Soldaten nichts ausrichten können. Sie hatten im Blutrausch die unterirdischen Grabkammern nach den Monstern durchsucht, die immer wieder Bürger Roms von den Straßen entführt hatten. Sie hatten keine Wahl gehabt. Um zu überleben, hatten er und Shugg fliehen müssen.

Meskal räusperte sich vernehmlich, und der Homunkulus mit der goldenen Kette erschien im Türrahmen. Die Situation gestaltete sich nun ganz ähnlich. Ihm blieb keine Wahl. Er musste fliehen. Diesmal aber wollte er einen kontrollierten Rückzug.

»Packt das ganze Labor ein! Wir ziehen an einen sichereren Ort.«

»Ja, Meister«, entgegnete der Homunkulus.

Meskal wandte dem künstlichen Mann den Rücken zu und entließ ihn ohne ein weiteres Wort. Mit dem Glas in der Hand ging er an einen großen Holzschrank hinter seinem Schreibtisch. Er holte seinen Schlüsselbund aus der Tasche und schloss die Schranktür auf, um eine der breiten Schubladen aufzuziehen. Auf einem roten, drapierten Seidentuch lagen zahlreiche Fläschchen, jedes mit einer Seele gefüllt. Meskal betrachtete sie mit einem warmen Lächeln im Gesicht. Diese Ampullen waren überaus kostbar. Für ihren Transport musste er selbst Sorge tragen.

Aus einem anderen Schrank holte er eine robuste Reisetasche, ein Werbegeschenk einer der zahlreichen pharmazeutischen Firmen, mit denen er Geschäfte machte. Er griff gerade nach dem ersten Fläschchen in der Schublade, als Geräusche der Zerstörung aus dem Nebenraum drangen.

Das Labor!, dachte Meskal in Panik.

Er verließ die Wohnung im Sturmschritt, seine Panik wandelte sich in Wut. Wenn diese Homunkuli irgendetwas Wertvolles kaputtgemacht haben, werde ich sie allesamt vernichten!

Sein Labor war vernebelt mit dicken Rauchwolken. Ein Tisch, auf dem sich zahlreiche Chemikalien befunden hatten, war umgekippt. Gefäße und Becher lagen in Scherben auf dem Boden. Ein umgefallener Bunsenbrenner hatte die Chemikalien entzündet, wodurch der graue Rauch entstanden war, der jetzt die Sicht so sehr trübte. Meskals Gedanken rasten. Wo sind sie? Wie konnten sie nur so unvorsichtig sein!

Rasch riss er den Feuerlöscher von der Wand und jagte den erstickenden Schaum in die Flammen. Als das Feuer gelöscht war, warf er das Gerät zu Boden und stolperte zu seiner kostbarsten Maschine.

»Was habt ihr getan?«, rief er. Sein Herz brach fast, als er über die heranreifenden Seelenkollektoren stolperte, die zwischen den Scherben der zerbrochenen Gläser auf dem Boden lagen.

Als der Rauch sich langsam lichtete, nahm Meskal eine Bewegung wahr. »Ich sehe dich! Wo sind die anderen?«

Die Gestalt zeichnete sich neben dem Tisch ab, auf dem die Maschine stand, der er seine Unsterblichkeit verdankte. Er wurde etwas ruhiger, als er die Arbeitsgeräusche des Geräts hörte, das offenbar immer noch seine höllische Aufgabe erfüllte.

»Antworte mir, du nutzloses Stück Dreck!«, knurrte

Meskal und wollte nach dem schweigenden Homunkulus greifen.

Plötzlich stolperte er jedoch über irgendetwas und wäre fast gestürzt. Als er zu Boden blickte, sah er, dass sich seine Füße in einem Mantel verfangen hatten.

Ihn beschlich ein sehr ungutes Gefühl. Nervös spähte er durch den Rauch, und die Gestalt vor ihm wurde langsam sichtbar. Meskal stockte der Atem. Es war gar kein Homunkulus!

Angels Kleider waren zerfetzt und blutverschmiert. Mit der einen Hand hielt er den Kopf eines Homunkulus und mit der anderen den Dolch. In der rauchigen Luft leuchteten seine gelben Augen unheimlich. Er lächelte. »Jetzt wird abgerechnet«, sagte Angel, bleckte seine Vampirzähne und wischte mit der Hand, in der er den Homunkulus-Kopf hielt, das kostbare Gerät vom Tisch.

»Nein!«, schrie Meskal, doch die Apparatur krachte zu Boden. Er rannte auf den Vampir zu, erkannte aber im Lauf, wie dumm das war, und tatsächlich schleuderte Angel ihm den Homunkulus-Kopf zielsicher unters Kinn. Der Hexer wurde durch die Luft geschleudert, knallte am anderen Ende des Labors gegen die Wand und landete mit einem dumpfen Aufschlag auf dem Boden. Er hob den Kopf und versuchte, gegen die Ohnmacht anzukämpfen.

»Ich hab' dir ja gesagt, es ist noch nicht vorbei«, knurrte der Vampir.

Angel zerrte Anton Meskal durch sein zerstörtes Labor in das daran anschließende Büro. Er lehnte den fast bewusstlosen Hexer an die Wand und sah sich um. Wo würde ich selbst die Vorräte verstecken, wenn ich ein böser Hexer wäre?, überlegte er und dann bemerkte er auch schon den Schrank hinter dem Schreibtisch.

Er trat an die offen stehende Schublade und erblickte die zahlreichen Fläschchen. Auf der Suche nach Aubreys Seele prüfte er sorgfältig jedes einzelne.

Angel fand sie weder in der ersten Schublade noch in den acht anderen. Er hatte das Fläschchen, das die Lebenskraft des Mädchens barg, einmal gesehen und konnte sich noch sehr gut an diesen Anblick erinnern. Die Seele des Mädchens befand sich definitiv nicht in diesen Schubladen.

Er hörte den Hexer stöhnen und drehte sich zu ihm um. Meskal schlug die Augen auf und erschrak, als er Angels Furcht erregendes Gesicht erblickte.

»Aubrey Bentones Seele«, sagte Angel nur. Er klang frustriert. »Wo ist sie?«

Der Hexer wischte sich Blut von der geschwollenen Unterlippe. Er trug einen ungläubigen Ausdruck im Gesicht. »Du hörst nicht auf, mich zu beeindrucken, Angel. Wie konntest du nur all diesen drogenverrückten Dämonen entrinnen?«

In Angels Erinnerung zuckte noch einmal die Dunkelheit auf, die über ihn gekommen war, als ihn die Dämonen bewusstlos geschlagen hatten. Aber es war kein süßes Vergessen gewesen. Stattdessen hatte er sich erneut auf dem Friedhof wieder gefunden, an der letzten Ruhestätte seiner Familie.

Auch Aubrey war dort gewesen, immer noch in ihrem Krankenhaus-Nachthemd, auf den Augen immer noch die dicken Wattepads. Sie saß am Grab seiner Schwester und weinte. Als Angel zu ihr ging, hatte sie zu ihm aufgesehen und ihn verzweifelt gebeten, nicht aufzugeben.

»Bitte, Angel«, hatte sie gesagt. *»Bitte gib mich nicht auf!«* Sie hatte den Grabstein berührt und war mit den Fingern über die Inschrift gefahren. *»Uns beide nicht!«*

Dann hatte sich das Kind wieder umgedreht, als die Erde auf dem Grab aufwallte. Mit einer Mischung aus Faszination und Horror hatte Angel zugesehen, wie eine kleine Hand – einer blassen, exotischen Blume gleich – aus dem Boden gebrochen war.

Die Hand hatte ihm zugewinkt.

Und wie im Traum hatte er ihre Stimme gehört, die

Stimme seiner Schwester, wie das Rascheln des Windes in den Bäumen. *»Bitte!«*, hatte sie gerufen.

Angel blinzelte, um die peinigende Erinnerung zu vertreiben.

»Ich habe den Dämonen einen Deal angeboten«, erklärte er und beantwortete damit die Frage des Hexers. »Ich habe versprochen, sie nicht bis auf den Letzten auszumerzen, wenn sie mich zu dir durchlassen.«

Angels Antwort war gar nicht so weit von der Wahrheit entfernt. Er war auf dem Boden der Lagerhalle erwacht, als die drogenabhängigen Dämonen darüber gestritten hatten, auf welche Weise sie ihn fertig machen wollten. Er hatte ihnen bei der Lösung des Problems geholfen, indem er ihnen die Entscheidung abnahm. Einige waren ihm jedoch entkommen. Bei ihnen hatte der Überlebenswille offenbar über die Sucht gesiegt.

Meskal stützte sich an der Wand ab. Angel bemerkte, um wie viel jünger der Mann wirkte, seit er ihn zuletzt gesehen hatte.

»Ich könnte dir denselben Handel anbieten, aber ich glaube, du gehst nicht darauf ein. Und jetzt die Seele!«

Der Hexer warf ihm einen Furcht erregenden Blick zu. »Nach dem, was du hier angerichtet hast, ist ja wohl klar, dass alles, was dir teuer ist, auf ewig verdammt sein wird!«

Angel verlor die Beherrschung. Meskal bildete sich in seiner Arroganz anscheinend noch ein, ihm drohen zu können. Sein Gesicht verwandelte sich erneut; er schlug brutal mit beiden Fäusten auf die Glasplatte des Schreibtischs. Es regnete Scherben, und das Telefon des Hexers mitsamt einer hübschen Holzkiste fielen zu Boden.

Meskal wollte einen Schritt auf Angel zumachen, um seine kostbaren Ampullen zu retten, aber Angel bekam die Holzkiste als Erster zu fassen. Als er den Deckel öffnete, spürte er Meskals Blick. Rasch holte er die Spritze und die drei Ampullen mit der lebensverlängernden Droge heraus. Er hielt sie dem Hexer hin, und Meskals Gesicht zuckte vor Frustration und Zorn.

»Gib das sofort her!«, verlangte er mit zitternder Stimme.

»So machst du das also?«, fragte Angel. »So betrügst du die Zeit?«

Der Hexer sah aus, als stünde er kurz davor, eine große Dummheit zu begehen.

»Erinnere dich daran, wie du das letzte Mal versucht hast, mich aufzuhalten! Da hast du ja einen recht flotten Zauberspruch hingelegt. Aber das hat dich ein bisschen erschöpft, nicht wahr?«

Meskal lehnte sich mit einem schweren Seufzer an die Wand. »Wie man hier in den Staaten sagt: Du bist am Ball!«

Angel zeigte auf den Schrank. »Wo ist die Seele von Aubrey Bentone?« Meskal schüttelte den Kopf, und ein verschlagenes Grinsen kroch über sein Gesicht. »Wo, ja wo nur, könnte dieses kleine Seelchen sein?«

Der Hexer stieß sich von der Wand ab, und die Arroganz kehrte in seinen Blick zurück. »Vielleicht bin *ich* jetzt wieder am Ball, Angel.«

Ungerührt warf Angel die Spritze und die Ampullen auf den mit Glassplittern übersäten Boden und zertrat sie mit dem Stiefelabsatz.

»So viel zum Thema Ballwechsel!«

Meskal schrie auf, als er sah, wie die grüne Flüssigkeit zwischen den Glassplittern unter Angels Schuh hervorquoll. Er fiel mit gesenktem Kopf auf die Knie, als wäre er seines Lebensinhalts beraubt.

»Die Seele des Mädchens ... sie ist bei Shugg. Bitte ... Bitte quäl mich nicht länger! Ich brauche jetzt Zeit, Ruhe ... Verschwinde! Du hast genug angerichtet!«

Angel nahm die Reisetasche und fing an, die Fläschchen aus den Schubladen hineinzufüllen.

»Was tust du da?«, hörte er den Hexer fragen. »Ich habe dir doch gesagt, wo die Seele ist ...«

»Ich nehme diese Seelen hier mit – als Sicherheit. Beschaff mir die Seele des Mädchens, und du bekommst sie alle zurück.«

Angel spürte den Hexer in seinem Rücken und drehte sich um. Meskal sah so verzweifelt aus, als wäre er bereit, ein großes Risiko einzugehen.

Ungerührt zog Angel den Reißverschluss der Tasche zu. »Zaubere du ruhig herum, Anton! Vielleicht gelingt es dir ja, mich zu töten. Aber ich frage mich, was geschieht, wenn du lediglich deine Energie verschwendest und es nicht schaffst? Du kannst dir gar nicht vorstellen, wie gern ich dir beim Verrotten zusehen würde.«

Angel zog eine Visitenkarte aus der Manteltasche und reichte sie Meskal. »Hier ist meine Nummer. Lass deinen Boss bei mir anrufen, damit wir den Austausch verabreden können.«

Mit zitternder Hand ergriff Meskal die Karte und sah sie sich an. »Er ist nicht mein Boss, und er wird nicht besonders glücklich sein, wenn ich ihm erzähle, was du mitgenommen hast.«

»Das hoffe ich doch sehr«, entgegnete Angel.

Er schwang sich die Tasche, die schwerer war, als erwartet, über die Schulter. Die Fläschchen schlugen aneinander und klimperten wie ein Windspiel. Meskal stockte der Atem.

»Darf ich dir einen Rat geben, Vampir? Behandele die Fläschchen mit großer Vorsicht. Die Energie, die in ihnen steckt, kann sich unter Umständen als ziemlich vernichtend erweisen, wenn sie auf einmal freigesetzt wird.«

»Danke für den Tipp«, entgegnete Angel. Er wandte sich von dem Hexer ab und ging die Treppe hinunter. Auf seinem Weg aus dem Haus achtete er darauf, nicht auf die toten Dämonen zu treten – oder besser gesagt auf die Reste, die von ihnen übrig geblieben waren.

In seinem tiefsten Innern spürte Angel es; ein Kribbeln, das ihm signalisierte, dass die Sache fast ausgestanden war.

Bald, dachte er. *Bald!*

June Bentone begann unwillkürlich zu zittern, als sie an die Klinke der Stahltür griff, die in die Lagerhalle führte.

Sie drückte leicht dagegen, und die Tür ging auf.

Innerlich verfluchte sie sich. Weil sie seit Aubreys Erkrankung keine Nacht geschlafen hatte, war sie in ihrem Auto weggedöst, als sie darauf wartete, was als Nächstes geschehen würde. Erst nach ungefähr einer Stunde war sie erschreckt aufgewacht. Die Limousine stand immer noch vor der Lagerhalle, aber June fragte sich, ob sie nicht in der Zwischenzeit etwas verpasst hatte. Und so war ihr keine andere Wahl geblieben, als selbst in das Gebäude vorzudringen.

June streckte die Hand mit der Waffe weit vor. Es war eine 38-er *Smith & Wesson Chief*, und sie erinnerte sich noch sehr gut an den Tag, an dem sie sie gekauft hatte. Ein Mann war zu ihr nach Hause gekommen. Er hatte mit David sprechen wollen. Aber ausnahmsweise hatte David den ganzen Tag gearbeitet und war nicht zu Hause gewesen. Der Mann hatte Aubrey gesehen, wie sie auf einer Decke im Wohnzimmer spielte. »*Es wäre wirklich tragisch, wenn so einem kleinen, süßen Mädchen etwas zustoßen würde, und das nur wegen einer so trivialen Sache wie Geld.*« In ihrer Erinnerung hörte June immer noch seine Stimme.

Sie hatte die Tür zugeknallt, hatte sich Aubrey und ihre Tasche geschnappt und war zu einem Geschäft für Sportschützen gefahren. Dort hatte sie die erforderlichen Formulare ausgefüllt und die Waffe erworben. Bei dem Gedanken, eine Waffe im Haus zu haben, drehte sich ihr zwar der Magen um, aber es musste sein, um ihre kleine Tochter effektiv beschützen zu können.

Hat ja viel genützt!, dachte sie bitter.

Sie betrat die Lagerhalle und konnte kaum fassen, was sich vor ihren Augen auftat: Leichen. Zehn … fünfzehn … mindestens zwanzig lagen zusammengeschlagen und blutend überall verstreut.

Bittere Galle schoss June in die Kehle, und sie bekämpfte den Drang, sich zu übergeben. Ihr erster Reflex war, wegzulaufen vor diesem Blutbad, aber sie sah sich gezwungen, auf wackeligen Beinen näher zu treten. Bei genauerer Betrachtung stellte sie fest, dass es keine menschlichen Leichen waren. Sie waren monströs, manche hatten glänzende Schuppen, andere Mäuler voller schwarzer, zerklüfteter Zähne, und manche trugen sogar Hörner.

June spürte, wie der Wahnsinn ihr den Verstand zu rauben drohte. Sie dachte an Aubrey, um nicht die Nerven zu verlieren und nicht einfach in die dunkle Nacht hinauszulaufen. Sie studierte die starren Gesichter der Monster, die dort tot vor ihr lagen. Wenn sie ihre Tochter irgendwann wieder gesund in die Arme schließen wollte, würde sie sich wohl an solche Anblicke gewöhnen müssen.

Wer kann so etwas getan haben?, fragte sie sich.

Da fiel ihr ein, wie brutal Angel gegen die gesichtslosen Angreifer in der Gasse vorgegangen war. Sie erinnerte sich an die vortretende Stirn, die stechenden gelben Augen und die gefährlichen Eckzähne.

Von oben hörte sie plötzlich eine Stimme. Sie wagte sich ein Stück weiter in die Finsternis vor und lauschte. Es war der Mann aus dem Club, da war sie sich ganz sicher. Offenbar telefonierte er mit jemandem, denn eine zweite Stimme war nicht zu hören.

Er schrie herum und redete und redete, aber June verstand nicht genau, über was er sich so aufregte. Hatte es etwas mit Angel zu tun? Und wenn ja, wo war er? Wenn Angel etwas geschehen war, wer konnte dann noch ihrer Tochter helfen? Wer konnte Aubrey helfen?

June spürte das Gewicht der 38-er in ihrer Hand. Wenn Angel wirklich etwas zugestoßen war, dann musste sie selbst zur Tat schreiten.

Der Mann brüllte immer noch, als sie vorsichtig an den Fuß der Treppe vorrückte. Sie dachte an ihre kleine Tochter, die bewusstlos in einem Krankenhausbett am anderen

Ende der Stadt lag, atmete zweimal tief durch und marschierte die Treppe hoch.

Meskal schritt in seinem demolierten Laboratorium auf und ab und debattierte verzweifelt mit Shugg am Telefon. »Es ist alles verloren. Der Vampir hat das ganze Labor zerstört!«

Glas knirschte unter seinen edlen Neunhundert-Dollar-Schuhen.

Der Hexer atmete zitternd tief durch. »Und er hat auch alle Fläschchen mitgenommen.«

Er hielt sich den Hörer weit weg vom Ohr, als er dem wütenden Bellen lauschte, das vom anderen Ende der Leitung kam. Er hörte Wasser plätschern. Der Dämon lag wohl in seinem Pool.

»Mir ist es scheißegal, ob er eine Seele hat«, brüllte der Kurgarru. »Wir werden ihn vernichten. – Und mit ihm jeden Beweis, dass er je auf Erden gewandelt ist. Ich persönlich werde ihm den Holzpflock in sein räuberisches Herz stoßen, seine Asche nehmen und …«

Meskal unterbrach ihn: »Er sagte, wir bekämen die Fläschchen zurück, wenn wir ihm die Seele des Mädchens aushändigen.«

Es gab eine lange Pause, bevor der Dämon sprach. »Das ist nicht gut, gar nicht gut. Das ist doch Erpressung … Unvorstellbar! Niemand darf uns erpressen wollen!«

Meskal machte einen großen Schritt über die Reste der Maschine hinweg, die den Stoff produzierte, den er zum Jungbleiben brauchte. – Den er brauchte, um am Leben zu bleiben. Nichts war von ihr übrig geblieben. Das Gefäß lag zerbrochen auf dem mit Scherben übersäten Boden, und die glitzernden Bestandteile waren überall verstreut.

Noch nie hatte er einen solchen Drang verspürt, jemanden zu töten, wie nun bei Angel.

»Zu diesem Zeitpunkt haben wir keine andere Wahl, als darauf einzugehen. Wir müssen uns die Ampullen zurückholen.« Meskal schritt auf und ab und verschloss die Augen vor der Verwüstung in seinem Labor. »Ich gebe es nur höchst ungern zu, aber es ist dem Vampir gelungen, die Oberhand zu gewinnen.«

Der Hexer hörte plötzlich ein knirschendes Geräusch hinter sich. Rasch drehte er sich um. Eine Frau, die er nicht kannte, wahrscheinlich Ende dreißig, in Jeans und einer billigen Seidenbluse, stand da, richtete eine Pistole auf ihn und blickte ihn hasserfüllt an.

Shugg plärrte weiter ins Telefon. »Für den Moment schon, aber wenn die Gelegenheit kommt, müssen wir mit der Kraft von …«

»Würdest du mich einen Augenblick entschuldigen«, sagte Meskal in den Hörer.

Der Dämon verstummte.

»Kann ich Ihnen behilflich sein?«, fragte er die Frau. Er setzte ein warmes Lächeln auf, denn eine Schusswunde war das Letzte, was er jetzt noch zusätzlich gebrauchen konnte.

Die Frau umklammerte die Pistole noch fester und sah ihn finster an. Ihre Stimme zitterte, als sie das Wort ergriff: »Was haben Sie meinem kleinen Mädchen angetan?«

Meskal hatte keine Ahnung, wovon die Frau sprach. »Ich bin ehrlich verwirrt, meine Teure. Von welchem kleinen Mädchen reden Sie?«

Der Schuss klang wie Kanonenfeuer, und die Kugel schlug rechts von ihm in der Wand ein. Er starrte in den noch qualmenden Lauf der Pistole und dann in das Gesicht der Frau. Sie kniff die Augen zusammen.

»Von *meinem* kleinen Mädchen.«

Er sah, wie sich ihr Zeigefinger um den Abzug spannte, als sie näherkam.

»Und wo ist Angel? Was haben Sie ihm angetan?«

Auf einmal wurde dem Hexer alles klar, und die dunklen Wolken teilten sich, um den Sonnenstrahlen Platz zu machen. Nun wusste er ganz genau, wer die Frau war.

Er lächelte sie wieder an. Diesmal ohne jede erkennbare Wärme. »Sie sind diejenige, die Angel engagiert hat? Sie haben uns das alles eingebrockt!«

Tränen liefen ihr über das von Schmerz gezeichnete Gesicht. »Wo ist ihre Seele, Sie dreckiger Bastard?«

Meskal nahm den Hörer wieder ans Ohr. »Shugg, ich rufe dich später zurück. Ich glaube, die Situation hat sich gerade zu unseren Gunsten gewandelt.« Er legte auf und widmete der Frau mit der Pistole wieder seine ganze Aufmerksamkeit.

Sie ging zögernd auf ihn zu, die Waffe auf sein Gesicht gerichtet. Mit wildem Blick sah sie ihn an. »Was haben Sie mit der Seele meiner Tochter gemacht?«

Meskal klappte sein Handy zu und steckte es in die Hemdtasche. Seine Bewegungen waren langsam, nicht bedrohlich. »Beruhigen Sie sich – Ms. Bentone. Beruhigen Sie sich. Die Seele Ihres Kindes ist in Sicherheit.«

Und dann stürzte er sich wie ein hungriges Raubtier auf sie.

»Und sie gehört mir.«

13

»Vickie Vale?« Angel sah Cordelia ungläubig an und stellte die Reisetasche vorsichtig auf ihrem Schreibtisch ab. »Du hast Meskal gesagt, du heißt Vickie Vale?«

Cordelia zuckte mit den Schultern. »Wie soll ich es erklären? Ich bin eben etwas nervös geworden. Und als Alternative ist mir nur Darva Conger eingefallen.« Sie wechselte rasch das unliebsame Thema. »Du hast also diesen Hexer fertig gemacht? Ich kann dir sagen, das hat noch nie einer so verdient wie der! War ziemlich unwirsch, als das Gespräch auf seinen Vater kam. Ich glaube, sie haben sich nicht besonders gut verstanden.«

»Sein Vater?«

Cordelia verdrehte die Augen. »Erinnerst du dich etwa nicht? Clive Meskal? Der große Hollywood-Macher, der damals verdächtigt wurde, mit Satanisten zu tun zu haben?«

Angel schüttelte den Kopf. »Es war nicht sein Vater, es war Anton Meskal selbst – mit anderem Vornamen. Sieht so aus, als wäre unser Hexerfreund dank der Seelen, die er geraubt hat, schon eine ganze Weile im Geschäft.«

»Was? Dieser ekelige Typ ...« Cordelia runzelte die Stirn.

Doyle, der schweigend an der Wand hinter Cordelias Schreibtisch gelehnt hatte, zeigte auf die Tasche. »Was hast du denn da mitgebracht? Vielleicht die Erhörung der Gebete einer Mutter?«

Angel zog den Reißverschluss auf. »Ich habe hier über hundert Seelen in der Tasche, aber nicht die, nach der wir suchen.«

Doyle und Cordelia beugten sich beide vor, um in die Tasche zu schauen.

»Wow! Sie sind wunderschön! Man sollte sie in diesen kleinen blauen Schachteln von *Tiffany's* verkaufen«, sagte Cordelia staunend.

»Schon der Anblick einer Einzigen hat mir die Sprache verschlagen«, fügte Doyle beeindruckt hinzu.

Angel griff in die Tasche und holte ein Fläschchen heraus. »Jede Seele, die in diesen Ampullen steckt, hat ihr einzigartiges Aussehen, so individuell wie die Menschen, denen sie geraubt wurden.«

Die Farbe des Fläschchens in seiner Hand wechselte von Hellgelb zu Blassgrün, und dann nahm es plötzlich die Farbe von flüssigem Metall an. »Aubreys Geschichte kennen wir nun, aber was ist mit dieser hier und all den anderen? Was für ein Schicksal verbirgt sich hinter ihnen?« Er ließ seinen Blick wieder über die Tasche schweifen, über die Lebensenergien von über hundert Menschen. »Warum haben wir nicht früher davon erfahren?«

Doyle betrachtete das Fläschchen in Angels Hand. »Wir leben in einer seltsamen Welt, Angel. Vielleicht wurden sie ja nicht alle gewaltsam geraubt.«

Angel fand diese Vorstellung sehr beunruhigend. »Du glaubst, manche Menschen haben ihre Seele freiwillig gegeben?«

Doyle sah beklommen zur Seite. »Wer weiß, was Meskal den armen Schluckern angeboten hat. Vielleicht glaubten sie – wie Bentone – sowieso nicht an die Existenz der Seele und sahen den Deal als eine einfache Lösung für ihre Probleme an.«

Cordelia nahm Angel das Fläschchen aus der Hand und hielt es hoch. »Da soll eine ganze Seele reinpassen? Ich glaube, meine bräuchte mehr Platz!« Kopfschüttelnd gab sie Angel das Gefäß zurück.

Er und Doyle starrten sie sprachlos an.

»Was habt ihr denn? Was ist denn?«, fragte Cordelia verteidigend. »Ich glaube eben, dass meine Seele knallvoll von Liebe und allen möglichen anderen warmen und gütigen Gefühlen ist und so. Meine Seele muss echt riesig sein, oder seid ihr da anderer Meinung?«

Das Telefon klingelte und entband Angel und Doyle von der unlösbaren Aufgabe, eine passende Antwort zu finden.

»*Angel Investigations*«, meldete sich Cordelia.

Angel beobachtete, wie sie zuerst schockiert, dann angeekelt dreinblickte. Schließlich reichte sie ihm das Telefon und legte dabei eine Hand auf den Hörer.

»Ich glaube, es ist dieser Kugaluga-Dämon oder jemand mit einer fürchterlichen Erkältung«, raunte sie ihm zu.

»Hier ist Angel«, meldete sich der Vampir.

»Und hier ist Shugg. Ich glaube, du hast etwas, das mir gehört.«

Angels Griff um das Telefon festigte sich. Von der Stimme am anderen Ende der Leitung bekam er eine Gänsehaut. Sie erinnerte ihn an die Zeit des Schwarzen Todes, als die Menschen reihenweise an ihrem eigenen Blut erstickten und zu Grunde gingen. »Was für ein Zufall!«, sagte der Vampir mit tiefer, bedrohlicher Stimme. »Und du hast etwas, das ich haben will.«

Shugg atmete schnaufend, gurgelnd. »Dann sollten wir vielleicht miteinander ins Geschäft kommen, oder?«

Angel warf einen Blick auf die Tasche mit den geraubten Seelen. Er schloss die Augen, um sich nicht von ihrer intensiven Schönheit hypnotisieren zu lassen. »Wie ich deinem Partner sagte: Gebt mir die Seele des Mädchens, und ich gebe dir dein Eigentum zurück.«

Das Lachen des Dämons klang in Angels Ohren wie die Geräusche eines verstopften Abflussrohrs.

»Ich soll dir vertrauen, Vampir?« Shugg lachte wieder. Es hörte sich grauenhaft an.

»Offenbar vertraust du mir genauso viel oder wenig wie ich dir«, bemerkte Angel. Er hielt den Hörer vom Ohr weg, als Shugg laut zu knurren begann.

»Die Übergabe wird heute Nacht in meinem Haus stattfinden. Ich bitte die Unannehmlichkeiten zu entschuldigen, aber über die Jahre bin ich ein wenig einsiedlerisch geworden. Meine Behausung verlasse ich nicht mehr.«

»Du lädst mich zu dir nach Hause ein?«, fragte Angel.

»Wie schrieb schon Mister Stoker in seinem Buch?« Shuggs Atem ging pfeifend und röchelnd. »›*Willkommen in meinem Haus! Tretet ungehindert ein, wie es euch beliebt!*‹ oder so ähnlich.«

»Ich lese nicht besonders viel«, log Angel. Der Dämon hatte für seinen Geschmack entschieden zu gute Laune, und er wollte sie nicht auch noch fördern.

»Heute Abend also.«

»Heute Abend«, bestätigte Angel, notierte die Adresse auf einem Block und reichte Cordelia das Telefon zurück.

Sie nahm das Gerät mit spitzen Fingern entgegen. »Das war also ein Dämon?«, fragte sie und rümpfte die Nase. »Dämonen sind so was von ekelhaft! Vom Anblick her sowieso, aber dieser hier klang auch noch wie ein perverser, obszöner Anrufer. Ihr wisst schon, was ich meine, oder?«

Doyle räusperte sich. »Dann steigt die Party heute Abend?«

Angel nickte. »Sieht so aus.«

Doyle rieb sich nervös das Kinn. »Versteh mich nicht falsch, Angel, ich will deine Taktik nicht hinterfragen oder so, aber du hast doch nicht im Ernst vor, diesem Dämon die Seelen wiederzugeben, oder?«

Angel zog den Reißverschluss der Tasche zu. »Wie du weißt, bin ich verhältnismäßig ehrenhaft, Doyle.«

Der Halbdämon sah ihn verwirrt an. »Ich wollte auf keinen Fall deine Ehre in Frage stellen, Angel, es ist nur so ...«

»Wie kommst du dann auf die Idee, ich könnte mit einem alten Dämon, der sich von Menschenseelen ernährt – noch dazu von Kinderseelen – falsches Spiel treiben?« Grinsend räumte der Vampir die Tasche von Cordelias Schreibtisch.

Doyle hatte verstanden. »Ich wollte mich nur vergewissern, dass ich für einen Mann mit Prinzipien arbeite«, bemerkte er trocken.

Angel ging zum Aufzug. »Doyle, kommst du mit? Lass uns unten Harrys Notizen durcharbeiten«, sagte er. Und dann zu Cordelia: »Könntest du vielleicht June Bentone anrufen und ...«

»Da fällt mir ein«, unterbrach sie ihn. »Ich kann sie nirgends auftreiben. Sie war heute noch nicht im Krankenhaus, und wie die Schwester sagte, ist sie gestern Abend auch nicht dort gewesen.«

Angel runzelte die Stirn. »Tu mir bitte einen Gefallen. Geh zu ihr nach Hause und sieh nach, ob sie dort ist. Sie ist schon einmal in die Schusslinie geraten, und das soll nicht noch einmal vorkommen.«

Später am Abend fuhr Angel mit Doyle die geschwungene Auffahrt zu Shuggs Anwesen hinauf. Seine Sinne waren hellwach und registrierten jedes Detail der Umgebung. Vor dem schmiedeeisernen Tor hielt er den Wagen an.

»Soll ich nicht vorgehen und nach Fallen gucken?«, fragte Doyle.

Angel sah durch die Windschutzscheibe. »Wozu gucken? Wir wissen doch schon, dass es eine Falle ist.« Er sah Doyle an, der die Tasche mit den Seelenfläschchen fest im Arm hielt. »Und ganz bestimmt wissen die, dass wir es wissen.«

»Also gut«, entgegnete Doyle. »Warum sitzen wir noch hier, wenn du sie für so clever hältst? Vielleicht können wir sie ja überrumpeln. Kann doch sein, sie haben unsere Ankunft noch gar nicht bemerkt.«

Angel entfernte mit dem Finger einen Fleck von der Windschutzscheibe. »Das glaube ich kaum.«

Doyle zeigte auf das Tor. »Wieso …«

Die Homunkuli tauchten gewissermaßen aus dem Nichts auf, aus den großen Büschen entlang der Auffahrt. Sie standen plötzlich neben Angels Wagen.

»Raffiniertes Pack, nicht wahr?«, murmelte Doyle.

Angel fuhr los, als sich das Tor langsam vor ihm öffnete. Die Homunkuli eskortierten den Wagen bis vor das große, heruntergekommene Haus. Angel und Doyle stiegen aus dem Wagen und sahen zu dem exzentrischen Hollywood-Bauwerk auf.

»Nett«, sagte Doyle. »Ich glaube, ich habe in *Die schönsten Grabmale und Friedhöfe* schon mal was darüber gelesen.«

»Es macht wirklich einen gemütlichen Eindruck«, bemerkte Angel. »In Frankenstein-Art.«

Die Eingangstür aus dickem, dunklem Holz öffnete sich, und ein Homunkulus, der wie ein Butler angezogen war und weiße Handschuhe trug, trat vor. Er verbeugte sich und bat sie herein. »Hier entlang, Gentlemen. Sie werden bereits erwartet!«

»Wie lautet also der Plan?«, flüsterte Doyle Angel zu, als sie die Stufen zum Eingang hochstiegen.

»Ich denke ihn mir gerade erst aus«, entgegnete Angel unverblümt.

Doyle glaubte, nicht richtig gehört zu haben. »Nett von dir, mich einzuweihen, Indiana Jones. Hätte ich vorher von deinem schlauen Plan gewusst, dann hätte ich mich glatt krankgemeldet.«

Sie folgten dem Butler durch einen mit dicken Teppichen ausgelegten Korridor in ein riesiges Wohnzimmer. »Bitte treten Sie näher«, sagte der Homunkulus. »Mister Meskal erwartet Sie bereits.«

Angel betrat gefolgt von Doyle den Raum. Meskal stand an einer langen Bar aus dunklem, poliertem Holz, auf der Flaschen jeder Form und Größe aufgereiht waren. Er ließ zwei Eiswürfel in ein Glas fallen und sah mit hochgezogenen Augenbrauen auf, als überrasche es ihn, Besuch zu bekommen.

»Angel!«, sagte er mit vor Bösartigkeit triefender Stimme. »Wie schön, dich wieder zu sehen!«

»Ich wünschte, das könnte ich auch sagen«, entgegnete Angel grimmig.

Er sah sich anerkennend in dem Raum um, dessen opulente Einrichtung dem Geschmack der reichen Hollywood-Elite der 30-er Jahre entsprach: Dielenboden, ein riesiger Kronleuchter, ein wunderschöner Wandteppich mit dem Motiv einer englischen Fuchsjagd.

Meskal schenkte sich einen Scotch aus einer kristallenen Glaskaraffe ein.

»Kann ich euch etwas anbieten? Bier? Wein? Vielleicht einen Softdrink?«

»Wenn es keine Mühe macht, hätte ich gern ...«

Angel sah Doyle mahnend an.

»Ach, nein«, korrigierte sich Doyle. »Danke, ich habe keinen Durst.«

Der Hexer kam mit dem Drink in der Hand von der Bar nach vorn. »Tretet näher, Gentlemen, keine Schüchternheit vortäuschen! Setzt euch!«

Meskal trat an einen hohen Ledersessel und nahm Platz. Erneut wies er in den Raum. »Bitte!«

Angel und Doyle kamen ein bisschen näher, blieben aber stehen.

»Ich muss mich entschuldigen, Angel, aus irgendeinem Grund habe ich dich gar nicht mit deiner berüchtigten Vergangenheit in Verbindung gebracht.« Der Hexer lächelte ihn an und wartete auf eine Reaktion. »Angelus. Die Geißel Europas. Wie ungemein aufregend!« Er schlug die Beine übereinander und wippte mit dem Fuß. »In gewisser Weise bin ich dir sogar zu Dank verpflichtet. Deine Eskapaden damals haben die Autoritäten so beschäftigt, dass sie nicht mitbekommen haben, was Shugg und ich taten. – Cheers übrigens.«

Angel sah ihn kalt an. »Ist die Happy Hour nicht allmählich vorbei? Ich würde das hier gerne rasch erledigen. Ich habe noch zu tun.«

Meskal stellte sein Glas auf einem Tisch ab. »Natürlich, natürlich«, erwiderte er und grinste Angel an. »Weißt du, wenn du interessiert bist, könnte ich dir diese lästige Seele entfernen, die deiner illustren Karriere so einen Knick verpasst hat.« Der Hexer hielt kurz inne. »Und das könnte ganz schön profitabel für dich sein. Nenn deinen Preis!«

Die Vorstellung, dass der monströse Angelus wieder frei sein Unwesen treiben könnte, ließ Angel erschauern. Angelus war aus gutem Grund weggesperrt, fand er, und er wollte alles in seiner Macht Stehende tun, damit das so blieb.

»Ich verliere allmählich die Geduld, Meskal. Vielleicht sollten wir unser Geschäft ein andermal erledigen, wenn du nicht so geschwätzig bist.«

»Tut mir Leid, Angel. Ich wollte nur höflich sein. Dann lasst uns also die Transaktion vornehmen!« Meskal klatschte in die Hände und drehte sich zu einer Tür am anderen Ende des Raumes um. »Ach ja, bevor ich es vergesse: Es gab in jüngster Zeit einige Entwicklungen, die sich auf die Dynamik der Übergabe ausgewirkt haben.«

Ein Homunkulus mit dicken, aufgemalten Augenbrauen betrat mit June Bentone im Schlepptau den Raum. Angel fluchte innerlich und sah angespannt zu, wie die künstliche Kreatur die Gefangene vor dem Hexer zu Boden warf. Meskal packte sie am Arm und zog sie auf die Beine. Er hatte eine Pistole aus seiner Jackentasche geholt und drückte June den Lauf in die Seite.

»Ms. Bentone ist hierher gekommen, weil sie nach dir suchte und nach der Seele ihrer Tochter. Und da ich wusste, dass ich dich bald sehen werde, habe ich sie eingeladen, mir ein wenig Gesellschaft zu leisten.«

Er stieß June, die vor Angst ganz starr war, die Waffe in die Rippen.

»Eine Pistole, Meskal?«, fragte Angel. »So etwas brauchst du? Da hätte ich dich aber für gefährlicher gehalten!«

»Mir geht es in den letzten Tagen nicht so gut, und das

ist dein Verdienst«, knurrte Meskal und sah die Waffe an. »Schreckliche Geräte sind das. Ich habe mir nie etwas aus ihnen gemacht. Aber auf ihre primitive Art sind sie manchmal doch sehr nützlich.«

Angel stellte Augenkontakt zu June her.

»Tut mir Leid, Angel«, sagte sie. »Ich wollte unbedingt helfen; es tut mir so Leid.«

»Ist schon in Ordnung«, beruhigte sie Angel. »Alles wird gut.«

Meskal grinste. »Für mich jedenfalls. Aber für euch? Das wage ich nun doch zu bezweifeln.«

Weitere Homunkuli strömten jetzt ins Wohnzimmer und kamen von hinten auf Angel und Doyle zu.

»Was hältst du davon?«, fragte Doyle, als die Homunkuli ihnen die Hände auf die Schultern legten.

»So ungefähr habe ich mir das vorgestellt«, sagte Angel, als die künstlichen Diener sie einkreisten. »Außer, dass June hier aufkreuzt. Das habe ich nicht kommen sehen.«

»Und wie steht's mit deinem Plan?«

Cordelia eilte auf dem Rückweg von ihrer Mission die Stufen zum Büro hinauf. Sie hoffte inständig, Angel und Doyle noch anzutreffen.

Sie hatte June Bentone zu Hause nicht vorgefunden; das Haus war gruselig dunkel und ordentlich verschlossen gewesen. Die Post von zwei Tagen hatte noch im Briefkasten gesteckt.

Aber Cordelia fand die Eingangstür zum Büro abgeschlossen vor. Angst machte sich in ihrem Magen breit. Die beiden waren also schon gegangen.

Sie hatte noch einmal bei der Schwester auf der Kinderstation nachgefragt, auf welche Station Aubrey mittlerweile verlegt worden war. June hatte die Kleine noch nicht wieder besucht. Und von diesem Zeitpunkt an hatte Cordelia angefangen, sich ernsthaft Sorgen zu machen.

Wo steckt June bloß?, fragte sie sich. Und warum habe ich nur dieses dumme Gefühl, Angel und Doyle dringend informieren zu müssen?

Cordelia suchte in ihrer Tasche nach dem Schlüssel. Sie fand ihn ganz unten zwischen Pfefferminzbonbons, Lipgloss und einer kleinen Cremetube.

»Du arbeitest mit Angel und Doyle zusammen?«

Erschreckt stieß Cordelia einen spitzen Schrei aus und ließ den Schlüsselbund fallen. Sie wirbelte herum, bereit, mit Blicken zu töten und eine empörte Tirade über den unglückseligen Störer auszuschütten.

Doch dazu kam es nicht.

Ein Dämon trat nämlich aus der Dunkelheit und baute sich vor ihr auf. Er hatte die Kapuze seines Sweatshirts über den Kopf gezogen und die Hände in den Taschen vergraben. Seine Augen leuchteten in einem gruseligen Gelb.

Cordelias Gedanken rasten. »Wenn ich du wäre, würde ich zurückbleiben. Ich muss nur an diese Tür klopfen, und Angel kommt raus und macht dich fertig!«

Der Dämon lachte. Verflüssigtes Fleisch tropfte von seinem Kinn und platschte auf den Boden.

»Gib dir keine Mühe. Ich weiß, dass er nicht da ist«, entgegnete der Dämon. »Ich hab selbst schon ein paar Mal geklopft. Ich warte darauf, dass er oder Doyle zurückkommt.«

Cordelia konnte den Blick nicht von den milchigen Pfützen abwenden, die sich auf dem Boden um die Sneakers des Dämons gebildet hatten.

»Und ich bin nicht auf Ärger aus, du kannst dich also beruhigen. Ich heiße Margus, und ich habe Informationen, die für die beiden interessant sein könnten.«

Cordelia bückte sich, um ihren Schlüsselbund aufzuheben. Dabei behielt sie Margus und die Pfützen, die er machte, sorgsam im Blick.

»Informationen? Danke, nein. Wir brauchen keine Informationen. Dafür sind wir bei *Angel Investigations* ja zuständig. Tut mir Leid. Heute keine Informationen erwünscht. Danke für den Besuch!«

Sie fand den richtigen Schlüssel, steckte ihn ins Schloss und öffnete rasch die Tür.

Margus schüttelte bestürzt den Kopf und verspritzte im großen Bogen noch mehr geschmolzenes Fleisch. Resigniert ging er zur Treppe. »Wie du willst. Ich dachte nur, ihr interessiert euch vielleicht für die hübsche Lady, die Meskal letzte Nacht als Geisel genommen hat. Sag Doyle, dass ich hier war. Ich rede dann später mit ihm.«

Cordelia hatte die Tür gerade einen Zentimeter aufgeschoben, als sie sich wieder umdrehte und dem tropfenden Dämon hinterher rief: »Warte mal! Wie sah diese hübsche Lady denn aus?«

Margus kam wieder die Treppe hoch. »Siehst du? Ich wusste doch, es interessiert euch. Aber es ist schon komisch. Ich kann mich gar nicht mehr richtig erinnern, wie sie aussah ...«

Er streckte eine klebrige Hand aus.

»Ist alles irgendwie ganz verschwommen.«

Nun begriff Cordelia, worauf der Dämon aus war. Sie fing an, in ihrer Handtasche zu wühlen.

»Aber dafür brauche ich eine Quittung«, sagte sie und kramte einen zusammengefalteten Zwanziger hervor.

Sie kam vorsichtig näher, achtete darauf, nichts von den Tropfen abzubekommen, und drückte dem Dämon den Schein in die Hand.

Margus' Finger umschlossen das Geld, und der Schein verschwand in seinem Sweatshirt. Die Hand kam leer wieder zum Vorschein, und er streckte sie erneut aus. »Ich glaube, jetzt sehe ich etwas. Ein Bild, aber es ist immer noch ein wenig verschwommen.«

»Du willst mehr?«, fragte Cordelia und wurde allmählich ärgerlich.

»Tut mir Leid, ich habe Ausgaben.«

Cordelia runzelte die Stirn und wühlte wieder in ihrer Tasche. »Ausgaben, das glaube ich gern«, murmelte sie.

»Allein die Rechnung des Hautarztes muss astronomisch hoch sein!«

Sie fand einen Zehner und einen Fünfer und reichte sie dem Dämon. »Mehr habe ich nicht«, sagte sie und zog rasch die Hand weg. »Und du solltest auch wissen, dass du mir gerade das Essensgeld für eine ganze Woche weggenommen hast. Zufrieden?«

Margus stopfte die Scheine in seine Tasche. »Zufrieden genug jedenfalls, um mich erinnern zu können, wie die Lady ausgesehen hat.«

Cordelia verschränkte die Arme vor der Brust und lehnte sich an den Türrahmen. »Und möchtest du diese Erinnerung vielleicht mit mir teilen?«, fragte sie aufgebracht. »Ich will schließlich was für mein Geld bekommen!«

Margus grinste sie an.

»Die Frau war ziemlich hübsch für einen Menschen«, sagte er, »wenn du verstehst, was ich meine. Ende dreißig, lockiges schwarzes Haar. Ich hab' gesehen, wie sie in Meskals Lagerhalle gegangen ist, nachdem Angel ein paar von Meskals Dämonen erledigt hat. Dann hat Meskal sie in seine Limousine verfrachtet und ist mit ihr verschwunden.«

Der Dämon steckte die Hände wieder in die Bauchtasche seines Sweatshirts.

»Und das ist alles, was ich weiß.«

Das ist gar nicht gut!, dachte Cordelia. Meskal hat also June in seiner Gewalt. Er wird versuchen, sie als Druckmittel gegen Angel zu verwenden.

Margus wollte sich entfernen. »Angenehm, mit dir Geschäfte zu machen, ... Da fällt mir ein: Ich weiß deinen Namen gar nicht.«

Cordelia sah den Dämon an. »Das ist auch gut so! Das habe ich mir nämlich auch mit meinen fünfunddreißig Dollar erkauft.«

Der Dämon lachte und stieg die Treppe hinunter. »Hat mich jedenfalls gefreut, mit dir eine so nette Unterhaltung führen zu dürfen, Mädel. Vielleicht können wir das bei Gelegenheit wiederholen.«

»Sicher«, murmelte Cordelia und schob die Bürotür auf. »Sag nur vorher rechtzeitig Bescheid, damit ich meinen Schutzanzug aus der Reinigung holen kann!«

Sie hatte nun wirklich keine Zeit mehr für dumme Gespräche mit Dämonen. Höchst besorgt knallte sie die Tür ins Schloss und ging ins Büro. Sie konnte nur eines tun: zum Schreibtisch treten und den Block suchen, auf dem Angel die Adresse notiert hatte.

Ziemlich exklusive Ecke für einen Dämon, fand sie.

In ihrem Hinterkopf hatte eine Uhr angefangen zu ticken, und Cordelia eilte die Treppe in Angels Apartment hinunter. Sie wusste nicht, wann die beiden gegangen waren. Vielleicht hatte sie noch eine kleine Chance, sie vor dem Austausch zu erwischen. Möglicherweise rettete sie damit jemandem das Leben. Und falls das alles tatsächlich auf dem Programm stand, brauchte sie einen wirksamen Schutz.

Cordelia ging an den großen Eichenschrank in Angels Wohnzimmer. Sie zog die Flügeltür auf, hinter der sich zahlreiche Waffen verbargen, die Angel für seine Arbeit brauchte. Aufmerksam nahm sie die Instrumente des Todes unter die Lupe.

So viele Möglichkeiten, wie man jemanden verletzen und töten kann, dachte sie, als sie die gefährlichen Waffen durchsah, und so wenig Zeit!

14

Shugg hörte den Ruf der einzigartigen Seele des Vampirs, der sein Heim betrat. Er besaß die Fähigkeit, das Pochen einer jeden Seele spüren zu können und ihre ambrosische Kraft zu erahnen, und Angels Seele lockte ihn wie die größte Tischglocke der Welt herbei.

Der Dämon hatte sich eine Videoaufzeichnung seiner Lieblingsfernsehshow angesehen, die tagsüber lief. Er liebte diese Quizsendung. Dabei zuzusehen, wie die Menschen sich abstrampelten und sich für die Chance erniedrigten, Verandamöbel oder eine Traumreise zu gewinnen, war sein Hobby.

Diese spezielle Episode war eine seiner liebsten, und er verfolgte die Videoaufzeichnung so lange er konnte. Aber die Seele des Vampirs rief nach ihm, und Shugg fing unwillkürlich zu sabbern an. Widerstrebend stellte er den Videorekorder ab.

»So viel Ärger wegen der Seele eines einzigen Kindes.«

Angel beobachtete Meskal gelassen. Der Hexer schüttelte den Kopf und schnalzte missbilligend mit der Zunge. Die Waffe hielt er immer noch auf June Bentone gerichtet.

»Findest du im Ernst, das ist die ganze Aufregung wert?«

Angel wehrte sich ein wenig gegen die Homunkuli, die ihn festhielten, um ihre Stärke zu prüfen. Doyle war ebenfalls in der Zange. Der Vampir sah June an. Eine riesengroße Traurigkeit lag in ihrem Blick, aber es war auch noch etwas anderes in ihren Augen. Ein Hoffnungsfunke, der noch nicht erloschen war.

Angel starrte Meskal in seine eiskalten blauen Augen. Sein Entschluss stand fest. Es lag nicht der Hauch des Zweifels in seiner Antwort. »Ja.«

Meskal grinste höhnisch und zeigte auf einen der Homunkuli, die hinter Doyle standen. »Nimm die Tasche!«

Der Homunkulus stürzte sich darauf, aber Doyle zog sie ihm weg. Es half jedoch wenig, denn ein anderer Homunkulus schlug Doyle daraufhin auf den Hinterkopf, sodass der Dämonenmischling in die Knie ging.

»Doyle!«, rief Angel und schlug nach den Homunkuli, die ihn festhielten. Einen von ihnen schüttelte er ab, und dem nächsten schmetterte er die Faust ins Gesicht. Er spürte, wie die Knochen unter seinem Schlag barsten.

»Haltet ihn fest!«, schrie Meskal und zog June dichter an sich. »Durchsucht ihn nach Waffen!«

Fünf der gesichtslosen Diener waren nötig, um Angel schließlich in die Knie zu zwingen. Sie griffen unter seinen Mantel und klopften ihn ab. Einer fand den Zahn des Turdakus und hielt ihn aufgeregt seinem Meister entgegen.

»Kommt mir bekannt vor«, bemerkte der Hexer grinsend. »Nehmt sie mit!«, rief er dann und gab June an den Homunkulus weiter, der sie gebracht hatte, »und wenn sie irgendwelche Probleme macht, habt ihr meine Erlaubnis, ihr das Genick zu brechen.«

Die Kreatur zog die zu Tode verängstigte Frau an sich und legte eine seiner mächtigen Pranken um ihren Hals.

Meskal schlenderte zu Angel hinüber und hockte sich vor ihn hin. Er war deutlich amüsiert über die Misere des Vampirs. »Es ist eine Schande, was mit dir geschehen ist. Ich bin sicher, Angelus und ich hätten gute Freunde werden können«, sagte er mit einem herablassenden Lächeln.

Angels Gesicht verwandelte sich in das einer wilden Bestie, und er stürzte sich mit gebleckten Zähnen auf den Hexer. Erschreckt verlor Meskal beinahe das Gleichgewicht.

»Erwischt«, sagte Angel mit dem Grinsen eines Raubtiers.

Das Gesicht des Hexers wurde rot vor Wut und vor Verlegenheit. »Ruft dem Vampir in Erinnerung, wer hier das Sagen hat«, fauchte er.

Die Homunkuli gehorchten und griffen an. Sie schlugen und traten nach Angel, bis er fast bewusstlos war. Blut lief ihm von seiner aufgeplatzten Unterlippe über das Kinn.

»Das zahle ich dir heim!«, knurrte er und fixierte Meskal mit seinem dämonischen Blick.

»Du bist nicht in der Position, Drohungen auszusprechen, und ich glaube, du wirst es auch nie wieder sein«, sagte der Hexer. »Deine Zeit ist endgültig abgelaufen!«

Angel spürte, wie der Boden zu vibrieren begann. Seine Augen weiteten sich, als er das Monster erblickte, das aus dem Korridor hinter dem Wohnzimmer auftauchte. Er hatte geglaubt, in den über zweihundert Jahren, die er auf Erden wandelte, bereits alles gesehen zu haben – Dämonen jeder Form und Größe.

Aber so etwas wie Shugg hatte Angel noch nie gesehen.

Der Dämon, gut über vier Meter groß und bekleidet mit einer wallenden Robe aus schwarzer Seide, kam durch das Wohnzimmer auf ihn zu. Er benutzte zwei lange, mit Schnitzereien verzierte Krücken, um seinen riesigen Körper fortbewegen zu können.

Seine Haut war wie ein Ölteppich, schwarz und glänzend. Wenn Licht auf die Fleischwülste fiel, schillerten sie in allen Regenbogenfarben. Merkwürdige Fortsätze baumelten von seinem ekelhaft fetten Körper.

»Okay, das wär's dann ja wohl«, sagte Doyle und starrte die albtraumhafte Gestalt an, die auf sie zuwankte. »Das ist definitiv der ekelhafteste Anblick, den man sich vorstellen kann«, fügte er fast nonchalant hinzu.

Shugg blieb stehen und stützte sich auf seine Krücken. Er studierte die beiden Gefangenen genau. Eine dünne Membran glitt über die hervortretenden Augäpfel, wenn er blinzelte. Der Dämon lächelte. Eine muskulöse, schneckenartige Zunge schnellte kurz aus seinem lippenlosen Maul und verschwand dann wieder in dem riesigen Rachen.

»Anton«, sagte der Dämon mit einer Stimme, als spreche er durch eine dicke, dämpfende Flüssigkeit. »Warum hast du mir nicht gesagt, dass unsere Gäste schon da sind?«

Der Dämon baute sich vor seinen Besuchern auf. »Anton, willst du mir unsere Besucher nicht vorstellen?«

Der Hexer war offenbar über diese Bitte verärgert, aber wann war er mal nicht verärgert?

»Das ist Angel«, erklärte Meskal seinem Dämonenpartner und wies auf den Vampir, der von fünf Homunkuli festgehalten wurde. »Ehemals bekannt als Angelus, die Geißel Europas«, fügte der Hexer grinsend hinzu. »Jetzt wirkt er allerdings nicht mehr sonderlich Furcht einflößend, nicht wahr?«

»Angelus«, zischte der Kurgarru glücklich und erinnerte sich sofort an die Terrorherrschaft des Vampirs. Lange bevor es das Fernsehen gab, hatten ihm die Geschichten von Angelus Unterhaltung für viele Stunden beschert.

»Ich bewundere dein Werk«, erklärte er und deutete mit seinem weingummiartigen Kopf eine Verbeugung an. »Ich bin Shugg, der letzte Kurgarru.«

»Auf einen besseren Namen wäre ich auch nicht gekommen«, bemerkte Doyle.

Der Dämon richtete seinen boshaften Blick auf den Mann neben Angel und zeigte mit einer seiner wuchtigen Krücken auf ihn. »Und der da?«

Shugg beugte den Kopf vor und schnupperte. »Ein Mischling?« Er verzog angeekelt das Gesicht und wich zurück. »Wie abscheulich!«

Wieder fiel sein Blick auf Angel. Er spürte die große Kraft der Seele des gefangenen Vampirs. In seinem ganzen Leben war ihm dergleichen noch nicht begegnet. Diese Seele strotzte nur so vor Kraft und Vitalität – und strahlte zugleich eine köstliche Traurigkeit aus.

Shuggs riesiger Magen begann zu knurren. Ihm lief das Wasser im Mund zusammen, und er sah Meskal an. »Genug des Geplänkels!«, sagte er. »Kümmern wir uns erst mal ums Geschäft!«

Meskal antwortete mit einem leichten Nicken in Angels Richtung. »Um die Seele des Vampirs«, verbesserte ihn der Hexer, griff in die Jackentasche und holte einen Seelenkollektor heraus. »Du kannst dir gar nicht vorstellen, was für ein ungeheures Interesse ich daran habe. Ich wusste ja nicht, wie beliebt du warst, Angel. Offenbar hätten sehr viele gern ein Stückchen von dir.«

»Freut mich zu hören, dass all die harte Arbeit sich gelohnt hat«, erwiderte Angel.

Shugg kicherte voller Vorfreude. »Weißt du, was wir hier haben, Anton? Stell dir mal vor, der Einzige von der ganzen schmutzigen Sorte, der eine Seele hat! Ich habe mich nicht mehr so beflügelt gefühlt, seit ich die Seelen meiner Gefährtin und meines Kindes nahm. Es ist alles so unglaublich ... stimulierend für mich.«

Meskal sah seinen Partner an. »Ich finde die Schlacht der Gebote für seine Seele viel stimulierender.«

Shugg schüttelte den missgestalteten Kopf. »Du verstehst mich falsch, Anton. Es wird keine Gebote für die Seele von Angelus geben.« Dicker Speichel tropfte von Shuggs Maul. »Denn du wirst sie mir aushändigen.«

Der Kollektor vibrierte in Meskals Händen.

»Dir aushändigen?«, fragte er ungläubig. »Das meinst du doch nicht ernst.«

Der Dämon kam näher, stützte sich auf seine Krücken und beugte den großen Kopf, um den Hexer eindringlich anzusehen. »Ich könnte es gar nicht ernster meinen. Ich will diese Seele haben!«

Meskals Augen blitzten wütend auf. »Weißt du überhaupt, wie viel diese Seele wert ist?«

Der Dämon sah zu Angel hinüber und dann wieder zu Meskal. »Weißt du überhaupt, wie egal mir das ist?« Er deutete mit einer Krücke auf den Homunkulus, der die Tasche mit den Seelen hielt. »Wir haben mehr als genug Seelen, um den Wünschen unserer Kunden nachzukommen und uns selbst ausreichend einzudecken. Mein Körper sehnt sich heftig nach dieser Seele, und ich werde sie auch bekommen.«

Meskal bemerkte, wie der Vampir grinste. Offenbar hatte er großes Vergnügen an der Unstimmigkeit.

»Wenn ihr noch ein bisschen Zeit braucht, um das zu regeln, kommen wir gern später noch mal wieder«, sagte Angel.

In diesem Augenblick vergaß Meskal die Wünsche seines Partners. Er vergaß auch den unanständig großen Haufen Geld, den er mit dem Verkauf von Angels Lebensessenz an den Meistbietenden erzielen konnte. Er wollte den Vampir nur noch sterben sehen und die immense Befriedigung verspüren, ihm den Holzpflock ins Herz zu treiben. Er wollte sehen, wie Angels Körper verging und zu Staub wurde.

Trotz seiner Wut bekam Meskal mit, wie Shugg näher rückte. Die Kreatur konnte ihren obszönen, glänzenden Körper so viel in Eau de Cologne baden, wie sie wollte – der Gestank der Verwesung war einfach nicht zu überdecken.

»Du brauchst mich, Anton, vergiss das nicht! Ohne mich kannst du deine kostbaren Kollektoren nicht nachzüchten, und du bekommst die Injektionen nicht, die dein Körper so dringend braucht, um frisch und jung zu bleiben. Ohne mich ist es nur eine Frage der Zeit, bis du stirbst.«

Meskal starrte in das Gesicht des Dämons, in seine hervorquellenden gelben Augen. Er sah sein Spiegelbild auf ihrer wässrigen Oberfläche. Die Zeiten, als er den Kurgarru-Dämon wirklich gebraucht hatte, waren schon lange vorbei.

»Leugne mich nicht!«, zischte Shugg ihm zu. »Wir haben schon so viel gemeinsam durchgestanden, da werden wir doch jetzt nicht miteinander brechen. Beweis mir, dass unsere Partnerschaft immer noch stark ist!«

Meskal überprüfte, ob der Seelenbehälter fest an den Kollektor geschraubt war. Die Worte von Julien Cresh gingen ihm durch den Kopf. *»Shugg – was genau tut er eigentlich für dich? ... Was genau steuert er bei? ... Es ist doch sonnenklar, dass du der Kopf dieser Operation bist ... Weißt du, was ich an deiner Stelle tun würde?«*

Meskal sah seinen Partner an. Der Dämon grinste Ekel erregend.

»Ich würde einen Weg finden, Shugg loszuwerden, und dann den ganzen Laden übernehmen«, hatte Julien gesagt.

Der Hexer drehte sich zu Angel um und zielte mit dem Kollektor auf ihn. »Im Namen des ganzen Ladens«, sagte er und drückte den Abzug.

Angel versuchte, sich dem Griff seiner Bewacher zu entwinden, aber sie packten nur noch fester zu und drückten ihn in Richtung des Strahls, der aus dem Kollektor kam. Das knisternde blaue Feuer drang aus dem mundförmigen, kurzen Lauf und erreichte ihn innerhalb eines Sekundenbruchteils. Die Spitze des Strahls bohrte sich in seine Brust und warf ihn brutal nach hinten.

Die Schmerzen waren entsetzlich. Angel dachte mit Grausen daran, dass ein hilfloses Kind diese Tortur hatte aushalten müssen. Und die Qualen bewirkten seine Verwandlung. Seine Stirn wölbte sich vor, die Zähne spitzten sich zu. Er schnappte wie ein wild gewordenes Tier in die Luft. Über sein Brüllen hinweg hörte er, wie sein Freund nach ihm rief.

»Kämpf dagegen an, Angel!«, rief ihm Doyle zu. »Kämpf mit aller Kraft dagegen an!«

Der Kollektor fand, wonach er suchte, und begann, an Angels Seele zu zerren. Die Schmerzen wurden immer schlimmer, sein ganzer Körper wurde von Krämpfen geschüttelt. Die Homunkuli hatten die größte Mühe, ihn festzuhalten.

Angel spürte, wie seine Seele aus ihrem Ankerplatz in seinem Körper losgerissen wurde. Wie stark er auch dagegen ankämpfte, sie drohte, ihm zu entgleiten.

Und er spürte das Böse, das er mit so viel Anstrengung in den Schranken gehalten hatte, gierig hervordringen, um die Leere zu füllen.

»Die Natur verabscheut das Vakuum!«, hörte er sich selbst mit einer Stimme sagen, die ihn mit Furcht erfüllte. Seine Worte klangen durch und durch bösartig. Das Monster in ihm begann, die Kontrolle zu übernehmen.

Angel schrie wütend auf, als er erkannte, dass es fast zu spät war.

Und Angelus lachte, als er sah, dass er schon bald wieder frei sein würde.

15

June wand sich im Griff ihres gesichtslosen Peinigers. Angels Gebrüll und das schreckliche Lachen des Dämons hatten sie in Panik versetzt. Irgendetwas Furchtbares geschah gerade mit dem Mann, dem sie die Rettung ihrer Tochter anvertraut hatte. Sie musste an Meskal herankommen! Sie musste ihn stoppen!

Der Homunkulus zog sie dichter an sich. »Hör auf rumzustrampeln, sonst …«

In diesem Augenblick pfiff ein Pfeil an Junes Gesicht vorbei und grub sich tief in die Stirn der Kreatur. Es war, als hätte jemand ihre Gebete erhört.

June spürte, wie sich der Griff um ihren Hals lockerte, und dann schlug der Homunkulus der Länge nach auf den Boden. Rasch sah sie sich nach ihrem Retter um und erblickte Cordelia im Türrahmen, die gerade eine alte Armbrust nachlud.

Jetzt!, dachte June, und ihre Gedanken rasten mit Lichtgeschwindigkeit. Sie stürzte sich auf Meskal, der so vertieft in die Qualen war, die er Angel bereitete, dass er ihren Angriff gar nicht mitbekam.

»Nein!«, hörte sie den fetten Dämon schreien. Er wollte schon intervenieren, aber er war nicht schnell genug. June rammte den Hexer und schlug ihm das Gerät aus der Hand. Mit Abscheu blickte sie auf das perverse Instrument auf dem Boden. Es sah aus wie der verrottende Kadaver eines Tieres, das an den Strand gespült worden war.

Mit diesem Gerät haben sie also meine Tochter gequält, dachte June und sah sich jedes Ekel erregende Detail ganz genau an.

»Dafür wirst du bezahlen!«, zischte Meskal und versuchte, sich den Kollektor zu schnappen.

June blockte ihn mit der Schulter ab und hob ihren Fuß über das grausame Gerät. »Das ist für Aubrey, ihr erbärmlichen Scheißkerle!«, sagte sie und trat kräftig zu.

Angels Seele stürmte mit aller Macht zurück an ihren Platz in seinem Körper. Die Gefahr von Angelus' Rückkehr war gerade noch einmal gebannt. Angel spürte, wie das Monster in ihm um Freiheit rang, aber er verbannte es in die hinterste Ecke seines Wesens, wo es hingehörte. Und dort sollte Angelus auch für alle Ewigkeit bleiben.

Immer noch hielten ihn die Homunkuli fest, und er täuschte Schwäche vor, um sich von den qualvollen Nachwirkungen des Seelenkollektors zu erholen. Plötzlich fing einer seiner Peiniger an zu schreien und griff sich an den Rücken. Als er davonstolperte, entdeckte Angel Cordelia mit ihrer Armbrust.

Lächelnd beobachtete er, wie sie einen Bolzen nachlud. Sie hatte also doch aufgepasst, als er ihr einige Monate zuvor die Anwendung der Waffe erklärt hatte!

Cordelias Erscheinen hatte den Raum ins Chaos gestürzt und eine Kettenreaktion in Gang gesetzt. June war frei, der Seelenkollektor zerstört, Angel hatte sich wieder unter Kontrolle, und die Homunkuli befanden sich im Zustand äußerster Verwirrung. Eine der gesichtslosen Kreaturen hielt den Zahn des Turdakus in den Händen.

Angel wollte den Moment der Ablenkung durch Cordelia nicht ungenutzt verstreichen lassen. Er bäumte sich urplötzlich auf, befreite sich von den Homunkuli, die ihn gepackt hatten, und hechtete nach dem Dolch.

Doyle stieß einem Homunkulus mit langem Pferdeschwanz seinen Ellbogen an den Kopf. Es hatte nicht wirklich gut für die Heimmannschaft ausgesehen, bis Cordelia zur Rettung geeilt war. Doyle hatte noch nie jemanden gesehen, der mit der Armbrust im Anschlag so schön und elegant aussah.

Unversehens wurde er von einem weiteren Homunkulus, der ihm in den Rücken sprang, aus seiner Träumerei gerissen. Doyle beugte sich rasch vor, zog die Kreatur über seine Schulter und schmetterte sie auf den Boden.

Als Angel ihm gesagt hatte, dass er sich ohne einen richtigen Plan in die Höhle des Löwen vorwagen wollte, hatte Doyle spontan die Flucht ergreifen und die nächstbeste Kneipe aufsuchen wollen. Irgendwie lag ihm überhaupt nichts daran, ständig in die Niederungen des Todes herabzusteigen, aber seit die Mächte der Ewigkeit ihn mit Angel zusammengebracht hatten, war ihm das fast schon zur Gewohnheit geworden.

Er schmetterte dem Homunkulus mit dem Pferdeschwanz, der sich wieder aufgerappelt hatte, den Absatz ins Gesicht und musste daran denken, was Harry zuvor gesagt hatte: dass der Kampf für das Gute an Angels Seite ihm dabei helfen würde, zu einer anderen Meinung über seine dämonische Natur zu kommen. Vielleicht hatte sie damit gar nicht so Unrecht.

Er wirbelte herum und verpasste dem nächsten gesichtslosen Angreifer einen ordentlichen Schlag. Ein Bolzen zischte an seiner linken Wange vorbei, und er sah gerade noch, wie er direkt hinter seinem Kopf in die Wand einschlug. Er warf Cordelia einen empörten Blick zu, die gerade die Armbrust absetzte. Sie verzog ihr hübsches Gesicht, zuckte mit den Schultern und ihre Lippen formten ein betroffenes *Hoppla!*

»Vergiss nicht, auf welcher Seite du stehst, Darling!«, rief ihr Doyle zu, bevor er sich wieder den Homunkuli widmete – und dabei nach möglichen, verirrten Bolzen Ausschau hielt.

Angel rammte einem Homunkulus, der sich rote, weiße und blaue Sterne ins Gesicht gemalt hatte, den Zahn des Turdakus in die Brust. Die Kreatur verfiel, als Angel die Klinge herauszog, auf dem Absatz kehrtmachte und einem weiteren Angreifer von hinten den Kopf abtrennte. Die mit vielen Ringen geschmückten Hände des künstlichen Wesens griffen an den spritzenden Stumpf auf seinen Schultern, es fiel auf die Knie, und sein Körper verflüssigte sich.

Schon kam eine neue Welle Homunkuli von der Seite auf ihn zu, und er fragte sich, wie viele Meskal wohl insgesamt erschaffen hatte. Er stürzte sich auf sie und schlug und trat nach allen Seiten aus.

Die Kreaturen begegneten seinem Angriff zwar so kraftvoll sie konnten, gegen seine vampirische Grausamkeit jedoch vermochten sie nichts auszurichten. Er zerhackte und zerschlug sie zu dampfenden Abfallhaufen. Aber immer noch rückten neue nach. Zwei weitere gesichtslose Kreaturen starben unter Angels Klinge, bevor er zur Raummitte blickte, wo June immer noch gegen Meskal kämpfte. Angesichts der unerwarteten Wende stieß Shugg ein wütendes Gebrüll aus, und sein ekelhafter wabbeliger Körper bebte vor Zorn.

Angel vergewisserte sich mit einem raschen Blick, dass Doyle und Cordelia allein zurechtkamen, und beschloss, sich zu dem Trio weiter hinten im Raum zu gesellen. Die noch verbleibenden Homunkuli warfen sich auf ihn. Sie taten alles in ihrer Macht Stehende, um den Vampir daran zu hindern, den Kollektor zu erreichen.

Aber es gelang Angel, sich einen Weg zu Meskal freizuschlagen, indem er Homunkuli abmähte wie ein Mähdrescher.

»Sie strapazieren allmählich meine Geduld, Ms. Bentone«, sagte Meskal. Brutal schlug er ihr mit der Pistole ins Gesicht und sah zu, wie sie zu Boden stürzte.

Er strich seinen Anzug glatt, rückte die Krawatte zurecht und drehte sich zu dem Handgemenge um, das hinter ihm tobte. Sein Blick fiel auf Angel, der sich einen blutigen Pfad direkt in seine Richtung freischlug. Die Dinge liefen ihm aus dem Ruder, und Meskal hätte Zeit gebraucht, um seine Gedanken zu sammeln, aber leider war ihm dieser Luxus nicht vergönnt.

»Komm mit!«, befahl er dem Homunkulus, der die Tasche mit den Seelen trug.

Er hatte erst ein paar Schritte auf die Tür zugemacht, als er Shuggs schwere Hand auf seiner Schulter spürte. »Wir müssen etwas tun! Der Vampir wird sonst alles ruinieren!«

»Es ist vorbei, Shugg«, sagte Meskal mit gefühlskalter Stimme.

»Sei nicht albern, Anton!«, tobte Shugg, ballte die Hand zur Faust und schüttelte sie. »Ein Vampir gegen Shugg … gegen uns? Angel wird um Gnade winseln, wenn ich …«

Meskal hätte am liebsten laut gelacht, aber dafür fehlte leider die Zeit. »Sieh dich doch an!«, sagte er und wies auf den dicken Dämon. »Sieh dir an, was aus dem letzten Kurgarru geworden ist! Was willst du denn machen? Ihn mit deinen Essgewohnheiten zum Erbrechen bringen oder vielleicht mit deinen blöden TV-Ratesendungen zu Tode langweilen?« Meskal schnaubte. »Einst hast du mich mit Ehrfurcht und Schrecken erfüllt, aber nun machst du mich nur noch krank!« Mit diesen Worten wandte er dem Dämon den Rücken zu.

Der Schlag in sein Genick traf ihn plötzlich und brutal und warf ihn auf alle viere. Als er sich auf den Rücken rollte, erblickte er Shugg, der eine seiner Krücken erhoben hatte und ihn damit zu erschlagen drohte. Nach so langer Zeit kam in diesem Augenblick wieder der wilde Kurgarru zum Vorschein, der er früher einmal gewesen war.

»Ich werde dich lehren, dass man den letzten Kurgarru immer noch fürchten muss!«, brüllte der Dämon.

Ein Zauberspruch zu seiner Verteidigung lag auf Meskals Lippen, aber er hielt inne. Wenn er die magischen Worte sprach, beschleunigte er den Prozess, der ihm seine Vitalität raubte und seinen Körper verfallen ließ. Da konnte er sich genauso gut von Shugg verprügeln lassen.

In diesem Augenblick wurde er gewahr, dass er immer noch June Bentones Pistole in der Hand hielt. Er hob sie und feuerte dem Dämon mitten ins Gesicht. Der erste Schuss zerstörte ein Auge. Eine milchig weiße Flüssigkeit schoss aus dem gallertartigen Augapfel und lief Shugg über die Wange.

Er ließ die Krücken fallen, stolperte rückwärts, hielt sich das schmerzverzerrte Gesicht und schrie in der kehligen Sprache der Kurgarru. Obwohl er die Dämonensprache längst nicht mehr so gut beherrschte wie früher, war Meskal ziemlich sicher, das Wort »Betrüger« erkannt zu haben, sowie wüste Drohungen über das Schicksal, das ihn im Leben nach dem Tode erwartete.

Meskal feuerte, bis das Magazin der Pistole verbraucht war und der Hahn auf leere Kammern schlug. Er warf die Waffe weg und sah erleichtert, wie Shugg auf eine seiner Krücken trat und stolperte. Mit einem ungeheuren Aufprall, der das Haus in den Grundfesten zu erschüttern schien, fiel er auf den Rücken.

Aber Meskals Erleichterung wandelte sich rasch in Beklommenheit, als die Durgi – durch die Schmerzen ihres Meisters in Unruhe versetzt – gierig und wütend von der Brust des Dämons auffuhren.

Cordelia hatte sich nichts Krasseres vorstellen können, als mit Margus, dem auslaufenden Dämon, Geschäfte zu machen. Das war allerdings gewesen, bevor sie mit eigenen Augen sah, wie der riesige, ekelhafte Shugg einen Schuss ins Gesicht bekam. Ihr Magen rebellierte, als das, was sie für widerliche Fortsätze an seinem fleischigen Körper gehalten hatte, lebendig wurde und in die Luft flatterte. Mit einem Mal war sie sehr froh, seit dem Mittagessen nichts mehr zu sich genommen zu haben. »Sind das jetzt mutierte Fledermäuse oder was?«, fragte sie Doyle und griff nach seinem Arm. Ein Hauch von Panik lag in ihrer Stimme.

Einige der kreischenden Kreaturen flogen wild mit den Flügeln schlagend auf sie zu. »Ich glaube, es ist was Schlimmeres«, entgegnete Doyle.

»Schlimmer als mutierte Fledermäuse?« Cordelia warf ihm einen ungläubigen Blick zu. »Was könnte schlimmer sein?«

Eines der Wesen landete vor ihren Füßen, sah zu ihr auf und zischte.

»Streich die letzte Frage!«, sagte sie kleinlaut und starrte der kleinen Bestie in die kalten, schwarz glänzenden Augen.

Das Tier kam näher, und Doyle stürzte vor, um es mit kräftigen Tritten zu zertrampeln. »Vielleicht lassen sie uns in Ruhe, wenn wir ihnen zeigen, wer hier der Chef ist«, meinte er hoffnungsvoll.

Cordelia riss die Armbrust hoch und erschlug einige der kreischenden Gruselobjekte in der Luft. Neben ihr stampfte Doyle andere in den Boden.

»Ja, und wenn wir sie mit Schnalzlauten locken, fressen sie uns vielleicht Popcorn aus der Hand. Trampel weiter!«

Eine der Kreaturen segelte hernieder und verfing sich in ihrem Haar. Kreischend ließ Cordelia die Armbrust fallen. Als sie nach dem Monster greifen wollte, biss es ihr in die Finger. »Doyle!«, rief sie aufgebracht.

»Moment!« Doyle riss sich eine der Fledermauskreaturen vom Hosenbein und schleuderte sie fort.

Mit seiner Hilfe gelang es Cordelia, das flatternde Grauen aus ihren Haaren zu lösen. Sie warf das Tier zu Boden und trat abwechselnd mit Doyle auf den zuckenden Körper.

Die fledermausgleichen Dämonen waren überall. Im ganzen Wohnzimmer tobte ein einziger Sturm der flatternden, kreischenden Monster. Die Kreaturen wurden immer dreister und fingen an, in größeren Gruppen anzugreifen.

»Rühr mich nicht an, du kleiner Perverser«, schrie Cordelia eines der kleinen Raubtiere an, das an ihrem Shirt hochkrabbelte und sich auf ihren Hals zubewegte. Sie packte die Kreatur mit beiden Händen und drückte zu. Obwohl es sie furchtbar ekelte, fand sie das Knacken der Knochen in ihren Händen irgendwie gut, bewies es doch ihre Fähigkeit, die Biester töten zu können. Aber mittlerweile waren es so viele, dass Cordelia bezweifelte, ohne einen Flammenwerfer oder irgendeine kleine Nuklearwaffe wirklich etwas ausrichten zu können.

»Das ist ja Wahnsinn!« Doyle schlug in die Luft und nahm Cordelia am Arm. Sein Gesicht war mit blutenden Biss- und Kratzwunden übersät. »Sie haben uns den Weg zur Tür abgeschnitten. Wir müssen irgendwo in Deckung gehen, sonst zerfetzen uns die Biester in Sekundenschnelle bis auf die Knochen!«

Cordelia spähte durch den Ansturm aus fliegenden Körpern, und ihr Blick fiel auf den Wandteppich mit dem Motiv einer englischen Fuchsjagd.

»Das Ding an der Wand«, schrie sie Doyle ins Ohr, damit er sie über die Schreie der fliegenden Dämonen hören konnte. »Darunter können wir uns verstecken!«

Dicht aneinander gedrängt bewegten sie sich durch den Raum in Richtung des Teppichs, der ihre einzige Überlebenschance in diesem Moment darstellte.

Angel hatte den Hexer fast erreicht, als die fledermausähnlichen Tiere, die an der Brust des Kurgarru hingen, in einer schwarzen Wolke aus ledernen Flügeln und wildem Gekreische losbrachen. Er hob die Hände, um seinen Kopf gegen die Angriffe der fliegenden Kreaturen zu schützen. Durch den Sturm aus Körpern sah er, wie Meskal einem seiner Homunkuli die Tasche mit den Seelen aus der Hand riss. Nicht weit von ihm rappelte sich June auf.

Angels Stimme dröhnte durch den Raum.

Der Hexer drehte sich um. Ein hasserfüllter Ausdruck breitete sich auf seinem Gesicht aus, als er den Homunkulus packte und auf den Vampir zuschob.

Angel hatte immer noch den Zahn des Turdakus in der Hand und machte sich zum Angriff bereit. Aber dieser Homunkulus war offenbar schlauer als die anderen. Er wich der Klinge aus, packte Angel am Arm und zwang ihn, seinen Griff um den Dolch zu lockern. Nachdem er ihm einen Schlag ins Gesicht verpasst hatte, stieß er ihm das Knie in die Eingeweide. Betäubt von Schmerzen stürzte Angel, und die künstliche Kreatur rückte vor, um ihre Aufgabe zu vollenden. Hinter ihr erblickte Angel Meskal, der mit einem boshaften Lächeln im Gesicht darauf wartete, das Ende des Vampirs mitansehen zu können.

Auf dem Boden hockend schlug June nach den Fledermauskreaturen, die an ihren Kleidern und ihrer Haut rissen. Angel hörte sie schreien und merkte, dass die Zeit drängte.

Der Homunkulus wollte gerade nach ihm greifen, als Angel vom Boden hochsprang und der Kreatur seine Klauen in die Brust schlug. Der Homunkulus strauchelte. Angel fasste ihm unter die Rippen und griff sein kaltes, synthetisches Herz. Er umklammerte das Organ, riss es heraus und warf den zuckenden Körper zur Seite.

Die Durgi fegten auf den Homunkulus nieder. Sie witterten in dem frischen Toten eine leichte Beute.

Meskal versuchte nun zu fliehen, wurde aber von den herumfliegenden Bestien daran gehindert. Als Angel sich durch die aufgescheuchten Tiere kämpfte, galt seine Besorgnis jedoch nicht dem Hexer, sondern June. Sie war auf die Knie gefallen und mittlerweile fast vollständig von den bösartigen Angreifern bedeckt.

»Kommen Sie, ich bringe Sie in Sicherheit«, rief er ihr zu und schleifte sie durch den Raum.

Die kleinen, geflügelten Dämonen landeten nun auch auf Angel und gruben ihre nadelspitzen Zähne in sein Fleisch. June schrie wieder auf, als Angel ihr zwei schnappende Bestien vom Körper riss und sie in den Händen zerquetschte. Aber der Ansturm versiegte nicht. Wie viele der Fledermauskreaturen sie auch töteten, immer neue schienen ihren Platz einzunehmen. Vor lauter fliegenden Bestien konnte Angel fast nichts sehen und wusste auch nicht mehr genau, wohin er June bringen sollte.

Doyle lugte mit Cordelia unter dem Wandteppich hervor und rief Angel und June herbei.

»Hab mich immer gefragt, wofür so was gut ist«, sagte er, als sie näher kamen. »Jetzt weiß ich es. Unter diesem häßlichen Teppich können die kleinen Scheißviecher uns wenigstens nicht angreifen.«

Er streckte den Arm aus und zog Angel samt June hinter den Wandbehang. Dann rupfte er ihnen, zusammen mit Cordelia, die geflügelten Plagegeister vom Leib, die immer noch nicht loslassen wollten. Wie dicke Regentropfen prasselten die rasenden Dämonen nun gegen den Wandteppich, gruben ihre Krallen in den Stoff und bissen hinein.

»Was jetzt?«, fragte Doyle und sah seinem Boss in die Augen. »Shugg ist tot, und Meskal ist wohl auch nicht mehr sehr weit davon entfernt.«

Da entdeckte er einen Ausdruck in Angels Gesicht, den er schon viele Male zuvor gesehen hatte. Der Vampir wandte sich ab. Doyle packte ihn am Arm, um ihn zurückzuhalten.

»Was zum Teufel hast du vor, Mann? Diese Biester fressen dich bei lebendigem Leibe!«

Angel antwortete mit einem schrägen Seitenblick. »Ihr drei bleibt erst mal hier. Ich habe Aubreys Seele noch nicht gefunden, und es ist nur noch einer am Leben, der mir sagen kann, wo sie ist.«

Er zog seinen Arm weg, und Doyle sah wortlos zu, wie Angel sich entfernte.

Er würde doch mit seinem Boss keinen Streit anfangen!

Angel brauchte nicht lange nach Meskal zu suchen. Der Hexer war vollkommen von den Dämonen bedeckt und rang geschwächt um Freiheit.

»Ist wohl gerade ein ungünstiger Moment«, meinte Angel. Er packte den Hexer im Genick, stieß ihn zu Boden, kniete sich hin und fing an, dem Mann die bissigen Kreaturen vom Körper zu reißen.

»Dreckige Biester!«, zischte Meskal. »Wie Piranhas mit Flügeln.«

Angel zog den letzten zappelnden Durgi von Meskals Bein und zerquetschte ihn direkt vor dem zerkratzten und zerbissenen Gesicht des Mannes.

»Die Seele des Mädchens!«, verlangte er.

Meskals blickte ihn hasserfüllt an und griff in seine Jackentasche.

»Ich unterschreibe mein Todesurteil, wenn ich sie dir aushändige ...«, setzte er an.

Angel streckte eine Hand aus und schlug mit der anderen nach einem Durgi. »Gib sie mir oder ich verfüttere dich Stück für Stück an diese Kreaturen.«

Der Hexer fummelte in seiner Jackentasche. »Aber es ist die Sache wert.«

Plötzlich intonierte Meskal ein paar Worte in einer alten Zaubersprache und zog seine Hand, die vor Magie knisterte, aus der Tasche. Ein weißer Feuerstoß, so hell wie die Sonne, schoss aus seiner Hand und trieb Angel zurück.

»Ich gebe dir gar nichts«, knurrte der Hexer.

Angel riss sich den Mantel vom Leib, der Feuer gefangen hatte, und warf ihn auf den Boden, um die hungrigen Flammen zu ersticken. Er spürte, wie seine Verbrennungen sofort wieder zu heilen begannen und machte sich zum Angriff bereit.

Meskal ging ebenfalls in Position und verbrannte die Durgi mit dem Feuer aus seiner Hand. Mittlerweile sah er schon viel älter aus.

»Warum nur, Angelus?«, fragte der Hexer. »Willst du damit etwa für deine Vergangenheit bezahlen? Willst du die Seele des Mädchens retten, damit du in den Himmel kommst?«

Angel näherte sich ihm. »Es ist ein Anfang.«

Meskal kicherte, und die Flammen, die von seinen Fingern sprangen, sprühten Funken und erstarben auf dem Dielenboden. »Das ist der Unterschied zwischen dir und mir, Vampir. Ich habe nichts zu bereuen.«

Der Hexer hob die Arme und murmelte eine weitere zerstörerische Formel, aber der Spruch erstarb auf seinen Lippen, als sich Shugg plötzlich wie ein Meeresungeheuer aus der Tiefe hinter ihm erhob.

»Nichts zu bereuen, Anton?«, schrie er mit vor Wut brechender Stimme.

Meskal drehte sich um. In seiner Hand brannte immer noch ein schwaches Feuer mit dem er jetzt auf das heimtückische, zerschossene Gesicht des Dämons zielte.

»Da bin ich aber anderer Meinung«, fauchte Shugg. Wie ein bockiges Kind, das seiner Spielzeuge überdrüssig ist, schlug er Meskal zur Seite.

Der Hexer flog durch die Luft, knallte gegen die Bar am anderen Ende des Raumes und klappte wie eine Puppe auf dem Boden zusammen. Das übernatürliche Feuer erlosch. Als er versuchte, sich zu erheben, hustete er. Blut spritzte aus seinem Mund und befleckte sein weißes Hemd.

Er streckte Angel eine Hand entgegen und stützte seinen geschundenen Körper gegen die Bar. »Hilf mir!«, bat der Hexer. »Hilf mir … und ich werde dir sagen, wo die Seele des Mädchens ist.« Erneut spuckte er Blut.

Angel kam langsam auf ihn zu. Die Durgi begannen, über dem verletzten Hexer zu kreisen. Einige waren bereits gelandet und krabbelten eifrig auf ihn zu.

»So ist's brav, meine Kleinen«, keuchte Shugg von hinten. »Hoffentlich erstickt ihr nicht an seinem verräterischen schwarzen Herzen.«

Meskal schrie auf und wehrte sich mit aller Kraft, die sein altersschwacher Körper noch aufbringen konnte. Aber er konnte nichts ausrichten gegen die kleinen Dämonen, die über ihn kamen und sich durch den Stoff seines Armani-Anzuges bissen, um an das weiche Fleisch darunter zu gelangen. Einer krabbelte auf das Gesicht des Hexers, hielt sich mit scharfen Klauen fest und bohrte ihm seine spitze Schnauze in das linke Auge.

Angel sah fort, als die erstickten Schreie immer panischer und Mitleid erregender wurden. Aber schon bald war kein weiteres Geräusch mehr zu hören außer dem Schmatzen der Durgi.

Eine schreckliche Art zu sterben, fand er, aber es hätte keinen Besseren treffen können.

»Angelus«, zischte Shugg und bemühte sich, seinen schweren Leib aufzurichten. Die gesättigten Durgi schwirrten vergnügt kreischend um seinen Kopf.

»Warum nennen mich manche Leute immer noch so?«, entgegnete der Vampir knurrend.

Er beobachtete, wie der Dämon näher kam, und bemerkte, wie er seinen furchtbaren Schädel verrenkte und Ausschau nach der Tasche hielt, die Meskal im Gefecht fallen gelassen hatte.

Vorsichtig bewegte sich Angel auf sie zu.

»Vielleicht hast du mehr Verstand als dein Partner«, sagte er zu Shugg und warf einen kurzen Blick auf die blutigen Überreste von Anton Meskal an der Bar. »Gib mir die Seele des kleinen Mädchens, und du kannst die Tasche haben.«

Der Dämon verscheuchte selbstbewusst die Durgi, die um seinen Kopf flatterten. »Ich soll sie gegen etwas tauschen, das du mir gestohlen hast?«

Angel nickte, und sie begannen beide, die Tasche zu umkreisen. »Genauso ist es.«

Shugg blinzelte mit dem Auge, das ihm noch geblieben war, und streichelte nervös die kleinen Dämonen, die sich nun wieder an seiner Brust niederließen.

»Du hältst das hier wohl für eine Spielshow, Angelus. Und mich für den lächerlichen Kandidaten, der nach hübschen Preisen lechzt!«

Angel hatte plötzlich eine Idee. Er erinnerte sich an Harrys Aussage, dass die Gier des Dämons sein Untergang sein würde und daran, was Meskal über die gefährliche Energie in den Fläschchen gesagt hatte.

Der Kurgarru war bedrohlich nahe gekommen. Das gesunde Auge hatte er fest auf die Beute gerichtet, und von seinem Maul tropfte Speichel.

»Ich nehme mir jetzt die Tasche«, knurrte Shugg und stürzte darauf los.

Angel war schneller. Er schnappte sich die Tasche, und der Kurgarru griff mit seiner Klauenhand ins Leere.

Was als Nächstes geschah, schien in Zeitlupe abzulaufen. Angel knallte die Tasche auf den Boden und die zerbrechlichen Fläschchen zerschellten zu Füßen des Dämons. Eine Sekunde lang geschah gar nichts. Dann explodierte die Seelenenergie mit überirdischer Kraft. Sie riss Angel von den Beinen und schleuderte ihn rückwärts durch den Raum, bevor er eine Bauchlandung machte.

Mit vor Schmerz getrübtem Blick konnte er erkennen, wie die gesammelte Seelenenergie zuckte, voller Leben pulsierte und sich ausbreitete. Dann verschlang sie Shugg.

»Was hast du getan?«, schrie der Dämon noch, als sein Körper von den Energien zersetzt wurde, die ihn Jahrhunderte lang ernährt hatten. »Das darf nicht sein! Ich bin der letzte der Seelenfresser … der letzte der Kurgarru!«, winselte er Mitleid erregend.

Die Durgi ereilte ein ähnliches Schicksal. Sie flogen direkt in die Seelenenergie hinein. Wie Motten wurden sie von den alles vernichtenden Flammen angezogen.

Shuggs Schreie ebbten ab, als die regenbogenfarbene Energie das ölig schwarze Fleisch immer weiter auflöste und blutbefleckte Knochen zu Tage förderte.

»Ich bin Shugg!«, schrie der Dämon ein letztes Mal laut auf. »Ich bin der letzte ...«

Dann erstarb seine Stimme. Die Seelenenergien zersetzten auch das letzte bisschen des Monsterfleischs und nur noch das Skelett blieb übrig. Es klappte zusammen und fiel klappernd zu Boden.

June kroch unter dem Wandteppich hervor und kam auf Angel zu. Ihr Gesicht war zerkratzt und voller Bisswunden.

»Angel?«, fragte sie. »Sind Sie ... Ist alles in Ordnung mit Ihnen?«

Angel starrte wie gebannt unter die Zimmerdecke. Er konnte sich nicht von dem wunderbaren Anblick lösen. »Ich weiß nicht«, sagte er und beobachtete, wie die wirbelnden Seelenenergien sich voneinander trennten, um alsbald ihre Individualität wieder herzustellen.

Auch Cordelia und Doyle kamen nun hinzu und betrachteten, ebenfalls staunend, die durch den Raum schwebenden Seelen.

»Seht nur, wie sie fliegen!«, rief Cordelia. »In diesen kleinen Fläschchen waren sie bestimmt ziemlich zusammengequetscht.«

»Sie sind ... wunderschön«, flüsterte June ehrfurchtsvoll und führte eine zitternde Hand an den Mund. »Ist ... Aubreys Seele auch dabei?«

Angel antwortete nicht. Er studierte eingehend jede der Seelen, die verspielt in der Luft auf und ab tauchten, und suchte nach der einen besonderen.

Schweren Herzens entgegnete er schließlich: »Nein, ich glaube nicht.«

June schnappte nach Luft und fasste ihn am Arm. »Aber wo ...?«

Angel verfolgte die Bewegungen der Seelen aufmerksam. Viele von ihnen konzentrierten sich über dem Knochenhaufen, der von Shugg übrig geblieben war.

»Das werde ich jetzt herausfinden«, sagte er und ging auf den Knochenhaufen zu.

Der Dielenboden war angebrannt und sah puderig weiß aus. Die explosive Freilassung der kraftvollen Seelenenergien hatte die in langen Jahren aufgetragenen Wachsschichten weggeschmort. Shuggs Knochen lagen dort, wo die Detonation stattgefunden hatte. Der merkwürdig geformte Schädel des Dämons schien vom Boden zu Angel aufzusehen. Sein Maul war zu einem letzten stummen, zornigen Aufschrei geöffnet.

Die Seelen tauchten nun auf die Knochen herab und bewegten sich ungehindert durch die leeren Augenhöhlen und den Mund. Sie quetschten ihre zarten, irisierenden Körper durch den Rippenkasten und flogen dann wieder unter die Decke.

Ein schwaches Leuchten drang aus einer Seitentasche in den Überresten von Shuggs schwarzer Seidenrobe. Angel hockte sich hin und zog ein Fläschchen heraus. Etwas Schöneres hatte er in seinem ganzen Leben noch nicht gesehen.

Aubreys Seele.

Lächelnd blickte er auf das Gefäß in seiner Hand. Sacht strich er mit dem Finger über das geschliffene Glas und wischte etwas Staub weg. Die Farbe der Seele darin wandelte sich von einem strahlenden Gelb zu Himmelblau und dann zu einem leuchtenden Orange, das Angel an einen Sonnenuntergang erinnerte. Es war der Anblick perfekter Schönheit und Harmonie, der alles bedeutungslos erscheinen ließ, was er seit der Übernahme des Falls durchgemacht hatte.

Die befreiten Seelen tanzten über seinen Kopf hinweg, als wollten sie ihn drängen, auch die letzte ihrer gefangenen Schwestern freizulassen.

Angel schloss die Finger fest um das Fläschchen und übte vorsichtig Druck aus. Er spürte, wie das Glas zerbrach. Dann wurden seine Hände auch schon von der durchdringenden Kraft der befreiten Seele weggeschlagen. Er verbrannte sich die Handflächen, aber der Schmerz währte nur kurz, denn schon flutete die Lebensessenz des Kindes über ihn hinweg.

Nun war Aubreys Seele in seinem Körper, und er fiel überwältigt von der Intensität der Unschuld und der Reinheit des Kindes auf die Knie. Es sprach zu ihm in einer himmlischen Sprache und dankte ihm. Die Seelen waren frei. Endlich konnten sie wieder nach Hause.

Aubreys Seele verließ Angels Körper und schloss sich den anderen an, die unter der Decke tanzten. Angel sah zu ihnen auf und beobachtete, wie sie verschwanden. Sie drangen einfach durch die Mauern des Hauses, um entweder zurück in die Körper zu reisen, denen sie entrissen worden waren, oder auf die andere Seite zu schweben.

June, Cordelia und Doyle eilten zu ihm.

»Angel?« Doyle fasste ihn an der Schulter.

Angel hatte die Augen wieder geschlossen. Immer noch spürte er die Rückstände der Seelenessenz von Aubrey in seinem Körper. Seine eigene Seele pulsierte vor Lebendigkeit, und nun kannte er die Antwort auf die Frage nach der Schönheit der Seele.

Ja, sie war in der Tat ganz wunderbar.

Angel zitterte vor Freude, als er an das Lächeln seiner Schwester dachte und daran, wie sehr sie sich geliebt hatten. Diese Freude zu fühlen hatte er sich seit Jahrhunderten nicht gestattet.

»Hallo! Erde an Angel, alles in Ordnung? Hallo!«, rief Cordelia.

Schließlich öffnete Angel die Augen und streckte die Hände aus. Die Handflächen leuchteten pinkfarben und die Haut schlug Blasen, aber der Heilungsprozess hatte bereits eingesetzt. Lächelnd zeigte er June das zerbrochene, leere Fläschchen.

Die Augen der Frau wurden groß und füllten sich mit Tränen, als sie begriff.

»Oh, mein Gott«, stieß June hervor und zitterte vor Erleichterung am ganzen Körper. »Danke! Vielen, vielen Dank!«

»Jetzt geht es Aubrey wieder gut«, sagte Angel und ließ die Glassplitter, die er noch in der Hand hielt, zu Boden rieseln. »Alles ist gut.«

Epilog

Im Büro von *Angel Investigations* thronte Aubrey an Cordelias Schreibtisch. Doyle und Cordelia saßen links und rechts von ihr und leisteten ihr bei dem Bastelprojekt, an dem das Kind mit Feuereifer arbeitete, Gesellschaft.

»Sie hat die ganze Woche davon gesprochen, Sie zu besuchen«, sagte June und beobachtete, wie ihre Tochter einen weißen Bogen Bastelpappe bemalte. »Sie wollte Ihnen ein ganz besonderes Geschenk machen.«

Angel spürte die Wärme in dem dankbaren Blick der Mutter und begann, sich ein wenig unwohl zu fühlen. »Wie geht es ihr denn?«, fragte er, verschränkte die Arme vor der Brust und vermied jeden Augenkontakt.

Doyle reichte Aubrey einen gelben Buntstift aus der Stiftekiste mit eingebautem Spitzer, die Cordelia ihr gekauft hatte.

»Wir hatten ein paar schlimme Nächte, und sie will nicht im Dunkeln schlafen, aber abgesehen davon gibt es keine Auffälligkeiten.«

Aubrey hatte ihr Gemälde beendet und schnitt es nun mit großem Eifer aus. Angel bemerkte amüsiert, wie sie vor lauter Konzentration die rosa Zungenspitze aus dem Mund streckte.

»Habe ich Ihnen schon für alles gedankt, was Sie für uns getan haben?«, fragte June.

Angel wandte seinen Blick von dem zufriedenen Kind und zählte an den Fingern ab: »Anrufe, Postkarten, einen wunderbaren Präsentkorb mit Obst, Luftballons ... Ja, Sie haben Ihren Dank schon auf verschiedenste Art zum Ausdruck gebracht, und ich weiß das sehr zu schätzen.«

»Sie sollen einfach wissen, dass Ihre Tat …«

Angel sah die Frau lächelnd an. »Keine Ursache!«

Aubrey schnitt nun kleinere Stücke von der Pappe ab, und es regnete gelbes Konfetti auf den Schreibtisch.

»Das sollten wir am besten gleich aufräumen, meine Süße«, sagte Doyle und fegte eilig die Pappschnipsel in seine Hand. »Tante Cordy hat es nicht so gern, wenn man ihren Schreibtisch in Unordnung bringt.«

»Ist schon gut«, entgegnete Cordelia. »Lass die Kleine ruhig schnibbeln, so lange sie will. Wenn sie fertig ist, räume ich auf.«

Doyle war sichtlich geschockt angesichts Cordelias ungewohnt lässiger Einstellung.

»Aber jedes Mal, wenn *ich* an deinem Tisch gearbeitet und ihn nur einen Tick unordentlich hinterlassen habe, bist du …«

Cordelia half dem Kind beim Ausschneiden der gewünschten Figur aus der Pappe. »Na ja, das ist was anderes. Sie ist eben viel süßer als du.«

Angel lächelte, als Doyle niedergeschlagen den Kopf schüttelte und anfing, die Stifte wieder in die Schachtel zu räumen.

Aubrey legte die Schere beiseite und betrachtete aufmerksam ihr Werk.

»Fertig!«, verkündete sie stolz. Ihr hübsches Engelsgesicht strahlte.

Zum ersten Mal seit langer, langer Zeit war Angel zufrieden. Er war sehr froh darüber, Aubreys Seele gerettet zu haben und mit ihr auch die Seelen anderer Menschen, die alle von Meskal und Shugg geraubt worden waren.

June trat an den Schreibtisch. »Was hast du denn gebastelt, mein Schatz?«

»Das ist ein Geschenk für Angel.«

»Na, das ist aber toll! Ich finde, du solltest es ihm sofort überreichen«, ermunterte sie ihre Tochter.

Das Kind rutschte von dem Schreibtischstuhl und kam mit dem Geschenk in der Hand nach vorn. Sie trug einen blauen Overall mit einer gestickten Rose vorne drauf und bunte Sneakers mit einer dicken, weißen Sohle.

Aubrey stellte sich vor Angel auf und verbarg ihr Geschenk auf dem Rücken.

»Du musst dich hinknien, damit ich es dir geben kann«, sagte sie und sah ernst zu ihm auf.

Angel hockte sich hin. »Ist es so gut?«, fragte er.

Aubrey nickte und holte ihr Werk hinter dem Rücken hervor. Es sah aus wie ein unbeholfen ausgeschnittener Ring aus gelb bemalter Pappe. Aubrey zupfte Angel am Hemd, zog ihn näher an sich heran und setzte ihm den gelben Reifen auf den Kopf. »Das ist dein Heiligenschein«, sagte sie zu ihm und rückte den Pappring noch einmal gerade. »Jetzt bist du ein richtiger Engel!«

Angel wurde ganz warm ums Herz, als das Kind ihn anstrahlte. Und wie er da mitten im Büro mit dem Heiligenschein aus Bastelpappe auf dem Kopf kniete, musste er wieder an seine Schwester Katherine denken.

Er selbst würde sich wahrscheinlich niemals ganz vergeben können, was er seiner Schwester angetan hatte. Aber in diesem Augenblick fand er die Kraft, daran zu glauben, dass Katherine ihm vielleicht eines Tages vergeben konnte.

Aubrey schlang ihre Arme um seinen Hals und drückte ihn ganz fest. Zögernd erwiderte Angel ihre Zuneigungsbekundung und legte seine Arme um sie.

Was hatte er mit der Lösung des Falls erreicht? Die Rettung von Aubreys Seele war zwar nicht gerade die endgültige Rettung der Welt, aber sie war doch ein weiterer Sieg für die Mächte der Ewigkeit.

Und was am wichtigsten war: Es war ein weiterer Schritt auf dem langen, beschwerlichen Weg zu seiner Erlösung.

Immer hübsch eine Seele nach der anderen, dachte er und drückte Aubrey fest an sich. *Immer eine Seele nach der anderen.*

Die Nacht gehört den Dämonen!
Angel – Jäger der Finsternis

ISBN 3-8025-2823-9
Angel – Der Blutorden

ISBN 3-8025-2833-6
Angel – Die Erde bebt

ISBN 3-8025-2841-7
Angel – Der Preis der Unsterblichkeit

ISBN 3-8025-2851-4
Angel – Hollywood Noir

Egmont vgs verlagsgesellschaft, Köln

www.vgs.de

Eine Liebe mit Biss …
aber ohne Aussicht auf Erfüllung

ISBN 3-8025-2865-4
Buffy & Angel
Die geheime Geschichte 1

ISBN 3-8025-2867-0
Buffy & Angel
Die geheime Geschichte 2

ISBN 3-8025-2875-1
Buffy & Angel
Die geheime Geschichte 3

Egmont vgs verlagsgesellschaft, Köln

www.vgs.de

In einer Welt ohne Jägerin …
… übernehmen Vampire die Herrschaft!

ISBN 3-8025-2873-5
Buffy – Verlorene Jägerin 1
Die Prophezeiung

ISBN 3-8025-2877-8
Buffy – Verlorene Jägerin 2
Dunkle Zeiten

ISBN 3-8025-2884-0
Buffy – Verlorene Jägerin 3
König der Toten

ISBN 3-8025-2885-9
Buffy – Verlorene Jägerin 4
Herrschaft der Vampire

Egmont vgs verlagsgesellschaft, Köln

www.vgs.de

Kreaturen der Nacht, Mächte des Lichts:
Neues aus Sunnydale

ISBN 3-8025-2842-5
Buffy – Im Bann der Dämonen
Blanke Knochen

ISBN 3-8025-2874-3
Buffy – Im Bann der Dämonen
Unheilvolle Schöpfung

ISBN 3-8025-2879-4
Buffy – Im Bann der Dämonen
Die Karten des Todes

ISBN 3-8025-2900-6
Buffy – Im Bann der Dämonen
Das Buch der Dämonen

Egmont vgs verlagsgesellschaft, Köln

www.vgs.de